Aquitania

W0356477

Novela

Esta novela obtuvo el Premio Planeta 2020,
concedido por el siguiente jurado: José Manuel Blecua,
Fernando Delgado, Juan Eslava Galán, Pere Gimferrer,
Carmen Posadas, Rosa Regàs y Belén López Celada,
que actuó como secretaria con voto.

Eva García Sáenz de Urturi

Aquitania

Premio Planeta 2020

Planeta

Certificado PEFC

Este libro procede de bosques gestionados de forma sostenible y fuentes controladas

PEFC
PEFC/14-38-00305

www.pefc.es

No se permite la reproducción total o parcial de este libro, ni su incorporación a un sistema informático, ni su transmisión en cualquier forma o por cualquier medio, sea este electrónico, mecánico, por fotocopia, por grabación u otros métodos, sin el permiso previo y por escrito del editor. La infracción de los derechos mencionados puede ser constitutiva de delito contra la propiedad intelectual (Art. 270 y siguientes del Código Penal). Diríjase a CEDRO (Centro Español de Derechos Reprográficos) si necesita fotocopiar o escanear algún fragmento de esta obra. Puede contactar con CEDRO a través de la web www.conlicencia.com o por teléfono en el 91 702 19 70 / 93 272 04 47

© Eva G.ª Sáenz de Urturi, 2020
© Editorial Planeta, S. A., 2022
Avda. Diagonal, 662-664, 08034 Barcelona (España)
www.editorial.planeta.es
www.planetadelibros.com

Adaptación de la cubierta: Booket / Área Editorial Grupo Planeta
Fotografía de la cubierta: © Wojciech Zwolinski / Trevillion Images y DEA / Biblioteca Ambrosiana / Getty Images
Fotografía de la autora: © Carlos Ruiz B.k.
Mapas y árboles genealógicos del interior: Gradualmap
Primera edición en Colección Booket: junio de 2022

Depósito legal: B. 8.482-2022
ISBN: 978-84-08-25861-2
Impresión y encuadernación: Rodesa, S. L.
Printed in Spain - Impreso en España

Biografía

Eva García Sáenz de Urturi (Vitoria) publicó en 2012 su primera novela, *La saga de los longevos*, un fenómeno de crítica y ventas, y en 2014 la segunda entrega, *Los hijos de Adán*, junto con la novela histórica *Pasaje a Tahití*. En 2016 publica *El silencio de la ciudad blanca*, un *thriller* apasionante ambientado en su ciudad natal que ha supuesto un gran éxito en nuestro país y ha sido traducido a más de una veintena de idiomas, copando la lista de los más vendidos en países como EE. UU., Francia, Alemania, Italia, Polonia, México, Argentina o Brasil. También fue objeto de una adaptación cinematográfica en 2019 de la mano de Atresmedia. Con esta novela arrancó una trilogía de la que *Los ritos del agua* fue la segunda entrega y *Los señores del tiempo*, la tercera y el desenlace de la *Trilogía de la Ciudad Blanca*. Ha sido galardonada con prestigiosos premios, como el Libro de Ficción del Año en 2018 y The Golden Bullet a la mejor novela negra extranjera de 2019. En 2020 su novela *Aquitania* fue galardonada con el Premio Planeta. Su última novela, *El libro negro de las horas*, trae de vuelta a Kraken. Toda su obra literaria ha llegado a más de dos millones de lectores.

www.evagarciasaenz.com

@evagarciasaenz

@evagarciasaenz

A ellos, a mis hijos. Por venir.

En el Paraíso no hay relatos porque no hay viajes. Son la pérdida, el arrepentimiento, la miseria y el deseo los que empujan a un relato hacia delante, a lo largo de su retorcido recorrido.

MARGARET ATWOOD

También yo he sentido la inclinación a obligarme, casi de manera demoníaca, a ser más fuerte de lo que en realidad soy.

SØREN KIERKEGAARD

Un libro tiene que hurgar en las heridas, incluso provocarlas. Un libro ha de ser un peligro.

EMIL CIORAN

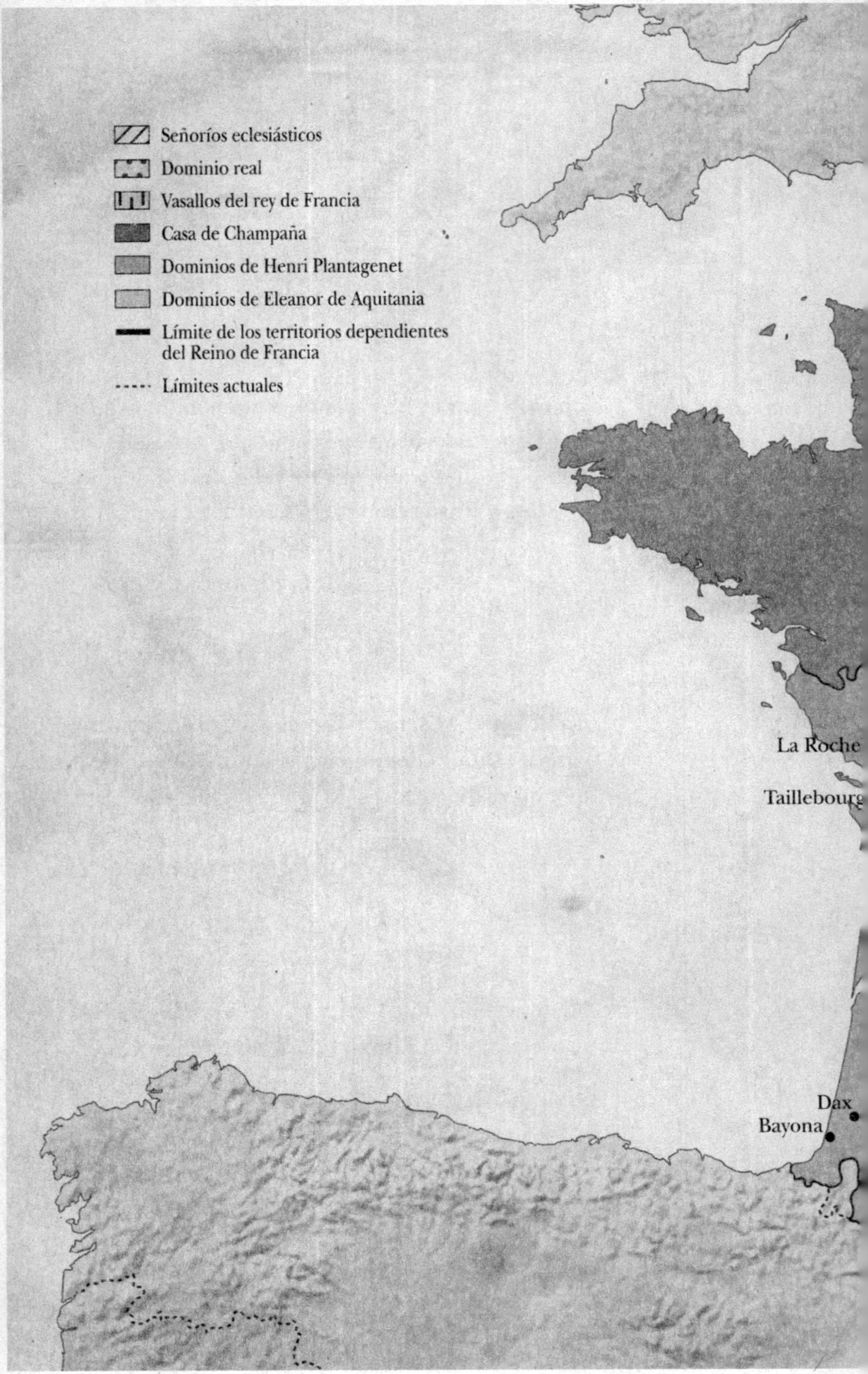
Señoríos eclesiásticos
Dominio real
Vasallos del rey de Francia
Casa de Champaña
Dominios de Henri Plantagenet
Dominios de Eleanor de Aquitania
Límite de los territorios dependientes del Reino de Francia
Límites actuales
Dax
Bayona

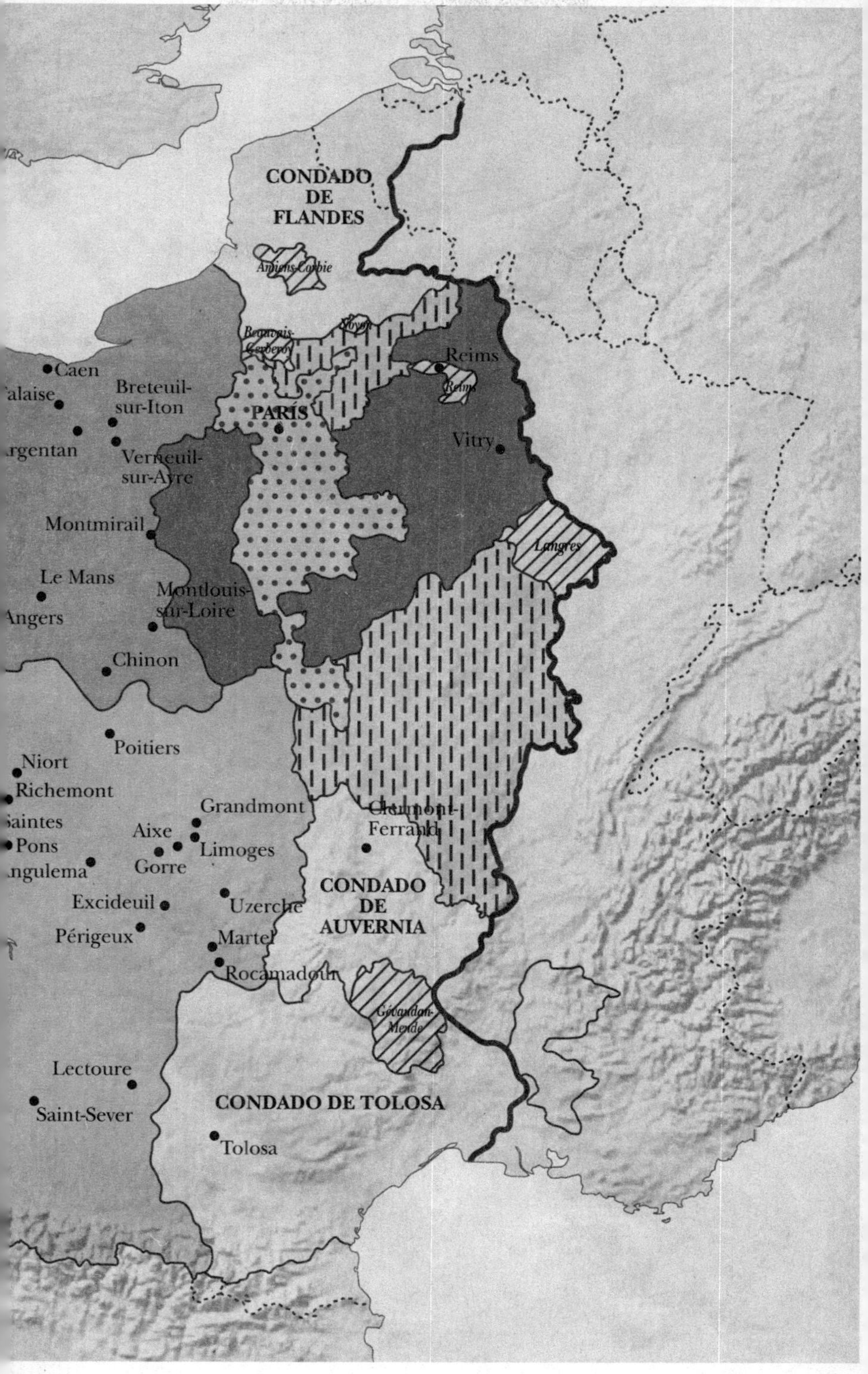

CONDADO DE FLANDES
Langres
Reims
PARÍS
Caen
Breteuil-sur-Iton
Verneuil-sur-Avre
Vitry
Montmirail
Le Mans
Montlouis-sur-Loire
Chinon
Poitiers
Niort
Richemont
Grandmont
Clermont-Ferrand
Aixe
Pons
Limoges
Gorre
CONDADO DE AUVERNIA
Excideuil
Uzerche
Périgueux
Martel
Rocamadour
Lectoure
CONDADO DE TOLOSA
Saint-Sever
Tolosa

ANTEPASADOS DE ELEANOR DE AQUITANIA

Guilhem IX
de Aquitania
el Trovador
⚭
Felipa
de Tolosa

Guilhem X
⚭ Aenor
de Châtellerault

Aigret
**Eleanor
de Aquitania**
Aelith

Eduardo

Raimond de Poitiers
⚭ Constanza de Antioquía

FAMILIA DE LUY VII

Luy VI el Gordo ⚭ Adelaida de Saboya

- Felipe (1116-1131)
- **Luy VII** (1120-1180) (♔1137-1180)
  - ⚭ Eleanor de Aquitania
    - María
    - Alix
  - ⚭ Constanza de Castilla
    - Margarita
    - Adelaida
  - ⚭ Adela de Champaña
    - Felipe Augusto
    - Inés
- Enrique (1121-1175)
- Roberto I de Dreux (1123-1188)
- Constanza (1124-1180)
  - ⚭ Raimundo V de Tolosa
- Felipe (1125-1161)
- Pedro de Courtenay (1125-1182)

PRIMERA PARTE

PRÓLOGO

ELEANOR

Esta es la historia de mis dos familias. Los terribles duques de Aquitania y los infames Capetos, monarcas de Francia, y de cómo nos odiamos y cruzamos nuestras vidas una y otra vez hasta destrozarnos mutuamente durante aquel turbulento siglo XII, la centuria en que Occidente cambió para siempre.

Dos adolescentes, Luy, rey de Francia, y yo, duquesa de Aquitania, trazamos con furiosos tiralíneas las fronteras de lo que más tarde sería Europa entre traiciones, asedios, sangre y semen.

Fui una asesina precoz, con ocho años me bastaron dos letras: *oc* —«sí», en mi amada lengua occitana— para acabar con la vida de mis torturadores. Aunque también debería añadir que soy hija del incesto y culpable de amar a mi tío paterno, Raimond de Poitiers y de casarme con mi primo Luy.

El poder era nuestro, nuestros los castillos y vasallos, nuestra toda la riqueza de lo que más tarde se llamaría Europa. Nuestras fueron la Isla de Francia, Aquitania, la Gascuña y Poitiers.

Soy Eleanor de Aquitania, tengo trece años. Demonios disfrazados de mensajeros afirman que mi padre acaba de morir en circunstancias insólitas durante su peregrinaje a Compostela...

... y no hay precedentes en los libros de historia ante lo que me dispongo a hacer.

1

LA MUERTE AZUL

Eleanor

Burdeos, 1137

«Jamás renunciarán a subestimarte. Encárgate de que paguen por ello.»

Esas fueron las últimas palabras que padre me dirigió antes de partir, oculto bajo su capa de peregrino. Ahora emisarios de mirada gacha afirmaban que había muerto frente al altar mayor de la catedral de Compostela, el mismo Viernes Santo, envenenado al beber de un pozo en mal estado. Como si el agua pudiera acabar con el gigante que fue. Como si no llevara siempre encima su piedra de carbón para absorber cualquier veneno, caminante curtido en mil batallas y calamidades.

Como si aquellos supuestos heraldos no formaran parte de una farsa bien tramada.

Afirmaban que venían juntos, pero Rufus el Galés traía las calzas empapadas después de una larga cabalgada, se olía el sudor de su caballo desde mi estrado.

Por su parte, el bretón Otho alegaba ser soldado, pero todavía estaba dejando crecer una tonsura que hablaba de un pasado reciente entre los muros de un monasterio. Además, venía fresco y por su mala visión —trastabilló con los peldaños, dos veces— no podía aspirar a ser hombre de acción.

—Mentira... —renegó entre susurros Rai, mi tío, mi amante.

Me miró cómplice, lo miré lento.

Intuía ya que había llegado, abruptamente, el final de una etapa. Supe que me estaba despidiendo de él y atesoré en mi memoria aquellas últimas horas. Iba a necesitar buenos recuerdos para lo que vendría.

Rai partió con el crepúsculo hacia Ultrapuertos a buscar tanto el cuerpo de su amado hermano como explicaciones para aquel sindiós. Yo permanecí al frente de la inmensa Aquitania, quedó bajo secreto de unos pocos la noticia de que Guilhem X, conde de Poitiers y duque de Aquitania, ya no caminaba entre los vivos.

No eran las primeras nuevas que nos llegaban desde la ruta del santo apóstol.

Y todas ellas se contradecían entre sí.

Unos contaron que padre había caído fulminado después de combatir a solas frente al altar mayor contra un niño. Un diminuto David había vencido a Goliat.

¿Cómo creer tal patraña?

Otros relataban que se le había aplicado el terrible tormento normando del «águila de sangre», que sus costillas fueron arrancadas y los pulmones colgaban en su espalda, a modo de cruentas alas.

La más delirante de las versiones afirmaba que besó a un bebé en la frente y ambos perecieron en el acto.

Y estos últimos mensajeros hablaban de pozos envenenados. ¿Qué versión creer? Todos coincidían, empero, en señalar entre atónitos y turbados que el cuerpo de padre quedó de un inusual color azul oscuro.

Aquel aciago día yo, su heredera de trece años, me vi obligada a volver a hablar.

Me había negado a hacerlo cinco años atrás, cuando dos malditos Capetos me tomaron a la fuerza bajo un puente del río Garona. Odié desde entonces el cabello de trigo que me golpeó el rostro. Odié los colores azul y amarillo de la flor de lis que me aplastaron sobre la hierba.

Solo Rai, mi inseparable Rai, notó mi ausencia durante el cortejo fúnebre que volvía de la catedral de San Andrés. Llegó tarde, mas nunca supo realmente lo tarde que fue para mí y mi cuerpo de niña. Negué los hechos, habría supuesto entregar Aquitania a los reyes de la brumosa Isla de Francia.

—¿Quieres que los mate? —preguntó al descubrirnos, y por primera vez vi conmoción en los ojos azules de mi tío.

Aturdida, puse en orden mi túnica, oculté la sangre que bajaba por mis piernas. Ni siquiera él debía saberlo.

—*Oc* —respondí en nuestra lengua materna.

«Sí.»

Una palabra, dos letras. Dos hombres, dos tajos para cada uno.

Uno en la garganta, el que selló sus eternos silencios. Otro cercenó sus hombrías, venganza por lo que nos arrebataron a mí y a mi primer amor.

Con Rai las gestas nunca quedaban a medias, no era ese su signo. Siempre se ocupaba, su rúbrica era terminarlo todo. Era poitevino como yo, negro el cabello, ojos claros y rasgados, piel bronceada por el eterno sol aquitano.

Alto fue mi abuelo, el terrible Guilhem el Trovador, putañero como pocos. Mi padre, ya lo he dicho, fue un coloso que asombraba comiendo por diez en cada banquete. De Raimond de Poitiers, su hermano —mi amor—, decían que era «el más hermoso de los príncipes de la Tierra, afable y de conversación encantadora». Doy fe, y desde niños fuimos el uno para el otro, tío y sobrina, separados por nueve años, unidos por todo lo demás.

Volvíamos de los funerales de madre y del pequeño Aigret, el que estaba destinado a ser el duque de Aquitania y no lo fue por las pústulas que lo vencieron. El Rey Gordo, Luy VI de

Francia, había enviado familiares a las exequias. Se disculpó con diplomáticas mentiras, todos sabían que la disentería lo mantenía postrado en el lecho.

Pero el monarca codiciaba la opulenta Aquitania. Codiciaba nuestras viñas y nuestros molinos, los pastos y los animales que los pastaban. Codiciaba la alegría de nuestros trovadores y el colorido de nuestros vestidos. Codiciaba la luminosa corte de Poitiers y nuestro espléndido palacio en Burdeos. Los adustos norteños, con cierta inquina, llamaban a nuestra tierra «el Mediodía».

Mi padre era su vasallo, pero era más rico, más poderoso, sus terrenos cinco veces mayores. Su prestigio y sus hazañas lo habían convertido en un santo en vida, y toda aquella aura de heroísmo humillaba al rey.

Me quiso suya.

Desde el momento en que Aigret murió, me quiso suya.

Envió a varios de sus hermanos a la infame misión, dos de ellos me raptaron en un descuido de Rai y pretendieron hacerse a la fuerza con Aquitania. Era costumbre estuprar a las herederas y obligarlas después al matrimonio para conseguir la dote. Madre me lo repitió desde la cuna: «Si sucede, será tu culpa». Y no, no sucedió, no quedó en las crónicas. Solo yo supe lo que aconteció, y decidí que no había ocurrido, así que nunca pasó.

«Damnatio memoriae», me ordenó el fantasma del abuelo.

«Bórralo de tu memoria.»

Olvida al enemigo del pasado. No pienses en él, no hables de él, no escribas de él, no vuelvas al lugar donde fuiste herida.

Casi morí de dolor cuando me rasgaron por dentro, aprendí bajo aquel sombrío puente que la carne de una niña ha de ceder porque la voluntad de un hombre empeñado en abrirla nunca lo hace. Fue un acto de guerra y el campo de batalla, cobardes, fue el cuerpo de una chiquilla.

Primera lección de vida: busca otras armas.

Rai y esas dos letras fueron mis armas. Los hermanos del rey capeto murieron sin poder enviar una misiva al Gordo contando que habían invadido mi carne y, con ello, Aquitania. Siempre se lo negué a Rai, él fingió creerme, cargó con los franceses y remó hasta un remanso del Garona que pocos conocíamos. El abuelo trajo de la cruzada unos peces monstruosos y desde entonces allí se criaron. Eran carnívoros. En aquella poza desaparecieron los Capetos. Nunca hablamos de ello, padre nunca supo nada, bastante tuvo con el duelo. Nada mis damas, nada mis tías. La pequeña Aelith, mi hermana, mi otro yo, aún no tenía edad para las confidencias que más tarde vendrían.

Me convertí en muda, todos lo achacaron al luto mal llevado por la pérdida de mi madre y de mi hermano.

Mis palabras mataban.

Dejé de pronunciarlas, aunque siempre adoré las palabras.

Muda e invisible, el silencio tuvo sus ventajas.

Para no echarlas de menos me refugié en la biblioteca del abuelo y de padre. Memoricé el *Manual de vida de los duques de Aquitania*, una suerte de amalgama de consejos que mi linaje escribía desde que uno de mis antepasados fue nombrado señor de mi pueblo.

«Rema en tu propio barco», la máxima de Eurípides que Rai se repetía desde niño, página nona. O «Recuerda el consejo del viejo patrón: Si alguien está a punto de perder el temple, dale el timón del barco», que mi abuelo Guilhem refrendó en la página vigesimocuarta.

Aunque ocurrió algo más.

Padre decidió, ignorando el ofendido horror de sus vasallos —el infame Lusignan, Taillebourg y demás consejeros—, que aquella niña muda sería en un futuro su señora.

Yo había sido precoz en talentos, como todas las mujeres aquitanas de mi linaje.

Dominaba ya el latín, el inglés de los normandos, nuestra lengua de oc y la gutural lengua de oíl que hablaban en la corte francesa de París. Era la mejor cetrera de mi edad, gustaba de ir de caza —no de ciervos asustadizos, mejor los furiosos jabalíes— y las siete artes del conocimiento no eran ningún arcano para mí: gramática, aritmética, lógica... Firmé mi primera acta después del funeral de madre, con ocho años. Eso sí ha quedado en las crónicas y, por una vez, coincide con los hechos.

Y algo más sucedió también cuando decidí callar. Un prodigio que aprendí pronto a ocultar. A fuerza de cerrar la boca y observar a los vasallos de padre en los Consejos, a las doncellas que correteaban por los pasillos de nuestro palacio en Burdeos, a los espías —los esquivos gatos aquitanos, ya hablaré más tarde de ellos—, cuyas sombras tocaban en la puerta de la solitaria cámara de padre siempre poco antes del alba, aprendí, digo, a enfocarme en los detalles nimios. Adquirí el don de la aguda observación. Poca cosa parece y, sin embargo, fue aquello lo que me hizo extraordinaria y me dio la corona que después porté.

—Vengo de las cocinas, mi señora.

No era cierto. Venía de un lugar con barro y heno, el borde de su brial hablaba más alto y más veraz que los embustes de mis damas.

—Os traigo un documento timbrado que demuestra que perdí la mano en batalla.

Falso también. Era manco por castigo. Una mutilación recta en las manos expertas de un verdugo de oficio, no el corte transversal a cualquier altura del antebrazo de un enemigo desesperado que arremete a ciegas en la contienda. Robo, para más detalles. Acudía entonces a mi memoria.

Yo la llamaba mi «biblioteca interior».

Nunca supe el porqué del prodigio, pero me bastaba con leer una sola vez un texto para cerrar los ojos y poder recordar sus detalles como si tuviera un lienzo delante. Dentro de mi cabeza recorría los archivos del abuelo Guilhem y buscaba las villas donde cortaban la mano por tal delito. Bastaba escuchar el resto del falso relato y la cantidad de veces que nombraba el sur y los nombres de los señores gascones —Pardiac, Armañac o Fézensac— para saber que aquel pretencioso pilluelo no era vasallo de Godofredo el Bello, el ambicioso conde de Anjou, nuestro aliado del norte.

—No lo tengas cerca, padre. No es un normando como él afirma —garabateaba yo entonces en la lengua de oc sobre un pliego que manteníamos encima de la mesa cuando atendíamos a nuestros súbditos.

Padre seguía su propio criterio, no el de una niña muda de ocho años, pero sus ojos fieros y amables me respondían con un brote de orgullo y bajo la mesa apretaba mi mano. ¡Qué mano de titán la de mi padre! Rocosa de combates y de sujetar la espada con tanta nobleza como la pluma del águila con la que escribía sus trovas.

Pero ahora estoy sola frente a los enemigos de Aquitania, dicen que padre ha muerto y yo sé que el rey capeto está detrás. Rai ha partido a Compostela, siguiendo la ruta del apóstol Santiago Matamoros, y yo tengo que decidir si plegar a mi pueblo y dejar que desmiembren mis territorios para acabar así con el modo de vida de los aquitanos o ser yo quien se mantenga al frente.

Nadie sabe.

Nadie sabe la promesa que me hice cinco años atrás bajo el puente del Garona cuando me guardé la rabia en un remoto rincón para rescatarla después mientras me repetía las palabras del abuelo: «Actúa como un león, ellos no lloran por sus presas. Arremete como un águila, siempre desde arriba. Ejecuta como un escorpión, su aguijón es selectivo y solo inocula veneno al enemigo digno de su ataque».

Cabeza de león, cuerpo de águila, cola de escorpión: la mantícora era la criatura favorita del abuelo. Pero aquel día yo no había elegido, lo había hecho el Rey Gordo por mí, y me juré que nunca más sucedería, que a partir de entonces siempre decidiría yo qué hombre iba a tomarme.

En la página treinta y dos del *Manual de vida de los duques de Aquitania*, padre había dejado escrito: «Una casa fuerte solo puede ser destruida desde dentro: ninguna viga centenaria soporta la carcoma. El pequeño animal corrompe la madera ancestral y la convierte en polvo que se derrumba».

Los reyes capetos llevaban ciento cincuenta años en el trono de la Isla de Francia. El barón Hugo Capeto fue elegido por sus pares cuando todos los descendientes de Carlomagno —otro gigante de voz aflautada— fueron descartados de su derecho a gobernar. Desde entonces hacían coronar en vida a sus herederos para asegurarse la continuidad de su linaje en el trono.

Voy a acabar con los reyes de Francia, así lo he decidido.

Y también he resuelto a quién tomar como esposo, a quién usar.

Y a quién traicionar.

2

EL ESTANQUE DEL DIABLO

RAI

Burdeos, 1137

Sé que mi caballo me pedía descanso, demasiados días a galope desde que partí de Compostela. Solo me detuve para hacer ciertas averiguaciones en tierras navarras. Pero ya en mi hogar, me urgía llegar al Estanque del Diablo cuanto antes y darle las nuevas a Lía antes que al Consejo.

Las lavanderas colgaban las sábanas sobre los postes de madera junto al Garona. A lo largo de toda la orilla del río, a las afueras de Burdeos, los paños tendidos al sol le otorgaban al paisaje el mismo aspecto que una flotilla de barcos con su velamen ondeando al viento. Los álamos amarillos barrían un cielo de viento sur.

Pero de improviso mi montura, casi ciega del esfuerzo, estuvo a punto de atravesar las telas y herir a una pobre anciana que frotaba contra una piedra su ajado vestido.

El caballo relinchó asustado y la anciana intentó protegerse alzando una mano. Lo que vi me horrorizó: tenía el brazo en carne viva, aunque su rostro me habló de una larga vida soportando ese y muchos más dolores.

Desmonté y me acerqué a ella.

—Decidme, anciana, ¿cómo es que hacéis la colada en estas condiciones?

—Mi hija ha muerto de parto. Ella traía el jornal a casa, yo me iba ya con la Parca, pero ahora he de criar al niño, así que he ocupado su lugar y le he pedido a la Vieja que espere unos años hasta que mi nieto pueda aprender el oficio de su padre.

—¿Y por qué no está él y se encarga, como todo bien nacido?

—Parte cada otoño desde el puerto de Bayona en busca de ballenas. Todavía no sabe que tiene un hijo, aunque cuando venga no podrá hacerse cargo de él hasta que tenga edad de ser grumete.

—Entiendo. Pero ese brazo tiene mal pronóstico y la Parca tal vez se adelante. Id al palacio de l'Ombrière, preguntad por Astrolabio, el físico. Decidle que vais de parte de su señor Raimond de Poitiers. Prometedme, anciana, que iréis a curaros. Prometedlo.

Sabía que los viejos aquitanos eran orgullosos y recelaban de cualquier remedio que no saliese de su propio huerto, pero la criatura iba a quedar sola en un par de días y yo no iba a permitir que un hijo de Aquitania muriera abandonado sin darle una oportunidad al mundo de saber cuáles iban a ser sus dones y sus talentos.

La anciana soltó un reniego que no pude entender.

—Por vuestro nieto, prometedlo —apreté—. Y decidme vuestro nombre.

—Hildegarda, señor —cedió por fin.

—En el palacio se os hará entrega de una carta timbrada de nuestra duquesa Eleanor. Si llega el día de vuestra muerte y el padre de vuestro nieto no ha regresado de los mares del Norte, el niño, a falta de familiares que se encarguen, será recogido en palacio y se le dará un oficio; ¿estáis conforme?

La anciana asintió. Me mantuvo la mirada con orgullo, pero leí en sus ojos desgastados el alivio del último peso de su vida, que se desvanecía por fin.

—Sois igual que vuestro padre, el Trovador. —Me sonrió,

como una pilluela de cuatro años—. Boca grande, corazón de oro.

Reímos juntos, me lo decían a menudo.

«Dios no lo quiera, anciana —callé—. Dios no quiera que termine siendo el monstruo que él fue y que tanto daño hizo a todos los desgraciados que lo quisimos.»

Esa era la maldición de los poitevinos: herir de muerte a los que amábamos.

«¿Soportarás la herida, Lía? ¿Hicimos bien mi hermano y yo nuestro trabajo y eres ya fuerte para resistir el tajo que voy a infligirte hoy?»

—Deberíais gobernarnos vos, y no una niña muda —terció mientras recogía con esfuerzo el pesado vestido mojado.

—No os equivoquéis, Hildegarda. Ella es la semilla del tronco de los duques de Aquitania, yo soy solo una rama transversal. Ella es la duquesa y será buena en el gobierno de los aquitanos, para ello ha sido instruida.

—Pero es muda —insistió terca.

—Ya no lo es, ahora es una dama culta y demasiado locuaz, por cierto.

—¿Y si no sobrevive rodeada de barones? Es solo una mujer.

Me obligué a sonreír con desenfado.

—Miraos, esto es lo que hacéis bien las mujeres del Mediodía. Sobrevivir.

Me despedí de Hildegarda, que me regaló un impúdico beso en la mejilla, y retomé mi camino hacia el solitario Estanque del Diablo, un lugar con fama de maldito.

Por las noches, la raya azul del lomo de los peces iluminaba la oscuridad y creaba luces fantasmales en la orilla del río. Los peces que un emir regaló a padre a cambio de quién sabe qué oscuro favor en la cruzada eran agresivos pero tímidos, se escondían de la presencia humana y nunca fueron detectados. Contaban los pastores que si una oveja se acercaba a beber al estanque, no se la veía más y tal vez el cráneo aparecía flotando después de un tiempo. Decían las leyendas de la zona que un zagal fogoso convenció a una aguadora para darse un baño de luna llena en el estanque. Lloraron mucho al muchacho, que desapareció en cuanto entró en las aguas negras del remanso. La zagala pudo salir, contó que un diablo azul la atrapó con sus fauces e intentó arrastrarla al fondo. Se zafó como pudo, pero perdió el pie y desde entonces pedía limosna a las puertas de la catedral de San Andrés.

Por ese motivo siempre había sido el lugar más seguro del mundo para nuestros encuentros, lejos incluso de los ojos de los gatos aquitanos.

En un gesto inconsciente apreté el pequeño saco de cuero que colgaba de mi cinturón. Llevaba la aguja de tatuar y la tinta.

«Ha de hacerse», me obligué a pensar.

Lía me esperaba impaciente. En nuestra ensenada el viento sacudía las hojas amarillas de los álamos y sus larguísimas trenzas le golpeaban los tobillos. Se había ocultado de nuevo bajo el atuendo de una sirvienta. Odiaba que la reconocieran y su afición favorita era mezclarse con sus vasallos y bajar los jueves al mercado. Siempre se escapó de su cámara, desde los cuatro años, pese a los castigos de su severa madre. Otras veces se vestía como un mozo de cuadra y cualquiera que nos hubiera sorprendido retozando sobre la hierba nos habría confundido con sodomitas.

—¿Traes nuevas? —me urgió.

«Demasiadas», callé.

No pude contestar, me atrapó con sus labios ansiosos y dejé que otro viento soplara piel adentro. Iba a ser la última vez entre nosotros, ¿habría notado ya Lía que me estaba despidiendo?

—¿Lo has visto? ¿Llegaste a ver el cadáver de padre? ¿Preservaron el cuerpo en vinagre, tal y como ordené?

—Lo hicieron —dije, separándome—, pero el calor de

este verano anticipado no ayudó. Es cierto que tenía su estatura, el cuerpo que me mostraron perteneció a alguien fuerte. Las hebras de su pelo eran oscuras, pero la nariz ya no existía y los labios estaban hinchados, podría ser cualquiera.

—Pero era él, viste su marca.

—No la vi, Lía. La carne estaba inflada y de un extraño azul oscuro. Imposible saber si un día allí hubo lo que busqué. Siéntate conmigo. Hemos de hablar y esto va a doler.

Me senté junto a la orilla del estanque, busqué algunos caracoles, se los lancé a los peces de padre. Varios subieron a la superficie, acostumbrados a nuestra presencia. De dos docenas que llegaron ya solo quedaban tres o cuatro. Como nosotros. Tres o cuatro descendientes de Guilhem el Trovador. Lía, la pequeña Aelith, yo y... ¿mi hermano?

Lía se sentó entre mis piernas y se recostó mientras apoyaba la cabeza en mi pecho. Sé que estaba reconociendo los olores que traía del Camino del Apóstol.

—Creo que está vivo, en Compostela hay serias dudas —dije mirando a otro lugar, cualquiera que no fueran sus ojos—. Allí muchos cuentan que ha marchado a Tierra Santa a expiar sus pecados por los actos innobles de su última expedición con el conde de Anjou y por haber apoyado al antipapa Anacleto. Afirman que no soportaba estar excomulgado y que no halló consuelo al ver la tumba de Santiago el Mayor. Que ha decidido peregrinar a Jerusalén y rezar en los Santos Lugares para que sea el Altísimo quien le perdone su falta. Que no quería morir como padre, enemistado con la Santa Iglesia de Roma.

—¿Y qué sentido tiene que haya abandonado el gobierno de Aquitania? —preguntó, sin comprender.

—Te dejó preparada. Sé que estaba cansado de gobernar, sé que nunca quiso la vida que tuvo, ni ser una marioneta de padre.

Padre expulsó a nuestra madre, Felipa de Tolosa, quien

era su legítima esposa, y la encerró en la abadía de Fontevrault. Después raptó a Dangerosa, la mujer de uno de sus más fieles vasallos, y la instaló a la vista de todos en la espléndida torre Maubergeon, la antigua torre merovingia que dio sobrenombre a su amante, en nuestro palacio ducal de Burdeos. Aquella fue la primera vez que el papa lo excomulgó.

Mi hermano se llevó la peor parte. Guilhem jamás perdonó que padre lo forzara a casarse con Aenor de Châtellerault, la hija de la Maubergeona: una suerte de hermanastros a la fuerza que se odiaban. Sí, las dos abuelas de Lía eran la esposa y la concubina de su abuelo. Parecía marcada ya por el incesto.

La bella y fría Aenor tampoco perdonó que mi hermano tuviera que cumplir con sus deberes matrimoniales y consideró a Lía hija del estupro. Mi hermano también se sintió forzado: forzado el cuerpo a cumplir con un encargo que odió desde el primer momento, forzado su destino por tener que dar hijos a Aquitania, hijos nacidos de tanto odio y tanto sufrimiento por un patriarca tan caprichoso como encantador.

Yo estuve presente, con nueve años, cuando nació la primogénita. Todos esperaban un varón, pero ya era distinta desde el primer aliento. La iracunda recién nacida nos observó a los presentes como si nos catalogase. Fue rubia, como su madre, y pese al disgusto de la parturienta, que se negó a tomarla, su orgulloso abuelo decidió llamarla *Alia Aenor*, Eleanor: «la otra Aenor».

Y así quedó, pese a que cuando hablábamos en la lengua de oc la llamábamos Alienor.

Pero ella tomaba ya sus propias decisiones. Al día siguiente de su nacimiento se le cayó la pelusilla rubia que la había acompañado en la matriz de su madre y comenzó a crecerle el pelo negro de nuestra familia.

Intuía ya que en la mujer que la trajo a nuestro mundo jamás encontraría el espejo que las hijas buscan en sus madres. Aenor se volcó en Aigret, su único varón, rubio y melancólico como ella, e ignoró también a la segunda hembra, la indómita Aelith. Nunca fueron una familia de cinco, eran dos facciones de enemigos que no se mezclaban salvo para los eventos públicos imprescindibles.

Mi hermano y sus dos hijas, de caza, practicando con los laúdes, dormidas en el regazo de su padre cuando las fiestas se alargaban y trovadores como Cercamon o Bleheri cantaban las trovas más impúdicas de padre. Todos celebraban y reían las ocurrencias desvergonzadas de Guilhem el Trovador.

—Rai, era tu hermano y más padre para ti que tu propio padre, pero de nada sirve inventarse ilusiones. —La voz de Lía me devolvió al presente—. Padre está muerto y hemos de pensar qué pasos dar para mantener Aquitania...

—Voy a ir a Tierra Santa a buscarlo —la interrumpí.

Se giró hacia mí, extrañada.

—No vas a ir a perseguir fantasmas, vas a presidir mi Consejo. Más que nunca voy a necesitarte a mi lado.

Suspiré.

—Hay más, y esto nos va a separar, sobrina.

—¿Sobrina? —repitió, incrédula la voz.

—Tenemos que empezar a tratarnos entre nosotros así, ya no seremos Rai y Lía, seremos Raimond de Poitiers y Eleanor de Aquitania. Yo seré el príncipe de Antioquía, y tú la duquesa de Aquitania y Gascuña y condesa de Poitiers.

—Tus labios se mueven, pero no comprendo el significado. ¿Tú, príncipe de Antioquía?

—Hace unos meses, cuando todavía estaba en Inglaterra, un caballero de la Orden Hospitalaria me entregó una carta del rey Fulco de Jerusalén. Me proponía la misión de ir a Antioquía a casarme con la joven hija de Alicia, la viuda de Bohemundo II. La actual emperatriz está haciendo pactos con los turcos, vamos a perder otro de los Santos Lugares, alguien tiene que ir y mantenerlo en manos cristianas. Nada te comenté entonces: Constanza tiene ahora diez años y mi lugar estaba aquí contigo. Poco después tu padre me encomendó que cuidase de ti y de Aelith durante su peregrinación, así que rechacé la misión, pero ahora voy a aceptarla.

—Pero tu lugar sigue estando a mi lado, ambos sabíamos que tendríamos que esposarnos con otros, pero siempre vamos a estar juntos. Así ha sido desde que nací.

—Eleanor...

—¿Eleanor? —Estaba ya enfadada, se había levantado y me miraba como se mira a un extraño animal por primera vez.

Yo también me levanté y suspiré.

—Si me quedo, muchos barones aquitanos me presionarán para que sea yo el nuevo duque de Aquitania. Decidí no serlo el día que Aigret murió y tu padre me confió que tú serías su heredera. Pero ellos te ven débil y están acostumbrados a un gobernante fuerte. Vas a tener que serlo desde hoy. No quiero una guerra de sucesión en Aquitania, has visto la anarquía en la que está sumida Inglaterra por culpa de Matilde, hija del difunto rey Henri, y de su primo Esteban de Blois. He de apartarme, he de dejar que te vean como la única opción posible.

Ella iba a contestar, pero en ese momento sucedió lo imposible y ambos nos quedamos mirando al cielo, intentando asimilar el prodigio que se desplegó ante nuestros ojos.

3

EL ÁGUILA BICÉFALA

Rai

Burdeos, 1137

Una enorme águila de dos cabezas se lanzó, elegante y fiera, sobre el estanque. Con las garras capturó a uno de los peces carnívoros. Jamás los vi siendo presa de otro animal, no lo creí posible. El águila se posó en la otra orilla y una de sus cabezas comenzó a destripar al pez mientras la otra lo engullía.

Había visto ovejas con dos cabezas, alguna culebrilla y una exótica tortuga, pero nunca un ave de tales dimensiones.

—Es el águila de dos cabezas de la profecía del druida Merlín —dijo Lía, sin aliento—. ¿No lo entiendes? El águila es Aquitania, y será gobernada con dos cabezas, tú y yo.

Y el águila, indiferente, tomó lo que quedaba de pez, desplegó sus alas y se lo llevó.

«Ya solo quedan dos, o tres... —pensé—. ¿Qué ha sido esta señal? ¿Francia nos engullirá a los dos o tres aquitanos que quedamos, los que acabamos hace años con aquellos Capetos?»

A mi lado, Lía contenía el aliento mientras observaba cómo el águila se perdía entre los chopos amarillos y naranjas. Estaba tomando sus propias decisiones. Era el momento.

—Deberías casarte con un barón aquitano: lo que es de Aquitania, que permanezca en Aquitania —le dije—. Y atiéndeme. A partir de ahora has de vestir siempre como una reina. Usa chapines que eleven tu estatura, encarga vestidos de cola larga. La envergadura también es importante, exagera los hombros, cuellos siempre elevados, tienes que imponer autoridad. Haz que tu presencia sea siempre soberbia, usa la riqueza de nuestra familia a tu favor. Viste como no puede vestir ninguna otra mujer. No te quites nunca la corona ducal, ni frente a tus damas, ni cuando duermas o te bañen. Todos, siempre, cercanos y lejanos, han de recordar que tú gobiernas Aquitania. Exagera todas tus apariciones, que sea un espectáculo verte. Que tu séquito supere siempre en número a los de tus rivales, rodéate siempre de ruido y música, que los trovadores te precedan y que cierren tus apariciones. Atúrdelos con los cinco sentidos. Los colores de los vestidos de tus damas han de ser los más vistosos. Y que lancen flores a tus pies, deja una estela a tu paso cuyo perfume perdure. Usa la exuberancia de nuestra tierra para alzarte sobre los demás. No pueden percibirte débil, no van a tener ninguna piedad contigo. Proyecta fortaleza, luz y brillo, que no vean nunca más a la niña muda. No permitas que escriban en las crónicas que un día te negaste a hablar. No pueden atribuirte ni un solo rasgo de debilidad. Si quieres ganarte a los aquitanos, tienes que ser digna sucesora de tu padre y de tu abuelo, aquí estamos acostumbrados a que hombres fieros nos gobiernen. Sé tú más fiera que ellos. Tu padre hizo correr el rumor de que comía por una docena de comensales. Nunca fue cierto, pero en los banquetes de la vendimia se hacía servir tal cantidad de platos que parecía el mismo emperador Claudio. Avivó su leyenda de gigante porque era una ventaja para la batalla. Tu abuelo también se inventó aquello de que abrió un burdel en Niort y vistió a todas las rabizas de monjas.

—Lo sé, y que él fue el primer cliente; el rumor se repetía en cada cena.

—Nunca sucedió, aquella mancebía jamás existió, pero él

estaba rabioso con la Iglesia por haberlo excomulgado y aquella provocación lo hacía sentirse desafiante a los ojos de Roma. ¿Entiendes lo que quiero mostrarte? Tu poder no tiene por qué ser verdadero, con hacer que los demás te vean poderosa será suficiente al principio, te dará la ventaja de la iniciativa. Siempre actúa a la ofensiva, así es como avanzarás. Si juegas a la defensiva, estarás centrada en no perder poder ni territorios. Si atacas, ganas terreno, pero si te defiendes, retrocedes dos pasos.

—Me estás pidiendo que libere a la mantícora —dijo lentamente, como si no creyera lo que oía. Cuántas veces lo habíamos hablado, cuántas conversaciones para tratar de controlarla.

—Sí, es lo que te estoy pidiendo.

—Padre y tú os habéis pasado la vida tratando de que no sacase a esa bestia. Amén de madre y sus atroces castigos. Y ahora que me quedo sola... ¿me das permiso para que la deje libre?

La mantícora, ese animal mitológico, la peor quimera de todas. Después del ataque de una mantícora solo quedaban ruinas y devastación. Eleanor y su furia se ganaron ese sobrenombre dentro de nuestro palacio.

—Te enfrentarás a especies peores. Vas a necesitarla. No respetarán a una niña. Usa tu ventaja: solo ven a una mujer joven. Tu alma es vieja y curtida en desgracias, eres mucho más sabia ya que buena parte de tus vasallos.

—Todo esto... ¿es tu despedida? ¿Son tus últimos consejos? Así que ya has decidido, así que abandonas Aquitania y te vas. Siempre pensé que nos enterrarían juntos en la abadía de Fontevrault. Tío y sobrina, mi amado Rai.

—Iré a Tierra Santa —le repetí como una jaculatoria, en un intento de asimilarlo yo también—. Buscaré a tu padre y lo convenceré, lo traeré de vuelta, pero si no lo encuentro, si no sucede, tú deberás tomar el control desde ahora.

«Y yo he de apartarme, Lía. Mi presencia aquí solo es un peligroso estorbo para ti», quise decirle.

—Vienen nuevas, Rai. Y son inquietantes —dijo ella, de pie,

con la mirada perdida en el estanque—. Suger, el abad de San Denís, el hacedor de reyes francos, ha venido a Burdeos. Una visita discreta, sin anuncios ni la compañía de otros prelados. El Rey Gordo va a tomar una decisión, impondrá la vieja ley de decidir el matrimonio de la heredera de uno de sus vasallos. Se oyen nombres, candidatos... Me casará con algún barón a quien él pueda controlar.

—No si mi hermano está aún vivo y lo traigo de vuelta.

—¡No lo está! —gritó Lía, perdiendo la paciencia—. ¿Qué sentido tendría que padre me deje al frente con trece años y sin testamento? No está vivo, Rai. Padre está muerto y tú huyes buscando fantasmas, jamás lo habría dicho de ti, que nunca evitaste mirar a tus enemigos a los ojos y defender lo que es tuyo.

«Y lo hago, te estoy defendiendo de mí.»

—Sé que tengo que adelantarme a Suger, es un consejero sensato que templa las ambiciones del rey, pero es su consejero al fin y al cabo —dijo—. No he pensado en otra cosa desde que vinieron los falsos heraldos a anunciar el deceso de Compostela. Y voy a tener que ocuparme, pero necesito un favor de ti.

—Los que quieras, ya lo sabes. —Me acerqué, tentado a abrazarla.

—Necesito que mientas por mí al Consejo y a Suger. Quiero que afirmes que has traído el testamento de padre.

Ella conocía cada uno de mis gestos y bien sabía que siempre que algo me inquietaba no podía evitar girar mi anillo en forma de corona que padre me regaló antes de morir. Las cinco púas estaban envenenadas con un carísimo tóxico traído de Venecia, bastaba abrir la tapa del anillo y rozar la piel para paralizar a un hombre del tamaño de un buey.

—No hay testamento alguno —le recordé.

—Lo habrá —dijo.

—¿Y qué dirá?

Se acercó a mi oído. Susurró la infamia.

La miré, horrorizado. Me tuve que apoyar contra un tronco cercano.

—No puedes hacerte eso —fui capaz de susurrar, ¿cuándo me había fallado a mí la voz?—, después de lo que pasó con los Cap...

—Lo hago por Aquitania, piénsalo, Rai. Ahora soy la heredera soltera de estas tierras, y soy vasalla del rey Luy VI el Gordo.

—El Listo. Nunca olvides que antes de enfermar su pueblo lo llamaba Luy el Listo.

—El Gordo —se enrocó ella—. ¿Y de verdad crees que desperdiciará la ocasión de casarme con cualquiera de sus vasallos afines? ¿Eso es lo que quieres, ver Aquitania gobernada por un señor del norte que desprecie lo que somos? Van a despedazarnos, van a repartirse Aquitania como mastines dando cuenta de un oso en una cacería. Y esa división acabará con los aquitanos. Nuestro poder reside en que somos un territorio inmenso que comparte una cultura. Yo tengo que ser Aquitania, a mí no pueden dividirme en trozos.

—Sabes que nuestros barones no van a estar contentos. Tu plan parece una traición y muchos pensarán solo en el corto plazo; ¿y si se rebelan?

—Acatarán el testamento de padre si tú se lo presentas como verdadero.

—No has pensado en los detalles. No es fácil falsificar el testamento de un duque de Aquitania. ¿Y la piel? Me lo tendrías que haber pedido antes de partir, pero ni siquiera entonces podría haber obedecido tu desquiciado mandato. Su cuerpo estaba ya inservible.

—Que no he pensado en los detalles... —Rio, aunque no parecía feliz—. Te conseguiré la piel de una espalda de gigante.

Era costumbre que nuestros ancestros, desde el primer duque de Aquitania, dejaran su testamento escrito sobre la piel curtida de su propia espalda. Nuestra familia mantenía siempre a su servicio a un taxidermista experto en curtir el cuero humano después de recibir la extremaunción, y uno de nuestros copistas dejaba constancia de las últimas voluntades sobre la espalda del finado. Era un salvoconducto para evitar las falsificaciones. La esposa testificaba que las marcas, los lunares y los antojos de la pieza correspondían al duque. Ahora no había esposa, solo un hermano y dos hijas de cuya palabra nadie se iba a atrever a dudar, dado lo descabellado del contenido.

Pero había otro detalle, más secreto aún: «SSS».

«Solo Sé Subir.»

Era nuestro lema privado, tres palabras susurradas de padres a hijos desde la cuna, tres pequeñas letras enlazadas y tatuadas entre nosotros sobre el hombro derecho.

«¡No es un lema, idiota! —me había rugido padre en una ocasión—. Es toda la sabiduría de nuestro linaje condensada, la respuesta a toda decisión que hayas de tomar en la vida. Elige siempre la que te permita subir. Solo subir. ¿Cómo crees que los duques de Aquitania somos lo que somos y hemos llegado hasta aquí? Porque solo sabemos subir.»

En realidad el dibujo remitía al triskelion de los celtas —los gálatas, como llamaban a nuestros ancestros los colonos romanos—. Un símbolo de las alas que giraban en un aprendizaje eterno y que adornaba estelas y troncos de árboles centenarios en las encrucijadas polvorientas.

Mas alguien de mi sangre, alguien de inteligencia despierta, lo adaptó y lo convirtió en nuestra primera lección de vida: «Solo Sé Subir». Y Lía estaba haciendo exactamente eso: huyendo hacia arriba.

Alguien débil retrocedería.

Alguien cobarde se paralizaría.

Alguien cauto se centraría en defenderse.

Alguien fuerte seguiría adelante pese al agravio.

Alguien como ella, nieta del Trovador, duquesa de Aquitania, estaba haciendo lo que la sangre le susurraba a gritos: subir.

Ascender al trono.

Superarnos a todos, aliados y enemigos, desde arriba.

—Entonces, estás decidida... ¿Podrás? ¿Podrás con todo lo que supone? —fui capaz de preguntarle. Nunca hablábamos de ello, de cuando la encontré herida bajo el puente.

—Padre decía que gobernar Aquitania era pensar en los aquitanos, no en nuestra familia. Y ya he pensado en todo. Padre exigirá en el testamento que yo mantenga el gobierno de mis posesiones y que mi esposo se limite a ser duque consorte. El Rey Gordo accederá, yo gobernaré a nuestro pueblo y pariré un aquitano tras otro. Será la sangre aquitana quien gobierne Francia, yo educaré a mi heredero, en sus venas vencerá Aquitania sobre la aguada sangre capeta.

«No seremos como estos peces que se extinguen. Quiere repoblar de diablos el estanque», la idea me horrorizaba tanto como me seducía.

—Sois familia —objeté—, nuestros ancestros ya cruzaron su sangre en el pasado. La Iglesia de Roma no lo permitirá.

—A la Iglesia le interesa mi riqueza, a los Capetos los gobierna el abad Suger, y necesita dinero para la reforma de su abadía de San Denís. El Rey Gordo no puede darle ese dinero, la recaudación de su pequeño territorio no da para grandes excesos. Las obras van retrasadas, ni siquiera han inaugurado el coro. La Iglesia ignorará nuestros vínculos de sangre, y es curioso que a ti, mi tío paterno, le escandalice el incesto.

—Lo nuestro es diferente —mascullé, ¿cómo se atrevía a comparar?—, no soy un primo lejano.

—Y aun así me dejas sola y te vas a Antioquía a casarte con una niña de diez años.

—Voy en busca de mi hermano y voy a dejarte paso para que una guerra de sucesión no destroce Aquitania ni te destroce a ti. Podría reclamar Aquitania como hijo de Guilhem el Trovador y no lo hice cuando murió Aigret. Te quería demasiado pese a que no pude defenderte de los Capetos, y ahora tú te lanzas a sus brazos.

—No te equivoques, Rai: me lanzo a su corona, no a sus brazos.

Me mantuvo la mirada, testaruda como padre.

Y allí, en aquel momento, renuncié a ella y renuncié a volver a Aquitania, a todo lo conocido. No había sitio para quien yo era en aquella inmensa partida que estaba a punto de desplegarse.

Medí mis palabras, eran las últimas que ella escucharía de mí.

—Lía —le dije; intenté cogerle la mano pero la retiró—, nadie puede enterarse nunca de lo que tú y yo hemos compartido, nadie puede alcanzar a entenderlo, y esto va a quedar para siempre entre nosotros, lo sé. Pero a partir de ahora voy a remar en mi propia barca y tú vas a hacer lo mismo. Nuestros caminos se separan aquí.

Ella asintió, también lo sabía.

—¿No estarás presente en la boda? Voy a necesitar tu apoyo ese día.

—La misión que me ha encomendado el rey Fulco es urgente —mentí, ¿cómo soportar verla esposarse con él?—. Parto mañana. Hazme llegar ese infame testamento, esta tarde reúno al Consejo y voy a convencerlos. Por ti, Eleanor, porque dije que confiaría en tu fortaleza y voy a hacerlo. No voy a acompañarte a París.

—¿A París? No, Rai, no voy a casarme en París —dijo—. Ese va a ser mi primer pulso al Rey Gordo.

—Es el rey de la Isla de Francia, la boda ha de ser en París —repliqué atónito.

—Y yo impondré como condición que sea en Aquitania. Quiero tantearlo, averiguar cuánto está dispuesto a ceder por el trofeo en que me he convertido. Deja que averigüe mi valor en el mercado, me vendrá bien saber cuál es mi poder de facto.

—Para ser tu primer movimiento, es demasiado audaz.

—Nada pierdo por pedirlo, pero mucho gano si él cede.

La miré, ¿disimulé bien el orgullo que sentía por ella?

—El tono de la partida, lo sé. Pero no es baladí tu requerimiento: una joven de trece años poniendo en jaque al rey. Sea, pues, inténtalo, aunque yo no voy a estar, sea en París o en Burdeos. Después de mi reunión con el Consejo marcho a Tierra Santa, mas nos despediremos en público como el tío y la sobrina que somos... y eso será todo.

—¿No vamos a escribirnos? —preguntó, sin querer creerlo—. ¿Así acaba lo nuestro?

—Te escribiré desde Antioquía si tengo noticias de tu padre. Te escribiré si tú o Aquitania peligráis, pero es mejor que vayas aceptando que a partir de ahora solo habrá silencio entre nosotros —me obligué a decir, aunque me sentí como si proclamase en voz alta una espantosa herejía.

Era peligroso que nos carteásemos, nuestras misivas iban a ser leídas por espías y traidores. Lía siempre fue fogosa con sus palabras escritas, desde que yo era un muchacho sin barba tuve que quemar sus ardientes mensajes después de memorizarlos. No podíamos correr tal riesgo.

—... y por eso vas a tatuarme el lema de la familia. Ha llegado el momento de que no lo olvide, ¿verdad? —dijo, señalando la bolsa de cuero.

Asentí y comencé a sacar la aguja y la tinta en silencio.

«Mejor empezar ya —me dije—. Ha de hacerse.»

—Aquí muere Rai, entonces. Aquí parte mi tío, Raimond de Poitiers, hacia su incierto destino en Tierra Santa —recitó en voz alta, tal vez para convencerse de que el significado que acompañaba a aquellos extraños sonidos era verdadero.

Se desnudó entera y me ofreció su hombro en silencio. Dibujé las tres eses, las que mi hermano me había tatuado a su vez cuando tuve edad para mi bautismo de combate.

Soportó el dolor como la discípula de los estoicos que era.

Jamás la oí lamentarse de una caída ni de un dolor de muelas. Un tatuaje no iba a arrancarle un solo gesto de queja.

Tras acabar, apliqué pomada a la piel enrojecida y negra. Después caminó desnuda frente a mí y, para mi horror, se sumergió en el estanque con los otros demonios.

—¿Qué haces? —le grité aterrado. Lía no era propensa a chiquilladas ni a bravuconadas, heredó el práctico sentido común de mi hermano—. Esos peces no te van a respetar por haberlos alimentado toda su vida. Han comido hombres, ovejas y vacas.

—Lo sé —se limitó a decir, con el cuerpo ya dentro del agua oscura.

—Maldita seas... —maldije, y le tendí la espada dentro de la vaina a modo de asidero—, ¡sal de ahí!

—Ven, desnúdate y ven. Quiero demostrarte algo.

—Demuéstramelo aquí fuera.

Ella ignoró mi orden.

—No somos como el resto, Rai. Somos aquitanos, somos de la estirpe del Trovador y de la terrible abuela Felipa. Ni siquiera estos feroces peces se arriesgan a comernos y a emponzoñarse con nuestra sangre. Ven, estoy segura, pueden oler el veneno, te lo mostraré.

—Por el falo de Judas, estás bella incluso antes de ser devorada.

—¡Que vengas, te he dicho!, te lo ordena tu duquesa —insistió, ya enfadada—. Quiero tenerte entre mis piernas por última vez.

—De acuerdo —cedí al fin—, pero ten mi espada cerca y desenvainada, en cuanto veas acercarse una aleta se la lanzas, no quiero partir cojo a Tierra Santa.

—¿Cuándo he fallado un lanzamiento, y más a esta distancia?

—Solo los primeros diez años —tuve que reconocer mientras me desprendía de la túnica y las calzas.

—Pues eso —concluyó—. Tú concéntrate en tu tarea, mi

dulce Rai. Ningún pez se atreverá a morderte la hombría, yo velo por ello.

Qué tibia estaba el agua y qué suave aquella piel entre los muslos. Cómo sabíamos ambos que mi lengua no iba a bastarnos a ninguno de los dos, y qué furiosas las embestidas, con el agua del estanque formando olas alrededor de nuestras cinturas.

Cuánto enfado en sus ojos porque la abandonaba, cuánta rabia que no supimos contener una vez que el instinto se abrió paso con un calor ya antiguo, tan bien lo conocíamos.

Habíamos crecido enroscándonos, mordiéndonos. ¿Qué podían hacer con nuestros cuerpos unos peces que no nos lo hubiéramos hecho ya nosotros? Ni se acercaron, en esos momentos éramos nosotros los que devorábamos.

Lía me tuvo que tapar la boca porque mis gemidos iban a espantar a todas las golondrinas de Aquitania.

Así sucedió, aunque no haya crónicas que lo recojan: antes de abandonar el Estanque del Diablo nos tomamos el uno al otro entre agua y nenúfares, con furia y un dolor insoportable, por última vez.

Y en mi conciencia una mentira, una omisión: el «águila de sangre», la ancestral tortura de los hombres del norte. No podía asegurar que el cadáver que vi pertenecía a mi hermano, pero preferí no contar a Lía el horrible hallazgo de lo que el salvaje asesino había hecho con aquel cuerpo.

4

LAS CINCO MADRES

Niño

Décadas antes del asesinato del duque de Aquitania

Esta historia comienza con el dolor. El feroz dolor de un niño de apenas seis veranos cuando fue abandonado en un bosque próximo a todo su mundo conocido. Expuesto por la noche, varias sombras se santiguaron cuando lo dejaron dormido y desanduvieron sus pasos para volver a su infierno cotidiano antes de que advirtieran sus ausencias. Una de las sombras le había hecho beber láudano con palabras dulces, a la espera de que el niño no sufriese ante lo que le aguardaba en la oscuridad.

A esta historia le sigue un enigma salpicado de violencia. Una acusación —la peor posible—, una huida y un retorno.

Avancemos.

Las cinco madres de este niño tenían dos nombres cada una. El que usaban entre ellas cuando fabricaban jabón con ceniza de haya y sebo de cabra era el nombre de las mañanas. Y por desgracia tenían otro más infame y oscuro, por el que las requerían cuando tenían que ir a rezar cada noche. Así que el niño no supo precisar por quién preguntaba cuando se acercó a la gran jaula de herrumbre colgada de la gruesa rama del roble, meses después de la noche que he relatado.

—¿Madre? —preguntó el niño, todo esperanza.

Se arrimó un poquito más a la mujer que estaba encerrada entre los barrotes de metal.

—Madre, he juntado mucha lavanda. Y sebo para el jabón.

Aunque no sabía de qué animal, desde luego no era de cabra. Lo encontró ya muerto junto al río y espantó a los pájaros, que se rebelaron, agresivos. Pero fue capaz de raspar la grasa con un pedernal afilado. Había sido su mayor logro y le hizo sentirse mayor.

Quería demostrarle que era un niño útil para que no lo olvidaran nunca más en el bosque, para que la próxima vez que lo perdiesen vinieran a recogerlo antes de que transcurrieran tan lentas cuatro lunas redondas.

—¿Niña...? Acércate, niña —fue capaz de pronunciar la mujer, aunque a duras penas.

Tenía un ojo negro y cerrado, no era la primera vez que veía algo así, el niño ya sabía que tenía que dolerle. Estaba delgada, aunque no tanto como él, solo pellejo debajo del sayal blanco. La mujer era mayor, pese a que no era aún una anciana. El niño la miró con la desilusión transitando por las venas. No era ninguna de sus cinco madres.

—¿Puedes... ? ¿Puedes, niña, acercarte al río y traerme agua?

—No tengo cazo alguno. —No era muy hablador, pero se alegró de que no se le hubiesen olvidado las palabras.

—Pues con las manos, pequeña. Haz un cazo con tus manitas.

Nunca había hablado con nadie que no fueran sus cinco madres, pero sabía por instinto que si estaba dentro de una jaula, no podía salir y hacerle daño. Y no tenía pico ni garras como la lechuza que lo atacó mientras robaba los huevos de su nido durante las primeras noches perdido en el bosque, cuando las tripas le dolieron muchísimo por no comer más que moras.

Corrió al río, apenas a unos pasos, y regresó intentando retener un universo de agua entre las manos.

La mujer hizo un esfuerzo por agacharse, pero la jaula colgaba a cierta altura y se balanceaba con los movimientos. Algo pudo beber, pese a que emitió un gruñido de dolor.

—¿Por qué estáis en una jaula? —quiso saber el niño.

Se lo pensó un poco antes de contestar, como cuando sus madres se inventaban un cuento para entretenerlo.

—Soy sarmentadora. Mi nuera codicia mi puesto y también a mis siete podadoras. Me ha denunciado con injurias, ha afirmado que le siso al duque parte de lo que he de pagarle en impuestos y él la ha creído. Me han sacado falsa confesión a base de garrotazos.

El niño solo entendió lo del duque y los garrotazos.

—¿Vives aquí, en el bosque? —preguntó la mujer.

—No, mis madres me perdieron y no saben volver a por mí. Estoy esperándolas, igual hoy vienen.

—¿Tus madres? ¿Cuántas madres tienes, pues?

—Cinco —respondió orgulloso, y mostró todos los dedos de su mano diestra para que la mujer golpeada viera que ya era tan mayor como para saber contar hasta cinco. Aunque no sabía cómo seguía la cuenta. Los dedos de la otra mano eran, simplemente «muchos».

—Nadie tiene cinco madres. Tendrás una madre y un padre, como todo el mundo.

¿Padre? No, él no tenía padre. El único varón que conocía, el dueño del taller de jabones —un joven alto que vivía de noche, y durante el día leía pellejos de vaca con letras—, no era su padre, desde luego. Sus madres se lo habrían dicho. Otros hombres entraban y salían del taller, algunos más habituales que otros, pero el joven encargado era la única presencia masculina permanente que él recordaba con cierta claridad.

—Yo sí, yo tengo cinco madres. —Pobre mujer, qué poco sabía. Él tenía cinco madres y debía encontrarlas porque estaban muy preocupadas por él—. ¿Cómo se vuelve a mi casa? No conozco el camino.

—Porque no hay senderos hasta aquí, niña. Nadie en su sano juicio se aventura a entrar en esta zona del bosque; está maldito y la espesura devora a la gente, por eso nos cuelgan a los condenados. Nadie quiere ver cómo nos pudrimos.

De nuevo el niño no entendió la mitad de las palabras, pero intentó memorizarlas por si le servían algún día. «Condenados», «espesura», «sano juicio», «pudrimos».

—¿Cómo se vuelve a mi casa? —insistió.

La mujer se dobló dentro de la jaula. Había algo que le dolía mucho, se mordió los labios antes de hacer el esfuerzo de hablar.

—No sé dónde está tu casa —dijo por fin, apoyada la cabeza contra los barrotes y los ojos cerrados—. ¿Cómo te llamas, pues? Si conozco a alguien de tu familia, tal vez pueda ayudarte.

El niño enrojeció.

—Niño, me llamo Niño.

Era su mayor pesar. Nunca le habían puesto un nombre. Sus madres lo llamaban simplemente «niño», «pilluelo» —ese nombre no le gustaba, después de esa palabra siempre venía una amonestación— o, alguna vez, la más callada de las cinco lo llamaba «mi dulce niño» mientras le acariciaba el fino pelo, pero no pensaba compartirlo con la mujer de la jaula.

—Mis madres hacen jabones —añadió, por dar alguna seña.

—Ah... Ahora comprendo. Eres una niña de... del taller de jabones.

—Soy un niño —reiteró él, aunque era mucho pedir que la mujer escuchase tras ese rictus de dolor.

—Quién lo diría con ese pelo tan largo.

El niño se encogió de hombros, muerto de vergüenza. «Todo el mundo sabe que en el bosque no hay tijeras.»

—¿Cómo se vuelve a mi casa? —repitió.

La señora se santiguó.

—Pobre... pobre criatura. Ahora entiendo que te hayan abandonado en el bosque. Han preferido que seas un expósito.

—¡No me han abandonado! —gritó. Y todos los ruidos del bosque, los grillos, las cigarras, las cornejas..., qué sabía él, todos callaron, asustados.

Se marchó con los pequeños puños apretados. Esa mujer no iba a decirle nada.

Horas después, arrepentido, volvió para darle la cena.

«Cuidaré de ella, seguro que su madre también se ha perdido y esta noche no la encuentra.» Sabía que la mujer era ya mayor como para tener una madre viva, pero ella le había dicho «todo el mundo tiene un padre y una madre», aunque en su caso eran cinco madres y ningún padre. Tenía que preguntar a sus madres por qué él era diferente. O por qué la mujer mayor mentía.

No quería que la mujer golpeada pasara tanta hambre y tanto miedo como él había padecido las primeras noches. El bosque era aterrador, sobre todo si los lobos aullaban cerca.

Arrancó unas flores amarillas que sabían dulces y seleccionó unas moras de su escondite que aún no se habían ablandado demasiado.

Le costó localizar la jaula al anochecer, estaba muy escondida entre los árboles que cortejaban el río, pero distinguió el rumor del agua en cuanto se acercó y se dejó guiar por él hasta que llegó.

—¡Mujer, mujer! —gritó cuando vio que no se movía.

«He llegado tarde, se ha dormido ya y se ha quedado sin cenar.»

Decidió cuidar de ella por si los raposos o los jabalíes venían por la noche, cogió una rama muerta que le sirviera de arma y buscó hojas sobre la hierba que pudieran darle un poco de calor, pero no encontró nada. Se resignó a pasar tiritando otra noche helada y húmeda junto a la orilla. Comió solo unos pétalos amarillos y guardó las tres moras para la mujer.

«Mañana cuando despierte tendrá mucha hambre», pensó.

El niño halló refugio bajo un castaño que lo cobijó de la humedad del río, a cierta distancia de la jaula. Se ovilló como un ciempiés y quedó dormido, exhausto por las emociones del día.

De madrugada unos gritos lo despertaron. Eran de varios hombres y se extinguieron enseguida.

Sobresaltado, se escondió tras el grueso tronco del castaño y, cuando se le pasó el susto, se decidió a mirar.

Desde allí solo podía atisbar el balanceo de la jaula. Se acercó asustado, quiso gritar: «¡Mujer, despertad!», pero un mal presagio o la prudencia que le habían dado cuatro meses a la intemperie le sedujeron de que no era buena idea.

Y no lo era, cuando pudo aproximarse comprobó que la mujer estaba ya fría y rígida.

Había muerto durante la noche.

Mas a pocos metros, a sus pies, casi escondidos entre la alta hierba, descubrió dos cuerpos más. Apuñalados por la espalda. Eran dos hombres, soldados como los que a veces entraban en el taller de jabones. Estaban quietos, y reunió el valor para acercarse y tocar sus mejillas. Las sintió aún calientes. Acababan de morir. Los gritos habían salido de aquellas bocas abiertas.

«¿Quién ha hecho esto? —fue capaz de preguntarse, con ojos de espanto—. Los lobos no han sido. La mujer ha muerto sola, pero alguien ha matado a los soldados.»

Otro grito, a su espalda, lo obligó a salir corriendo.

—¡Lleva un hábito blanco! Tiene que ser una de las chiquillas del taller de jabones.

El niño corrió, se levantó el sayal para no tropezar, pero no fue suficiente. El peso del mundo cayó sobre él y el hombre que lo perseguía lo derrumbó con facilidad.

—¡Mirad, mi señor! Creo que hemos encontrado a la autora —dijo, pero el patético amago de carrera había dejado al niño con sus vergüenzas al aire.

»No —se corrigió—, al autor de la masacre. Este es el niño de los bosques del que tanto hablan con miedo los leñadores y los apicultores. Pero no creo que esté endemoniado, pese a sus terribles actos.

El niño no vio al señor del que hablaba, el soldado grueso le había dado la vuelta contra el suelo y lo aplastaba con los brazos en la espalda. Sorprendió al niño y lo desconcertó que el soldado colocase un objeto duro en su mano y lo obligase a cerrar el puño.

—Hemos encontrado al que mató a una de las... de las jóvenes jaboneras. Mirad, todavía lleva el puñal ensangrentado.

5

CORROMPER A UN ÁNGEL

Eleanor

Burdeos, 1137

Me acerqué trastabillando hasta las puertas de la vieja catedral de San Andrés. No tenía conciencia del tiempo que pasé deambulando por la orilla del río Garona hasta adentrarme en la antigua ciudad. Buscaba paz, silencio y sosiego, porque la tormenta que estallaba cada vez que cerraba los ojos amenazaba con llevarme por delante.

«Calma, Lía. Calma.»

Rai ya no iba a estar. Nunca más. Era una certeza demasiado inmensa como para asumirla en un solo día. Tal vez iba a necesitar una vida entera para llegar a creerlo.

«Solo se va a una de sus campañas. Volverá, como siempre. Volverá.»

Padre ya no estaba y falsificar el testamento era solo la primera parte de mi plan para desenmascarar a su asesino. «No pienso dejar que quede impune, padre. Nadie mata a un duque de Aquitania y vive en paz el resto de sus días.»

Las tres eses me escocían como si tuvieran vida propia, pero me gustó que el recordatorio me latiera en el hombro derecho. Me distraía del dolor de contar otro día más sin padre. Las jornadas pasaban y su ausencia se estaba tornando insoportable. Visitaba una y otra vez su cámara y nunca estaba, nadie tocaba sus melodías con el laúd, las risas de mis tíos no tenían la cadencia exacta de la suya. Los juegos con Aelith ya no me resultaban tan espontáneos. ¿Aquello era el duelo? Pues dolía como un infierno.

Miré a mi alrededor.

Obreros cubiertos de polvo, regatonas cargando con cestos de fresas, mozas de campo de rostro abrasado, niños peleando por un caballito de madera.

Todos los que vi dependían de mí.

Y no lo sabían, solo veían a una cocinera con el corpiño mal encajado. Me trencé el pelo, buscando borrar las evidencias de mi último lance con Rai, y suspiré.

Traspasé el umbral del templo, pero al entrar solo encontré el trasiego de los peones, vigas acumuladas junto al altar, cirios abandonados en las esquinas, el olor a prisas que anticipaba un gran evento.

Mi padre merecía unos funerales más fastuosos que los de cualquier duque de Aquitania anterior.

No me lo pidió en vida, pero yo había ordenado superar en todo detalle las exequias de mi abuelo. Un prelado más, más plañideras, un coro más numeroso. Mi abuelo fue un magnífico duque de Aquitania, pero denigró en vida a su propio hijo y ahora que ninguno de los dos estaba, yo pensaba resarcir a padre de lo sufrido.

Dejé encargado ya a los cronistas de Burdeos, Poitiers y Gascuña que escribieran varias biografías laudatorias, no solo en la lengua de oc, también en latín y en la lengua de oíl.

«Que toda la cristiandad te recuerde grande, padre.»

—¿Dónde está el confesionario? —pregunté a un chicuelo lisiado que transportaba dos ubres de agua sobre su espalda desviada.

—En una de las barcas del río —contestó sin mirarme.

Eso era bueno.

Debía pasar desapercibida, nadie tenía que saber que

yo era yo aquella mañana de viento sobrenatural y prodigios.

Recordé con un escalofrío la visión del águila bicéfala... ¿Qué había querido decirme aquella bestia magnífica? De haberla encontrado cuando era un aguilucho, la habría adiestrado, la habría hecho mía y yo sería suya como hice con tantos de mis gerifaltes.

Salí del templo en obras. Luz, aire limpio y calor.

Me estaba despidiendo de Aquitania, malditos Capetos. Dirigí mis pasos a la cercana orilla. Una barca anclada a un madero contenía un confesionario que se mecía, incongruente, sobre el lecho inestable del río.

Entré en la oscuridad del pequeño cubículo de madera. El confesor respiraba al otro lado de la cortina bermellón que nos separaba. Parecía ser un anciano de pesado aliento quien me dio una bienvenida de voz grave. Olía a miel, tal vez era también recolector, o acaso cocinaba para los de su orden.

—Necesito confesión para lo que estoy a punto de hacer —le urgí en nuestra lengua de oc.

—Y si es tan grave el pecado, ¿no sería más prudente evitarlo? —contestó él, con la voz cauta de los que han escuchado demasiado.

—Ya es tarde, en breve todo estará previsto para mi boda.

—¿Y cómo unos esponsales son un pecado, hija?

«Porque voy a casarme con el hijo de mi peor enemigo, el hombre que mató a mi padre. Y voy a parir a su propio enemigo, de su sangre asesina y de la mía. Seré reina de Francia, padre, y un aquitano, mi hijo, será rey de Francia.»

—Lo que voy a pronunciar en voz alta es traición, no aquí, pero sí en la Isla de Francia. Necesito garantías —le exhorté.

Se revolvió, inquieto. Desprendía también olor a tierra, ocre, acaso malaquita, y... clavo. Aceite de clavo, me incliné entonces a pensar que era el cocinero de su orden.

—Mi dulce joven, soy un simple servidor de Dios. Mi vida

es muy sencilla y por eso no deseo verme implicado en ninguna conspiración. ¿No preferís callar, confiar en alguien más cercano, o simplemente no conspirar?

—No puedo callar porque la rabia me hierve y mi plan secreto ocupa mi mente día y noche, en mis pesadillas y en mis despertares. Solo vivo para vengar la muerte de mi padre y de lo que me hicieron los Capetos. No puedo confiar en alguien más cercano porque vivo rodeada de mi séquito, y no sé si sabéis lo sola que se siente una persona que está siempre acompañada. Y no, no quiero renunciar a conspirar porque no nací para ser mansa y olvidar agravios, y no quiero la muerte de mis enemigos, quiero su derrota en vida.

«Ganar no es nada, disfrutar de la victoria y de sus beneficios lo es todo», rescaté del manual de mi familia. Página dieciocho, fue mi bisabuelo quien lo escribió.

—¿Tengo vuestro voto de silencio? Sois un confesor, vuestra obligación es escuchar, dar la absolución y callar —le recordé.

—Me habéis atrapado en este confesionario como a un ratón —accedió reticente—. Hablad, pues. Creo que... creo que lo necesitáis, pequeña dama. Se os ve... sola, sola aunque fuerte.

Y entonces el viejo confesor hizo algo.

Un gesto nimio.

Su mano, en la penumbra, traspasó la cortina y asomó bajo la tela que nos separaba, rozando la madera del alféizar, y me la tendió.

Y yo la tomé, la tomé y la apreté con fuerza. Me sorprendió su tacto y su vigor para ser un anciano. Qué bien me vino aquel abrazo de manos, como si un ángel se hubiera detenido en su paso por la eternidad, hubiera comprendido que iba a necesitar toda la ayuda celestial y hubiera bajado a susurrarme: «Adelante, Eleanor. Todo va a ir bien. Adelante».

Por primera vez me sentí en paz, escuchada. En una corte ya sin aliados, aquel sacerdote era gentil sin saber quién era yo.

Pero el momento de magia blanca pasó, recordé en quién tenía que convertirme a partir de aquel día, retiré mi mano de aquel roce y me obligué a continuar.

—Aquí va mi confesión —atajé—: Voy a acabar con los Capetos, voy a casarme con el débil Rey Niño.

6

EL LIBRO DE LAS HORAS

ELEANOR

Burdeos, 1137

El primer heredero del rey Luy VI el Gordo había muerto años atrás en un humillante accidente mientras volvía a París. Un cerdo se le cruzó por el camino y Felipe salió volando de la cabalgadura. Se rompió el cuello, apenas sobrevivió unos minutos a su agonía. «*Porcus diabolicus*», se había lamentado un desconsolado Suger. El Gordo lo lloró también, pero no perdió el tiempo e hizo coronar enseguida a su segundo hijo, Luy el Niño, un crío débil y enclenque. Padre estuvo presente, como todos los demás vasallos que se vieron obligados a rendirle homenaje. Me habló de un pequeño de once años delgado y asustadizo.

Influenciable.

Manipulable.

Mi confesor aquitano no me dio réplica, solo hubo silencio. También él alejó su mano. El encantamiento, la intimidad de aquel instante eterno se perdió en la penumbra del cajón de madera en el que nos mecíamos. Tal era el peso de la sorpresa y la gravedad de mis intenciones.

—¿Podéis elegir? —preguntó con cautela.

—Soy una mujer, ¿responde eso a vuestra pregunta?

—Creedme, casi nadie elige su destino, pero todos acabamos amoldándonos a los designios ajenos. No sería tanta vuestra penitencia en vida si acabaseis conformándoos con el esposo del que habláis.

—Mi corazón siempre será de otro —respondí en voz baja, quizá me lo dije a mí misma. Y por primera vez pensé en Rai como en una ausencia que ya no iba a estar presente a diario.

Era un dolor nuevo, desconocido para mí hasta entonces. Y cómo dolió.

A mis susurros los siguió el silencio de mi lacónico confesor.

—Siento escuchar vuestro infortunio. Y no soy quién para dudar de la veracidad de vuestras palabras, pero... ¿cómo pensáis terminar con los reyes de Francia?

—Pariré un aquitano tras otro, y después del débil Rey Niño, será un orgulloso hijo de Aquitania quien reine en la corte de los Capetos. Diluiré su sangre en la mía, todas las veces que haga falta, una y otra vez, y así educaré a mis descendientes para que mi linaje se imponga hasta que no quede un solo mechón rubio bajo la corona real.

«Y una vez en París no descansaré hasta encontrar evidencias, buscaré pruebas y confesiones hasta tener la certeza de que el Rey Gordo ordenó el asesinato de padre», omití. Saber lo que le ocurrió a padre se había tornado en mi obsesión, lo que me mantenía insomne desde que no había regresado de Compostela. Mi rabia mantenía domado al dolor, no podía dejar que respirase o de lo contrario iba a quemarme en aquella hoguera.

«Nadie mata a un duque de Aquitania sin que el infierno lo alcance», me repetía antes de caer rendida cada noche.

De pronto se oyeron voces fuera del confesionario. Imaginé jornaleros paseando por la orilla. Tal vez el viento del sur, que no amainaba, amenazaba con hacer peligrar sus quehaceres. Percibí sus prisas. Aquel día todos teníamos prisa. Le insté a que me concediera la ansiada absolución.

—Padre, ¿vais a tener vuestra charla con el Altísimo y a rogar por mi alma?

El sacerdote suspiró, notaba su disconformidad a una vara de mi rostro. Él, que tantos pecados escuchaba cada día. Mentiras, traiciones, envidias y secretos. Los míos iban a ser graves, lo reconozco, pero me estaba impacientando con tanto remilgo. Mis confesores del palacio de l'Ombrière me absolvían enseguida con una mezcla de sumisión y distraída obediencia cuando acudía a la capilla.

Nunca antes había confesado, en todo caso, pecados mortales y altas traiciones como aquella mañana.

—*Ego te absolvo a peccatis tuis in nomine Patris, et Filii, et Spiritus Sancti.*

«Os lo agradezco mucho, buen padre», ahora que el Dios crucificado me daba vía libre, ya podía centrarme en los detalles.

Me persigné y salí de la oscuridad de la caja de madera. Pero entonces la barca se balanceó peligrosamente ante el repentino movimiento del sacerdote, que salió por la puertecilla de atrás del improvisado confesionario.

El confesor se incorporó con precaución sobre los tablones de la barca. Para mi sorpresa, no era un viejo sacerdote como yo esperaba, era inmenso y joven, de barba puntiaguda y larga melena pese a la afeitada tonsura. Su ceño fruncido de preocupación ocultaba unos extraordinarios ojos dorados. Cada vez los ordenaban más jóvenes, la falta de vocaciones iba a acabar con la Santa Madre Iglesia de Roma.

Él me miró incómodo desde las sombras que proyectaba el inmisericorde sol aquitano sobre los álamos de la orilla. Una vieja y raída sotana blanca apenas le llegaba a tapar las rodillas, herencia de algún cura caído de su comunidad, sin duda.

Y yo, curiosa de todo, no pude evitar acercarme a estudiar sus mangas con más detenimiento. Allí estaba la solución al enigma.

—¡Sois un iluminador! —exclamé, al observar su manga izquierda.

El dulce olor a miel que desprendía mi confesor se debía a que la basta tela de su manga estaba impregnada de un par de manchas doradas. Había restos de una sustancia transparente y rígida junto a los de la miel. Elegí pensar que era clara de huevo y no semilla de hombre, por muy en edad de crecer que estuviera el joven novicio. Miel y clara de huevo en la manga izquierda. Eran aglutinantes.

La manga derecha mostraba todo un arcoíris de manchas. El ocre del aroma a tierra que olí y algo del esquivo lapislázuli —ese monje tenía encargos caros—. El rastro rojo que bordeaba una de las costuras me hablaba de una gran cantidad de óxido de hierro, intuí su gusto por inflamar de rojos sus biblias iluminadas. Y el aceite de clavo para evitar que los hongos se comieran el pergamino. Yo adoraba aquel olor a clavo, el pequeño *scriptorum* del palacio de Poitiers fue mi refugio durante mi primera infancia.

Adamar, mi ama de cría, comprendió pronto mi carácter inquieto y me enseñó a sosegarlo en la penumbra de la biblioteca de los duques de Aquitania. Ella fue siempre mi tranquila confidente. La abuela paciente que no tuve, a veces la vida encuentra a la sangre y no tiene nada que ver con la que nos viene dada por derecho de nacimiento. Junto con el anciano Astrolabio, el orondo físico de la familia, me acompañaba en mis incursiones mientras me formaban en ciertas artes prácticas que más tarde me iban a resultar tan útiles.

—Algo sé de iluminar manuscritos, es cierto —contestó encogiéndose de hombros con modestia.

—Es más que eso. —Le señalé los frascos de barro que colgaban del cinturón—. Recolectáis raíces y tierras para vuestros pigmentos.

—De nuevo me habéis atrapado como a un ratoncillo —admitió, tímido, con una sonrisa mientras se rascaba una ceja—. Lo cierto es que ando con prisas, estoy elaborando un libro de horas. Con oficios, el más bello que se haya dibujado nunca. Necesito nuevos colores.

—Adoro los libros de horas —dije, mientras recordaba los que me dejó el abuelo en testamento. Y el recuerdo de otro testamento me devolvió a la amarga realidad.

Él se ruborizó, algo turbado. No estaba acostumbrado a los halagos, pero aproveché la oportunidad que me brindaba la vida.

—¿Sabéis de vitelas? —Habría sido demasiado escandaloso preguntarle por el cuero humano, pero pensé que la piel de una ternera sería parecida en comportamiento.

—Algo sé, ¿por qué os interesa?

—Por mi amor a los libros, soy de naturaleza curiosa y siempre atosigo a los maestros de cualquier gremio con mis preguntas. ¿Podéis decirme qué pigmento sirve para crear manchas marrones en una vitela?

—La limonita, la tierra de Siena, el carmín de cochinilla... —comenzó a enumerar.

—Un marrón oscuro y que la mancha no se derrame por el cuero —lo interrumpí—. Algo muy preciso.

—¿Para detalles pequeños, pongamos el caso?

—Para detalles pequeños, digamos que sí.

—Tierra de Siena, entonces. Poco diluida. Pincel muy fino, cerdas duras, acaso de equino.

Mi padre no mostraba su espalda a cualquiera, pero yo conocía de memoria la constelación de lunares que la recorría en diagonal. Desde niña sabía cuál iba a ser el destino de esa porción de piel, sabía que tendría que testificar su autenticidad cuando él me legase sus títulos. Me instruyó para que los memorizase. Había llegado la hora de hacer uso de aquella lección. Tatuar el lema de los duques de Aquitania, las tres eses, no sería un problema. Rai me había cedido la tinta que sobró de mi tatuaje, la llevaba escondida en el bolsillo de los pliegues de mi faldón.

Y ya tenía decidida la fórmula de inicio, algo para contentar a los vasallos de padre, pero que no les pidiera permiso legalmente:

«Si mis barones lo juzgan bien, pongo a mi hija bajo protección de mi señor rey, conde de París y señor de la Isla de Francia manteniendo ella el gobierno de Aquitania...».[1]

El carraspeo del confesor me trajo de vuelta al río.

—Creo que ya he saciado mi curiosidad —me obligué a responder, satisfecha.

Él me escrutaba con una mirada que no supe identificar.

—Disculpad, señora. Vuelvo a mis quehaceres.

—Y yo a los míos, clérigo.

«Tengo tanto por hacer...», callé.

Y me alejé de la orilla del río. Mientras lo hacía me llegó un pensamiento, no como una certeza, sino como una suerte de premonición. Me di cuenta de que todos los sucesos importantes de mi vida habían transcurrido siempre cerca del cauce de un río. Observé el Garona y cómo su curso de agua se perdía hacia el norte.

No imaginaba entonces todo lo que el río iba a darme a lo largo de mi vida..., ni todo lo que todavía le quedaba por quitarme.

1. Fragmento literal del testamento del décimo duque de Aquitania.

7

TOQUE DE REYES

LUY

París, 1137

No quería usar la daga, pero...

Me incorporé dentro del barreño de sal. Había quedado tan negra que yo mismo me asusté. Nunca antes había sucedido así, nunca antes los granos de sal blanca habían absorbido de aquella manera la oscuridad de mi alma.

El remedio me lo había procurado el buen Suger años atrás, cuando regresé de mi homenaje como heredero en Reims, con el pesado anillo real en el dedo, impuesto a la fuerza. Bien sabía yo que no iba a poder con aquel lastre. Aquella noche no dormí, ya de vuelta en la abadía de San Denís. Temblé sobre mi catre, los dientes me castañetearon hasta que Suger entró en mi celda. Omitió que era un antiguo remedio de los paganos: la sal de la tierra absorbía los peores terrores. El diminuto abad me introdujo en la tina de madera y mi huesudo cuerpo se calmó. Todo quedó allí, el dolor de la renuncia de cuanto amaba: el silencio y la paz dentro de los muros del que siempre quise que fuera mi pequeño mundo.

He aquí mi vergonzoso secreto: las personas me aturdían. Cualquiera de los cinco sentidos, si era intenso, me debilitaba. El griterío de las masas en presencia de mi padre, la excesiva claridad del sol, los olores picantes y los ambientes tensos. Suger me conocía, nunca supe a cuál de los dos amaba más, si a mi segundo padre, el hacedor de Capetos, o a mi padre, el rey, al que me disponía a convencer de frenar aquel absurdo.

Padre era un hombre preclaro, siempre procuró mi paz y mi bien. Sabiéndome diferente a su primogénito, mi combativo hermano Felipe, permitió que Suger me llevase con él tras mi destete. Desde mis primeros años, el clérigo me formó como su sucesor, el que un día sería abad de San Denís, mi silencioso reino.

La sal me traía calma. En sus menudas entrañas de piedra quedaban el exceso de los sonidos, los colores, los olores, los sabores, las rugosas texturas de las paredes y de los toscos paños que herían mi piel, reactiva a todo.

Me vestí con el hábito gastado, tan hecho a mí como yo a él, y abrí el arcón que contenía mis pocas pertenencias. Cogí la daga y me la guardé en el bolsillo oculto entre los pliegues. También portaba un gallipavo, una piedra de color de cristal extraída del vientre de un gallo sacrificado a los ocho meses. Solo cuando el primer huevo de una gallina era macho sucedía el portento.

Aquel guijarro fue el primero que madre dejó en mi celda para que me quitara los miedos y las tristezas. Después vendrían más piedras protectoras y algunos contravenenos. Jamás hicimos mención de ellos. Quedaban allí, ocultos en mi lecho después de cada una de sus visitas. Lo comprendí el día que, orgullosa por mis avances con los manuscritos iluminados, me regaló un valioso lapidario, un compendio de trescientas sesenta piedras, tantas como grados está dividido el cielo.

Era nuestro lenguaje secreto, un «sigo cuidando de ti, hijo», y yo se lo agradecía regalándole libros de horas que la complacían, lo sé, cuando frustrada por un marido siempre ocupado en un reino que lo demandaba todo de su persona ignoraba la piedra preciosa que se sentaba junto a él en el trono.

Y sé que a padre le cosía a escondidas en una esquina de la capa una piedra de nieve de Acín, traída de Tierra Santa. Era una piedra blanca de vetas amarillas, se decía que si un hombre muy grueso la portaba, adelgazaba pronto y sin esfuerzo.

No funcionaba. Padre continuaba engordando, cada vez más torpe y más impedido. A mi madre, bella y perenne como una siempreviva, le costaba cada vez más soportar al hombre enfermo en el que se estaba convirtiendo su esposo, el rey.

Suspiré al pensar en padre y oculté mi daga después de acariciar la empuñadura, lacada en azul y con el sello amarillo de nuestra flor de lis. Esperaba no tener que usarla, que padre no me llevara por esos caminos, aunque, la verdad, supondría una liberación. Casi lo deseaba.

Sí, qué demonios, deseaba usar esa daga y acabar con todo.

Una multitud aguardaba tras las puertas de la catedral. Los jueves, padre imponía el toque de reyes a los escrofulosos, venían desde los reinos de Navarra y de Castilla, nobles, mendigos, marineros y artesanos. Por un día todos mostraban sin pudor las llagas de sus cuellos.

La tradición mandaba que todos formasen una urdimbre humana y que cada uno alargara el brazo y apoyase la mano sobre el hombro de otro enfermo. Desde el cielo Dios veía una red de brazos que rodeaban el templo, a la espera de que el físico de padre los seleccionase y traspasaran la portada. Yo sacaba una cabeza a todos los presentes, conseguí avanzar hasta quedar a un paso del umbral. Iba a dirigirme al médico cuando una mano tiró de mis hábitos.

—Os vi en Pentecostés junto a él, sois su hijo, el hijo de nuestro bien amado Rey Listo.

Me volví hacia la voz: se trataba de una mujer desdentada, era muy flaca, mas estaba encinta.

—Tenéis el pelo rubio de los Capetos —dijo—, sois el hijo monje que espera la corona. Tocadme a mí, hoy ya se han elegido a los doscientos que serán sanados. Yo me he quedado esperando un milagro y sois vos ese milagro. Tocadme, os lo ruego, mi señor.

—Cómo quisiera ayudaros, pero mis manos no curan. Llevo la sangre de los Capetos y es cierto que soy hijo del rey Luy, pero Dios empieza a curar a través de nosotros cuando el anterior rey muere. Solo un rey ungido puede sanar la escrófula.

—Pero os coronaron hace años. Sois rey, recibisteis el homenaje de los vasallos. Mi señor, Teobaldo de Champaña, acudió e hincó la rodilla ante vos —insistió.

—No es así como sucede, mi padre es el único rey de Francia, y es él el único que cura —repetí, y subí mi capucha para ocultar mi indiscreto cabello claro.

Pero entonces la mujer sujetó mi mano con fuerza y la colocó sobre la llaga de su cuello.

—Decid las palabras, os lo ruego.

—No voy a tomar el nombre de Dios en vano. ¡No voy a hacerlo, mujer! —me negué entre susurros. Si la multitud desesperada de enfermos me identificaba, aquello iba a acabar en tragedia.

—Rezaré cuatro paternóster por vos, no será pecado mayor si me curo. ¿No estará Dios contento de no tener a su lado a una madre de seis retoños y de los tres que vienen?

—Pero, señora, ¿es que solo sabéis parir en racimos de tres?

Ella asintió.

Maldita. Pensé en los seis huérfanos, eran demasiados

para que ningún gremio o señor se encargara de ellos, y menos el siempre ocupado Teobaldo. Varias de esas criaturas aparecerían en los bosques de los alrededores, abandonadas a la noche y devoradas por las alimañas. Solíamos encontrar lo que quedaba de ellas cuando otros novicios y yo buscábamos troncos adecuados para los techos de las obras de San Denís.

Me rendí, asumí otro pecado más y apoyé mi palma sobre la llaga.

—Que sean cinco —dije.

—¿Cinco?

—Cinco paternóster por mi blasfemia, y un avemaría —le escatimé. Y a continuación le susurré al oído—: El rey te toca, Dios te cura.

Ella inspiró y cerró los ojos, como si absorbiera el calor de mi mano en su cuello. Yo también noté algo. El olor a cebolla de sus palmas, la podredumbre que emanaba de los huecos de su dentadura.

Su historia era sincera, siempre pude leer las mentiras en los rostros de los que me las contaban. Me asustaba ver el alma de las personas de manera tan diáfana, pero Suger me reconfortaba diciendo que Dios nos va armando por el camino con la panoplia adecuada.

No esperé a que la mujer abriera los ojos, me zafé de ella y me colé en el templo.

Algunos miembros de la escolta real me intentaron detener. Los comandaba el fiel Thierry de Galerán, el eunuco templario que se encargaba de la seguridad de padre. Eran eficientes y leales, a veces demasiado implacables, yo no soportaría tanta arma a mi alrededor todas las horas del día. Les enseñé el anillo real de mi mano diestra. Inclinaron la testa y avancé hasta el primer banco.

Padre me vio, me dirigió una mirada afectuosa y prosiguió con la ceremonia. La misa había acabado ya y el obispo de París acompañaba a padre: su larga melena rubia, idéntica a la mía, cubría la pequeña capa que daba nombre a nuestro linaje, desde que Hugo Capeto se había acostumbrado a llevarla.

—Acércate, anciano —dijo el obispo al primero de la fila.

El viejo le ofreció el cuello. Padre, solemne, se inclinó con esfuerzo sobre él. Un sirviente le secaba el sudor que corría desde la frente hasta la papada.

—El rey te toca, Dios te cura —pronunció con voz audible.

El obispo se volvió hacia el sacristán, quien portaba un cofre con los *sous tournois*. Le entregó al enfermo las dos piezas de plata.

—Llévalas siempre encima —le ordenó.

La mayoría de los escrofulosos las agujereaban y las lucían con un cordel de cuero al cuello, a modo de amuleto.

Padre se giró y se lavó las manos. El chambelán recogió el agua en un cubilete de madera.

—Bébela en ayunas durante nueve días. Al noveno sanarás. Así ha sido desde Roberto el Piadoso, Dios ha elegido a la estirpe de los hijos de Hugo Capeto para sanar a su pueblo —recitó el obispo.

El anciano agachó la cabeza, le temblaron las rodillas, miró a padre con veneración y abandonó la fila para dejar paso al siguiente milagro. Todos lo amaban, padre era el primero de nuestro linaje realmente adorado por el pueblo de los francos, los hombres libres. ¿Cómo podía yo igualar aquella hazaña, aspirar siquiera a ser tan querido y respetado como él? Nada de su fuerza me había sido legada.

La ceremonia se repitió una y otra vez. Todos y cada uno de los ritos se ejecutaron en doscientas ocasiones. Ya venía el ocaso a adueñarse de la luz cuando padre se retiró a solas a la sacristía y fui tras él.

Fue un gesto inconsciente el que me hizo apretar con fuerza la empuñadura de la daga, tanto me imponía su sola presencia.

Suspiré y me decidí.

—Hemos de hablar, padre.

Había llegado el momento de acabar con todo.

8

EL PUÑAL DEL HEREDERO

Luy

París, 1137

—Veo que Suger ya te ha dado las nuevas. —Padre rio después de darme una fuerte palmada en el hombro—. Eres afortunado, ¡somos afortunados! Este matrimonio va a cambiar la faz de Francia para siempre.

—De eso os quería hablar... —comencé.

—Hay poco que decir, en realidad —me interrumpió—, y mucho por atar antes de que los barones aquitanos se nos revuelvan y convenzan a esa niña de que se quede en el palacio del Trovador. ¿Te ha hecho llegar Suger el retrato que le entregaron durante la visita a Burdeos? ¡Por Dios, estará exagerado, pero es una beldad! Con esas fabulosas tierras se casaría con cualquiera aun siendo una mula, pero ya se sabe, los aquitanos han de superarnos en todo, y todos en esa maldita familia son hermosos.

Había visto el retrato. Fue la confirmación de que la joven sirvienta a la que confesé no era una delirante. Era ella, la mismísima Eleanor de Aquitania.

La había creído desde el primer momento.

Era culta y estaba acostumbrada a ordenar, ninguna sirvienta hablaba con esa autoridad que emanaba de ella ni elegía las palabras de modo tan preciso. Y supe desde la primera mirada que no podría con aquella fortaleza. Yo era débil, vulnerable, todo me hería y me trastornaba.

No iba a poder con el reino, no me sentía un elegido de Dios, no me sentía digno de los milagros de mi sangre, de curar llagas como hacían los Capetos, de imponer las manos y sanar a los súbditos de la corona.

Y Eleanor de Aquitania iba a devorarme vivo a menos que yo mismo evitara nuestros esponsales.

—Tú tienes que limitarte a traer a este reino muchos hermosos varones. Aunque la mitad de su sangre sea del Mediodía, serán Capetos. Capetos muy ricos gracias a su madre. Llevo muchos años persiguiendo Aquitania...

—¿Por qué los odiáis tanto, padre, por qué odiáis a los aquitanos? ¿Es porque son bulliciosos, alegres de un modo inmoral, cultos? ¿Por sus fiestas, por sus trovadores, por sus vendimias, porque todavía practican a escondidas las costumbres paganas? Eso podría entenderlo...

—¡No, idiota! —me interrumpió—. ¡Porque son fabulosamente ricos! ¿Por qué un rey ha de ser más pobre que sus súbditos? No sé hacer dinero, he de pelear por cada molino, por el derecho a dormir una noche en cada miserable castillo que visito y por que a mi séquito le den gachas en sucias escudillas de madera. Ellos adornan sus mangas con piedras preciosas, llevan calzado de seda, ¡hasta sus caballos visten mejor que tú, maldita sea, que siempre pareces un pobre mendigo! Pero eso acaba hoy, hijo. Tú viste el retrato, ¡es un ángel! Un ángel acaudalado que no pensaba regalar a mis vasallos. Nuestra pequeña franja de tierra está estrangulada por los dominios de Godofredo el Bello al oeste y de Teobaldo de Champaña al este. ¿Crees que iban a dejar pasar la oportunidad de pedirme la mano de la duquesa de Aquitania? No puedo permitir que anexionen tanto territorio ni tanta riqueza a los que ya tienen. Y el finado duque de Aquitania me ha hecho el favor de su vida: en su testamento te entregaba a su primogénita.

Imagino que le perdió el deseo de que su linaje consiguiera lo único que les faltaba: el prestigio de una corona. Es cierto que a cambio exige que ella mantenga el dominio sobre Aquitania, pero es una niña, tú encárgate de hacerle herederos y yo me encargaré de someterla en cuanto pise el palacio de la Cité.

—¡No soy un semental! —grité.

Para eso me querían, tanto Eleanor como padre. Traer aquitanos o Capetos al mundo. Tanto daba. Yo solo era el débil eslabón de una cadena que sentía ajena. Maleable para todos los que se creían con derecho de martillear mi futuro.

—Tienes ya hechuras para serlo. —Rio—. En un invierno tus miembros se han estirado y tu espalda se ha fortalecido. Serás un rey magnífico, un rey guerrero que comandará sus tropas y acumulará más tierras.

—No, padre. No la quiero, no quiero nada con ella. —Cómo contarle.

El odio sincero de las palabras de Eleanor de Aquitania cuando hablaba de nosotros, ese rencor enquistado. No podía ganar esa batalla y me iba a destrozar el desprecio con el que hablaba de mí, del Rey Niño.

Yo no era bueno en remontar afectos.

—¿De qué diablos crees que estás hablando? Te casarás con ella y en breve, además. Esto es lo mejor que le ha ocurrido a nuestra sangre en centurias. Ya no volveremos a ser los reyes más pobres de Occidente. Y tú no vas a despreciar este maná caído del cielo.

«¿Caído del cielo?», pensé.

Padre llevaba años obsesionado con Aquitania. Y las obsesiones no desaparecían con cuatro palabras tibias.

Así que saqué la daga, qué remedio. La empuñé y me acerqué a padre.

—¿Qué crees que estás haciendo con eso? —preguntó sin comprender.

—Es para vos, quiero que la uséis.

—¡Guarda ese puñal, blasfemo! —susurró furioso—. Estás en casa de Dios, ni siquiera un heredero esgrime un arma en suelo sagrado.

Cansado ya se la coloqué en las manos, me di la vuelta y me arrodillé mientras agachaba la cabeza y le ofrecía mi cabello.

—Quiero que me cortéis la melena. Deseo renunciar al trono y no volver a salir de San Denís. Y si queréis que gobierne, gobernaré la abadía, para lo que estoy preparado. Mi hermano Roberto os sucederá, es enérgico como vos, un auténtico guerrero. Es lo que este reino necesita.

—Tu hermano Roberto va después de ti en la línea de sucesión. A no ser que mueras, él no será rey de la Isla de Francia. No puedes renunciar a la corona para meterte a monje, ¿qué mensaje daremos los Capetos a los señores vasallos que nos acosan? Yo te lo diré: que mi heredero desprecia mi reino y prefiere ser un siervo de Dios en una pobre abadía. Yo estoy enfermo y hace dos veranos París estuvo a punto de quedarse sin rey. ¡Eres tú, maldita sea, a quien necesito, aquí y ahora!

Ignoré sus gritos, amarré mi pelo en un puño y se lo ofrecí de nuevo.

—No soy digno del toque de reyes, no podré con el peso de todas las cargas que vos lleváis. Mirad más lejos que el hoy y el inmediato mañana, padre. No soy el adecuado para gobernar París ni la Isla de Francia, soy una rama enclenque, habéis de despejarla del tronco y dejar que un retoño fuerte mantenga el árbol vigoroso.

—¡Eres tú, eres lo que ahora hay! ¡Eres suficiente! Suger te guiará.

—Suger no estará siempre.

Y entonces, para mi alivio, se rindió, tal vez al amor o a la ternura. Respiró pesado, se balanceó como pudo para sentarse a mi lado en la escalera, aunque tuvo que apoyarse en mi hombro, que por suerte soportó el peso de sus carnes y su osamenta.

—Hijo, hijo amado —dijo con calma, sonó dulce—. Siempre tan circunspecto, tan preocupado, tan responsable. Te juzgas con tanta severidad... Si pudieras ver lo que yo veo en ti, el vislumbre del gran rey que serás...

—No, padre, no seré rey y no me casaré con Eleanor de Aquitania.

Asintió serio y miró una de las cruces de madera clavadas en la pared. Marcaba la undécima estación del calvario, el momento en que Jesucristo fue clavado en la cruz.

—¿Y crees que es tu última palabra en este asunto? —me preguntó.

—Lo es. —Hice de nuevo una coleta con mi melena y yo mismo comencé a cortar algunos mechones.

Aún no se habían posado sobre las brillantes piedras del desgastado suelo de la sacristía cuando lo noté por primera vez.

El frío.

Provenía de mi padre, o tal vez ya no. Porque el hombre que tenía a mi lado ya no era cercano, ni siquiera conocido. Y esa voz..., ¿fue la suya esa voz ronca, de metal, la que pronunció mi epitafio?

—Entonces no me dejas otra opción —dijo—. Seré yo quien tome a la chiquilla muda por esposa. No comprendo el rechazo visceral que sientes hacia esa sureña, tal vez sea solo el terror del célibe, se te pasará y comprenderás que no hay tanto que temer. En cuanto las montas se les van las fuerzas. Pero esa párvula es la llave del futuro de nuestro reino y vas a tener que soportarla en tu vida. Si no la quieres como consorte, la tendrás como madre.

—¿Vos, casaros con Eleanor de Aquitania? —Palabras imposibles, casi reí al escucharlas—. ¿Vais a arriesgaros a ser excomulgado por bigamia? Sois vos quien blasfema ahora en suelo sagrado, padre.

—¿Bígamo? No lo has entendido todavía. Y aquí te dejo tu primera elección como rey. O vienes mañana a mi cámara, antes de la hora tercia, a darme el sí a tu boda, o tu madre se encontrará indispuesta repentinamente. Morirá rendida tras angustiosos dolores, tal vez la lleve al infierno el polvo de alguna de esas piedras paganas que adora a escondidas. Será horrible, será una desgracia. Y ambos la lloraremos como corresponde mientras me vistes para la ceremonia de mis próximos esponsales con la bella niña aquitana.

El rey, el hombre prudente que estaba a mi lado, se apoyó de nuevo en mi hombro para levantarse. Se tambaleó y casi cayó sobre mí, pero lo ayudé a incorporarse, aunque para mí ya no éramos padre e hijo, sino rey y sirviente.

—Mañana, Luy. Mañana —repitió el rey, se persignó ante la cruz y marchó.

Ninguno de los dos lo sabía, pero aquel infame atardecer en la sacristía no estábamos solos.

Como si el destino quisiera hacerme pagar por tantas veces que me hice pasar por confesor en el pasado, una presencia escuchó la charla que cambió el devenir del reino de Francia, oculta tras las cortinas de un viejo confesionario que alguien apartó una vez y acabó en la sacristía.

9

EL TALLER DE JABONES

Niño

Décadas antes del asesinato del duque de Aquitania

El horror de ser maniatado y transportado como un fardo sobre las ancas de un caballo se tornó en esperanza cuando el niño comenzó a reconocer los árboles, el puente y el lavadero junto al que había sido su primer hogar, el taller de jabones.

El orondo soldado lo cargó bajo el brazo como si fuera un jamón y entró con él en la penumbra del patio interior. Después lo tiró al suelo sin demasiados miramientos junto a una de las pirámides de pastillas de jabón y se acercó a su rostro.

—Ni se te ocurra moverte. Hemos hecho llamar al duque, dicen que llegará en breve. Y no quieres hacer enfadar al duque, ¿verdad, criatura?

—No —fue capaz de decir y agachó la cabeza, fingiendo estar asustado.

Pero no lo estaba, o no mucho.

Se había criado en aquel patio, conocía cada una de las calderas cuyas papillas hervían sin prisa y sabía reconocer por el olor el contenido de todas las tinajas.

Sabía cuánto llevaban al fuego este caldero y el de más allá, y desde luego había ordenado muchas veces las pastillas de jabón a su espalda. Tabla sobre tabla, formando una figura escalonada. Pese a que no había conseguido aflojar del todo la cuerda que le ataba las manos a su espalda, pudo apartar una de las tablas de la pirámide sin necesidad de mirar.

Sabía que estaban huecas, sus madres le enseñaron que si las pastillas descansaban demasiado juntas y sin airearse acababan deformadas y se ablandaban.

Se escurrió, pues, dentro del hueco de la pirámide, donde solo un cuerpo tan diminuto como el suyo podría caber y, hábil como era, logró recolocar la tabla con las manos atadas a la espalda para encerrarse después en su pequeña prisión.

Prestó oídos, se oyeron pasos.

—¡Que alguien me cuente lo que ha sucedido, y rápido! —reclamó un vozarrón con autoridad.

El niño miró entre un hueco de las pastillas de jabón y reconoció al joven alto de la túnica blanca, el encargado del taller.

Iba detrás del duque.

El niño conocía también al duque.

Visitaba de vez en cuando el taller, era como un oso muy corpulento. Su pelo destacaba por ser negrísimo y vestía de oro y muchos colores. Era alegre y demasiado ruidoso.

A menudo llegaba cantando trovas y obligaba a sus madres a bailar con él.

Ellas accedían, todas giraban y giraban mientras las demás daban palmas, pero en sus ojos siempre había el mismo terror con el que él miraba a las culebras.

—Mi señor, un feo asunto. Dos de las hermanas han escapado. Mis hombres las han perseguido, se han metido en la espesura del bosque, allí donde nadie va nunca excepto para colgar a los reos en la jaula. Torpes han sido mis soldados, desde luego. Dos han acabado muertos y también una de las mujeres.

—¿Y la otra?

—Huida.

—Buscadla.

—Creo que no me habéis entendido, mi señor. Cuando digo «huida» es porque yo mismo me he encargado de seguir su rastro en cuanto me han avisado del despropósito. ¿Cuántas veces se me ha escapado una fugitiva en los años que llevo a vuestro servicio?

—Ni una.

—Pues eso digo. Que si no la he encontrado ya, no voy a encontrarla.

El duque guardó silencio durante un momento, el niño atendió.

—Este asunto no me viene nada bien ahora, quiero reconciliarme con la Iglesia. Si esa mujer habla de la existencia de este... taller de jabones, Roma no me va a perdonar. Seguid buscándola. ¿Qué diremos mientras?

—Hemos encontrado a un chicuelo en el bosque. Era el que desapareció hace meses y dimos por fugado o por muerto.

—¿Y estaba vivo? Cosa curiosa —dijo el duque.

—Sí, lo tenemos aquí. Creo que es el niño salvaje del que hablaban los leñadores con tanto miedo. Podemos acusarlo de haber matado a mis dos hombres y a la mujer, todos lo creerán, pero he preferido consultarlo antes con vos. El niño es el hijo de Maud, la más joven de todas.

—Entonces no me habéis defraudado del todo, no. Me parece muy conveniente que lo hayáis apresado, alguien tendrá que pagar este sindiós. ¿Dónde está el mozuelo?

—Aquí, os lo mostraré —dijo el espigado.

Pero el joven buscó y no halló al niño. Imposible encontrarlo desde hacía un buen rato.

Le había dado tiempo a zafarse del cordel, le había dado tiempo a salir de la pirámide por la parte trasera, le había dado tiempo a escurrirse entre los depósitos y escapar del patio.

Pero no se atrevió a salir del taller de jabones, en el portón esperaban demasiados hombres del duque con sus cabalgaduras.

Así que trepó por la desvencijada escalera que él mismo había reparado tan a menudo y subió a la buhardilla que hacía las veces de granero donde sus madres protegían de los ratones el trigo y la cebada.

Escuchó una blasfemia allí abajo, pero él ya estaba a salvo sobre una de las vigas.

El niño pesaba tan poco que ni siquiera las tablas se quejaron cuando se abalanzó sobre uno de los sacos de trigo y masticó los granos. No era pan, pero le supo a gloria bendita.

Se sentó, sintiendo por primera vez en cuatro lunas que había vuelto a casa, que en aquella buhardilla no sacudía el relente de la madrugada ni podían entrar los lobos, aunque el oso que vociferaba a sus pies también le daba un señor miedo.

Y entonces, de repente, la vio.

Una de sus madres se asomó a la escotilla del almacén, subía distraída a coger un saco de castañas para la cena. No esperaba encontrar lo que encontró.

—¿Eres tú, de verdad eres tú, o eres un aparecido? —susurró Maud, diminuta y rubicunda.

—¡Soy yo, madre! —exclamó el niño, casi gritando, y se le olvidó todo, todo.

Corrió a abrazarla y a punto estuvo de hacerle perder el equilibrio.

—¡Madre, estoy bien! Me he dejado en el bosque muchos ramos para los jabones, pero puedo volver con vos a buscarlos. Y tengo sebo, no se me ha olvidado nada, os seguiré ayudando, no volváis a olvidarme en el bosque, por favor...

—Pero, mi niño, ¿estás vivo? —lo interrumpió ella, todavía entre susurros—. ¿Cómo es posible, tan pequeñito y has sobrevivido?

—Pues ya me he hecho mayor. —Se encogió de hombros, fingiendo una dignidad que no sentía. En realidad, estaba aterrado, solo quería que su madre no lo echase de nuevo.

La madre, apenas una niña también, no sabía muy bien

qué hacer. Mas recordó que el Trovador estaba en el taller y le entró flojera en las piernas.

—Deberías escapar de aquí.

—No, esta es mi casa, con mis cinco madres.

—Ya no hay cinco madres, hijo. Solo quedamos Eloísa, Sibila y yo. Las otras dos escaparon, pero a Gisela la han matado.

—¿Y Cecilia?

—A salvo, espero. Y en breve, lejos, muy lejos, donde no la puedan encontrar nunca, ni el duque ni sus hombres. Llevamos años preparando la fuga.

El niño la miró abatido, nada de su vuelta a casa estaba saliendo como él había imaginado cada noche, en su nido de ramas junto al río.

—Entonces ¿me ibais a dejar en el bosque y os ibais a fugar del taller de jabones?

—Mi dulce niño... —dijo la joven, y le peinó toda la melena ensortijada. Al niño le dio vergüenza, sabía que parecía una pequeña vagabunda—. Te dejamos en el bosque porque te queríamos demasiado. Este no es lugar para ti. Otras hermanas han tenido niños y niñas como tú y no queremos que compartas nuestro sino.

—He escuchado al encargado y al duque. Han dicho... han dicho que vos sois mi madre, no las cinco como siempre habéis afirmado —se atrevió a decir juntando todo su valor.

Maud lo besó en la frente sucia. Años callando el sucio secreto, qué gran peso poder admitirlo por fin.

—Sí, mi niño. Yo te parí, aunque todas te amamantamos y entre todas te hemos criado. Así lo hemos hecho siempre, hermanadas en destino, cuidando de otros niños y niñas que han nacido de nosotras y han perecido, aunque no lo recuerdes. Nuestra vida es muy frágil y cualquiera de nosotras puede morir o desaparecer por un capricho del duque o de sus hombres. Este no es un buen lugar para criar niños.

—¿Por qué? A mí me gusta hacer jabones.

—Lo sé, lo sé..., pero no solo hacemos jabones.

—Sí, por la noche los soldados y otros hombres os reclaman y rezáis juntos en las habitaciones, ya lo sé.

La joven lo miró con una tristeza infinita.

—Eso es, mi niño. Rezamos, solo que cuando rez...

Pero entonces se oyó la voz atronadora del duque:

—¡No tengo toda la noche!

La joven apretó los labios.

—¡Voy, mi señor! —gritó y después besó al niño en la frente—. Escucha, mi niño. No puedes escapar hoy, y me temo que nos van a poner vigilancia, has de quedarte aquí, escondido, día y noche. Yo te traeré comida, mas no voy a contarle a nadie que estás vivo, tampoco a Sibila ni a Eloísa, pues las pondría en peligro. Nada de ruidos; tú distingues mis pasos, si no soy yo quien sube, escóndete en ese saco y quédate muy quietecito.

El niño obedeció, con una sonrisa como un universo.

Siempre lo supo. Maud, la más cariñosa y dulce, la más callada, la más diminuta, igual que él, era su madre. Y lo había besado en la frente. Le había peinado su maraña de pelo. Qué más le daban aquel oso y todos los peligros del mundo.

Estaba en casa de nuevo.

Los meses transcurrieron rápidos y se convirtieron en años.

El niño hizo de aquellos sacos de rafia una alcoba, de los montones de cereales una despensa y de aquellas vigas una patria.

Bajaba de la buhardilla cuando su madre le hacía la señal convenida, el resto del día lo pasaba sobre las traviesas, invisible a todo aquel mundo de olores y vapores que se desplegaba algunos metros más abajo.

Se acostumbró a escuchar al encargado del taller, el joven espigado que leía pesados tomos en voz alta en su cámara.

Desde un hueco entre dos maderos, el niño atendía a las

descripciones del amor de Ovidio, los paisajes de las estepas escitas del libro IV de Heródoto y escuchaba asombrado las descripciones de las tribus que Tácito encontró en la Germania.

También aprendió a rezar docenas de oraciones, pues el joven era tan devoto al duque como a Dios y parecía guardar un alma con mil reproches.

Descubrió que en su cabeza perduraban las palabras y comenzó a amarlas, mas también amaba los números y los números lo amaban a él, eran predecibles y confiables, mucho más que los acontecimientos de la vida.

Se hizo docto, además, en negociar salarios con los comerciantes de aceite. Aprendió a cuadrar la contabilidad cada semana, pues el duque era quisquilloso con las monedas y exigía conocer las cuentas cada vez que iba. Aprendió a despachar los asuntos de molineros y las trifulcas seculares entre vecinos por los mojones de las heredades.

Y todo se le quedaba al niño, que estaba tan agradecido por seguir vivo y por el cariño de su madre que cada minuto que le robaba al día por estar con ella era un milagro que atesoraba durante los días enteros de ausencia.

El niño sentía que lo tenía todo.

Pero la vida da y la vida quita, aquellos años suspendidos en el limbo del tiempo estaban destinados a no durar para siempre.

Quién iba a decirle al niño —aunque hacía tiempo que ya no podía llamársele «niño»— que la abrupta aparición del hijo del duque de Aquitania una ventosa noche de abril iba a desterrarlo de su pequeño paraíso para convertirlo en uno de los hombres más singulares de la cristiandad.

10

LOS GATOS AQUITANOS

Eleanor

Burdeos, 1137

Casarte con el heredero de tu peor enemigo es una cosa: hay resentimiento, planes de venganza que han de ser ejecutados pese a los imprevistos, la dichosa contención...

Que en tu propia boda ese hijo decida odiarte a muerte es otra bien distinta.

Pero así comenzó nuestra historia de odio, amor, odio y amor que duró varias décadas de nuestras vidas. Aunque tratándose de Luy y de mí, ni supimos ni quisimos hacerlo de otra manera.

Fue mi hermana Aelith, un año menor que yo, quien entró en mi carromato frente a la catedral de San Andrés antes de que pudiera bajar.

—Ya lo tengo todo previsto, Lía. Hay una barca esperándonos junto al río. De ahí huiremos hacia el sur —dijo triunfante, con el pelo pegado a la frente por el sudor.

Su corona de flores estaba mal engarzada y su sempiterna trenza oscura estaba tan despeinada como siempre.

—¿De qué estás hablando? —murmuré—. Toda Francia y Aquitania esperan mi llegada.

—Estamos a tiempo, no tienes por qué casarte con el Capeto —insistió.

Aelith era indomable pero todavía muy niña, y más testaruda incluso que yo. Sus fantasiosos planes siempre nos metían en problemas, así fue desde que compartíamos juegos en la cuna.

—No es cierto, Aelith, no hay tiempo para esto. No voy a echarme atrás después de todos los pasos que he dado.

—Pero tú no quieres desposarte...

—Aelith —la interrumpí con una sonrisa firme—. Mi dulce Aelith, todo ha cambiado desde la muerte de padre. Vamos a tener que asumirlo y bien pronto. Ahora voy a ser una mujer casada y Aquitania depende de mí. Y tú has de madurar también, nada de huidas, nuestro pueblo nos requiere fuertes y presentes. Hoy serás mis ojos y mis oídos, tal y como nos enseñaron Adamar y Astrolabio. ¿Ha entrado ya en la catedral toda mi corte?

Mi hermana se recolocó la corona en un intento de aparentar ser como las demás damas. No lo era y ese era mi más orgulloso secreto.

—El tío Hugo ha encabezado la comitiva con nuestros barones. Casi todos se han presentado, pero alguno ha habido que no ha venido, sobre todo los gascones. Y por cierto, el anciano Astrolabio ha recogido sus enseres y no se ha despedido de nadie, era demasiado fiel a padre y muy sentimental, no creo que pueda con la pena de perderos a ambos en tan poco tiempo. Él y Cercamon estaban inconsolables desde su muerte, no se lo tengáis en cuenta.

El voluble Cercamon, el trovador de padre, le había compuesto un sentido *planh* para sus exequias, pero había sido incapaz de cantarlo durante el funeral.

Una era terminaba, la corte de Aquitania en la que me había criado se disolvía delante de mis ojos.

... pero el futuro me aguardaba dentro de aquellos hermosos muros y aquella mañana sofocante; después de bajar del carromato y escuchar los vítores de los ruidosos aquitanos que esperaban despedir a su duquesa con todo el jolgorio del mundo, me preparé para conocer al que sería mi marido.

Al ver al heredero de Francia entrar en el templo camino del altar mayor con el diminuto Suger guiándolo entre los bancos, Luy me dio el primer sobresalto de los muchos que después vendrían.

Formaban una pareja descompensada. Suger le llegaba por la cintura, y apoyaba su mano en el cinturón de mi prometido. El frailecillo no conservaba ni un solo cabello en su cabeza de melón y tenía los ojos saltones de batracio. Vestía con una casulla verde bordada de mil colores. No era muy propia de un austero benedictino, pero era el hijo de unos campesinos que durante toda su vida araron los campos circundantes de San Denís y ahora moldeaba reyes, cómo no perdonarle alguna ostentación cuando la ceremonia le proporcionaba la excusa.

El Rey Niño llegaba con el velo púrpura cubriéndole la cabeza; ya me habían contado mis informadores, los gatos aquitanos, que había crecido en una sola estación, que pasó de infante a joven robusto en el mismo tiempo en que el trigo verde de Auvernia pasa a estar rubio y dispuesto para la cosecha.

Creo que es el momento de hablar de los gatos aquitanos.

Son importantes en esta historia. Se verá más tarde.

Comenzaré por reconocer que en toda la cristiandad se contaban fábulas frente al fuego acerca de la existencia de los gatos aquitanos, pocos las creían, y esa era precisamente nuestra fuerza. Su mayor virtud era que no existían más que en esas leyendas, como el rey Arturo de los bretones o el gigante Isoré de los francos.

Elegidos desde que empezaban a gatear, eran mucho más que los espías de los duques de Aquitania. Expertos en vigilancia, acecho y merodeo, niños y niñas zurdos eran seleccionados por ser sigilosos, discretos e imaginativos en situaciones complicadas.

Con la excusa de acomodar mi futuro hogar a mis gustos,

envié semanas antes al palacio de la Cité en París a todo un ejército de mozos de cuadras, escanciadores y cocineras. Entre ellos, muchos gatos aquitanos.

La más valiosa, la propia Adamar, versada en potajes poitevinos y también en hierbas curativas y otras que no lo eran tanto, se había infiltrado en las cocinas, alma de todo castillo, allí donde hervían todos los correveidiles. Su jovial rostro de matrona la hacía parecer tan inofensiva que todos acababan confesándole sus cuitas y pecados. Fue la primera en hacerme llegar sus informes. Informes muy poco tranquilizadores acerca del Rey Gordo.

Adamar era en realidad una hermana bastarda de mi abuela paterna Felipa, la matriarca en las sombras de los gatos aquitanos. Se me fue adjudicada desde mi nacimiento como ama de cría y siempre fue más madre que mi propia madre, más abuela que mi propia abuela.

Nunca un gesto hosco como los que acostumbraba a obsequiarme mi madre, ese eterno rictus de desagrado cuando me veía, esa eterna sensación de sentirse ofendida por mi sola existencia.

Enseguida comprendí que buscar el afecto materno era una guerra perdida de antemano. Ella ya había decidido no quererme desde que fui engendrada, sin darme ni siquiera la oportunidad de que me conociera. Nací del vientre de mi peor enemiga, menos mal que tuve aliados tempranos como mi padre, Rai o la dulce Adamar.

Sabían que siendo un bebé no podría defenderme, por lo que ellos se ocuparon de procurarme las habilidades necesarias para hacerlo por mí misma desde muy temprana edad. Tal vez intuían que pronto quedaría sola y al frente de todo. Su feroz defensa diluyó el daño cotidiano que suponía el odio que mi madre me profesaba. Crecí acostumbrada al fuego cruzado entre dos familias y eso me curtió en conflictos.

Entendí bien pronto que cualquier situación en la vida se

reducía precisamente a eso: la lucha por los rec
un recurso muy valioso, siempre lo fui, desde la

Alguien a quien drenar, alguien a quien to
quien depredar, alguien a quien robárselo tod
se de lo que tanto ansiaban.

Riqueza, poder, un gran territorio para gobernar. Lo que a mí me había sido otorgado sin más mérito que mi derecho de nacimiento iba a ser durante toda mi vida mi mayor calvario, mi mayor peligro, mi maldición personal.

Nadie iba a perdonármelo.

Nadie iba a sentir la mínima piedad al arrebatármelo.

Y allí mismo, delante de mí, tenía desplegados a todos: aliados y enemigos. Propios y extraños.

Mi tío materno Hugo de Châtellerault, afable y metódico. Mi condestable, Saldebreuill, y el resto de mis vasallos: Mauleón, Lusignan, Ventadour...

Faltaba Raimond de Poitiers, el gran ausente.

Faltaba Rai.

Pero si hubiera estado presente, tal vez no habría tenido la fortaleza para avanzar hacia el fiel feudatario de padre, Godofredo de Loroux, arzobispo de Burdeos, que aguardaba a mi lado delante de un altar engalanado con ramas frescas de tomillo. Según nuestras costumbres paganas —esas que ni la Santa Madre Iglesia de Roma había conseguido desbrozar de nuestras almas— nos traería amor duradero y resistencia a los malos tiempos. Yo había hecho añadir las vistosas florecillas del sauco negro, que calmaba las ánimas de los muertos porque quería que el abuelo, padre y todos mis antepasados dejasen mi conciencia en paz aquel día.

El Capeto quedó frente a mí, rígidos sus anchos hombros, el pelo largo y blondo que yo aborrecía desde los ocho años. Suger tiró del velo como quien descorre un valioso cortinaje. Y sin poder evitarlo, la sonrisa que tanto había ensayado la víspera se convirtió en un gesto de incredulidad.

ero ¿cómo es posible...?», fui capaz de pensar, no recuer-
si enfadada, desarmada o ambas a la vez.

El Rey Niño era el iluminador que me había confesado tiempo atrás, inconfundible la mirada dorada y la barba puntiaguda. Por supuesto, barba de franco, ¿cómo se me pasó aquel detalle en el falso confesor? Lo había creído aquitano, por su suave acento en la lengua de oc. En la Isla de Francia no se dignaban a aprender nuestra lengua, o al menos, eso me habían hecho creer.

Me miró a los ojos, él sí sabía quién era yo. No había sorpresa en su rostro, solo una grave solemnidad, pendiente de mis reacciones.

Mas cómo reaccionar, con toda Aquitania observándome y los quinientos caballeros de escolta con los que el Rey Gordo había tratado de intimidarme. Le había ganado nuestra primera batalla cuando consintió en casar a su heredero en Burdeos; toda su cohorte de vasallos engalanados era tan solo una vacua demostración de un poder que ya flaqueaba ante mí.

Pero no contaba con aquello. Con aquello, no.

Luy, mi futuro esposo, sabía de mis planes, yo misma se los había confesado.

Ya no era un muñeco manipulable.

11

EL PALACIO DE L'OMBRIÈRE

ELEANOR

Burdeos, 1137

La ceremonia se saldó con la fórmula que yo le había impuesto al arzobispo de Burdeos. A cambio, recibió un precioso molino con sus tierras de labranza junto a Niort. Luy pronunció un escueto «te tomo por esposa». Yo marqué mis condiciones: «Con este anillo me caso con vos y con mi cuerpo os honro». Mis riquezas, mi cuerpo, eso era lo que entregaba.

No mi alma, no mi corazón, no mi obediencia.

Y desde luego, no Aquitania. Solo iba a ser el duque consorte, el falso testamento de padre dejaba claro que yo mantendría el gobierno de mis tierras y de mis vasallos aquitanos.

Nos medimos en silencio durante todos los ritos de los esponsales. Terminada la misa nos dirigimos al que había sido mi hogar hasta entonces, el colorido palacio de l'Ombrière. En el gran salón ducal nos sentamos ya como esposos sobre los tronos de madera del estrado. Todos los nobles aquitanos y francos nos esperaban con sus obsequios, aunque antes vinieron los nuestros.

Yo le regalé la más preciada reliquia de nuestro linaje: el jarrón sasánida que mi abuelo había recibido del emir de Zaragoza en tiempos de la cruzada. Se decía que tenía medio milenio y el cristal de roca resistía sin quebrarse con sus celdas en forma de panal y su base de piedras preciosas engarzadas en plata y oro.

Todos los presentes aguantaron la respiración cuando lo hice traer frente a mi nuevo esposo en un cofre ornamentado. Lo transportaban cuatro de mis pajes más apuestos. No quería que los francos pensaran que me imponían sus hombres. Los aquitanos éramos bestias magníficas y no faltó detalle en los esponsales que organicé que no se lo recordase.

Y pude ver cómo lo impresioné. Luy el Niño —¿iba a seguir llamándolo así ante aquella nueva realidad?— tomó el jarrón entre sus grandes manos y se perdió durante un buen rato en los detalles de las filigranas. Yo lo observaba de reojo, casi sonreí al comprobar que todavía llevaba teñida de limonita la uña del anular.

Suger se acercó, solícito, para romper un embrujo que no volvió.

—Duquesa, vuestro esposo ha trabajado durante muchas noches en esta pequeña maravilla. Es un libro de las horas con los oficios aquitanos.

Luy agachó la cabeza, conteniendo la respiración.

Yo acepté con cierta curiosidad el bello ejemplar entre mis manos y hojeé sus detalladas ilustraciones. El heredero había tomado buena nota de su visita a Aquitania.

Recolectores de azafrán, queseros, hilanderas, afiladores... Allí estaban nuestros viñedos y los que aplastaban las uvas mientras danzaban dentro de los lagares; los que arañaban el oro níveo en nuestras salinas con rastrillos centenarios y ojos entrecerrados por el reflejo del sol sobre los lagos blancos; las niñas que desplumaban las perdices capturadas en trampas de mimbre. Mujeres de manos siempre negras de recolectar moras, fresas silvestres y arándanos. Monjas que cortaban los sarmientos y embotellaban en frascos la leche que manaba de la vid. Solían enviármela por Saturnales, me mantenía el rostro sin manchas, era el secreto de la afamada tez morena, pero limpia, de las aquitanas.

—Antes de que digáis nada, no odio a los aquitanos. Me crie con algunos novicios meridionales en San Denís, por eso conozco la bella lengua de oc. No sé qué pensáis que mi casa ha hecho a la vuestra, pero yo no soy mi padre, mi señora —me susurró mi recién estrenado esposo—. No quiero que la corte de París sea un infierno para vos, pretendo trasladaros al menos un poco de Aquitania con este presente.

«Y yo pienso llevar Aquitania entera», callé mientras se lo agradecía con la cabeza.

Sonreí a Godofredo de Rancon, señor de Taillebourg, el mejor amigo de padre. Era lo más parecido a un tío protector, aunque también un pendenciero de nariz rota, y leal como pocos, pese a que su espada pasaba más tiempo fuera de la vaina que dentro de ella. Taillebourg me escoltaba de pie a pocos metros del estrado, atento por si alguno de los regalos que nos ofrecían suponía algún peligro de atentado.

El propio Godofredo de Rancon, Guillermo d'Arsac, Arnaldo de Blanquefort..., algunos de mis barones más queridos estaban bastante molestos con el testamento de padre.

«Lo que es de Aquitania ha de quedarse en Aquitania», se había vuelto una recurrente invocación que muchos de ellos repetían antes de escupir en el suelo.

Solo el respeto al recuerdo de mi padre los disuadió de no secuestrarme... y también la firmeza que Rai mostró cuando los convocó a todos —a todos—, y los convenció de la autenticidad del testamento y de que tenían que acatar las últimas voluntades de su fenecido duque.

—Aquel día, en el confesionario del Garona... —le contesté en voz baja mientras los regalos continuaban acumulándose a nuestros pies—, ¿supisteis ya quién era yo, mi señor?

—Preferí tomaros por una trastornada, y la confesión, por un mal sueño. O quise pensar que el cinabrio o la malaquita subieron por mi nariz y se cobraron alucinaciones. A veces nos sucede a los iluminadores, mi señora.

—Pero no lo sois, sois el heredero. ¿Qué hacíais escuchando confesiones que no os correspondía escuchar?

—Suger me educó en esa costumbre. Sé que es tramposa, pero siento que intimo con la gente sin exponerme a las conversaciones. Él dice que si conoces los pecados de tus vasallos, lo sabes todo de ellos. En un confesionario se escucha de todo, mi señora: las riñas entre cuñados, las infidelidades, las peleas que terminan en muerte...

—No os habéis sorprendido al verme, sabíais que era yo —susurré impotente, mientras sonreíamos al enésimo ajuar de lienzos para nuestro lecho marital.

—El retrato que Suger trajo de vos me lo confirmó más tarde. Sí, sabía que erais la misma persona.

—Y pese a ello no os habéis negado a casaros.

Apretó los labios, como guardando un secreto que dolía, y miró hacia su madre Adelaida de Saboya, la reina de Francia, que soportaba la eterna ceremonia sentada junto a Suger.

Luy agradeció con una inclinación de cabeza el salero de plata de uno de sus barones, Mathieu de Montmorency. Por el desgaste de su indumentaria, aquel noble no debía de estar pasando por sus mejores momentos, pero arrebató a todas las mujeres presentes más de un suspiro, pues se decía que era uno de los hombres más bellos de Francia y cierto era que le sobraba atractivo y encanto. Incluso la reina Adelaida alargó un poco el cuello para observarlo mejor mientras nos entregaba su paupérrimo presente.

—¿Y quién es dueño de su destino, mi señora? —prosiguió Luy cuando Montmorency marchó.

Pero un temor oscuro me estaba creciendo desde las tripas. ¿Lo sabía el Rey Gordo? ¿Luy le había hablado de mis planes?

Todavía desconocía si estaba delante de un títere de los

Capetos o de un nuevo jugador con criterio propio. Pero me acababa de casar con él.

«Es rubio y su túnica azul está bordada con la infame flor de lis. Es enemigo, Lía. Es enemigo», me obligué a recordar.

Iba a ser tarea difícil.

El peor enemigo es el enemigo cotidiano, el ser amable que te fuerza a repetirte a diario: «No le confíes tus debilidades, su preocupación no es real. Solo se está aprovisionando con las armas que tú le regalas y usará contra ti cuando la guerra se torne abierta».

El sol ya se ocultaba cuando todos nuestros invitados abandonaron el salón para dirigirse al primero de los banquetes con los que iba a obsequiarlos en los días venideros.

Solo quedaron Suger y Adelaida de Saboya.

Avanzaron hasta nosotros sorteando montañas de candelabros, clepsidras y carísimos mantos de vero. Los regalos de boda se habían acumulado hasta que las losas del salón, blancas y negras como un damero, dejaron de verse.

Admiré el porte de la reina: había sido una mujer bella que todavía era una mujer bella. Tenía la apariencia de las fieras amansadas con el tiempo, una melena castaña que había cedido a las hebras blancas, como si todo en ella se hubiera conformado con lo recibido. La imaginé junto al Rey Gordo y enseguida sospeché que bajo su rictus severo y algo altivo había una dama frustrada por un hombre, me contaron mis gatos, nada dado a las atenciones maritales. Luy VI era glotón y prefería devorar cabezas de corderos asados a la compañía de la reina. Y no solo con gula alimentaba su glotonería.

Cuarenta bastardos, ese fue el recuento de los informes de Adamar.

Con Suger, la reina parecía cómplice y cómoda.

Yo incliné la cabeza ante ella, era la única mujer ante quien lo había hecho en mi vida.

—Disculpad al rey, duquesa, su flujo de vientre parece que retorna y el viaje a Burdeos no ha sido posible.

Ya me habían informado de la disentería de su esposo, pero también de sus problemas para moverse, cada vez más gordo, cada vez más imposibilitado.

Mi argumento había sido que, dado que yo había pagado la boda, podía imponer que fuera en mi feudo, en Burdeos, y no en París, como hubiese correspondido al heredero del rey de los francos.

Haber ganado mi primer pulso de poder me había regalado además una ventaja adicional: no tenía que ver en persona a mi enemigo en el día que iba a marcar mi vida, ya que él continuaba en su palacio de la Isla de la Cité.

—Lo comprendo, mi reina —respondí a Adelaida con una sonrisa tranquila—. Todos rezamos por su pronta mejoría.

—Estáis magnífica con ese vestido tan... ¿rojo?

—Púrpura.

«Seda de Constantinopla», omití. Su vestido no era nuevo, ¿qué reina no puede permitirse estrenar un vestido en la boda de su heredero? No quería humillarla, era pronto para ganarme enemigas.

—Dudo que muchas mujeres puedan decir que han recibido un halago de una reina, lo guardaré con cariño en la memoria de este día —añadí con gesto humilde mientras ella me estudiaba sin disimulo.

Salíamos los cuatro del salón cuando, de pronto, una mujer muy encinta se nos acercó con una antorcha. Miré el estandarte de los caballos que cuidaba. Era una sierva de Teobaldo de Champaña; muchos de los vasallos del Rey Gordo habían llegado a Burdeos con su pequeño séquito doméstico. Suger se adelantó, pero fue Luy quien tocó el hombro del abad y lo frenó.

—Dejadnos un momento a solas —dijo, y se separó de nosotros, tomó la antorcha de la mujer e intercambiaron unas palabras. Luy la despidió, diría que furioso, y se apoyó en una columna, espantado.

Su madre acudió preocupada.

—¿Qué sucede, hijo?

—Dios quiera que nada —le oí decir.

—¿Qué decía esa mujer? —insistió.

—Hablaba de sinsentidos imposibles —contestó convencido, pero sin mirar a su propia madre. Contemplaba en cambio el oscuro patio por donde la criada se había perdido.

Y ya no fue el mismo durante el resto de la velada.

Si sospechaba que mi marido iba a ser un hombre lacónico, el banquete no hizo sino confirmarme que me había casado con una estatua silente.

Todo en él eran palabras amables, pero estaba demasiado distraído como para seguir una conversación. Algo le pasaba. Algo le aterraba.

Y lo supe enseguida. Cinco palabras bastaron para cambiarnos la vida.

Fue Suger quien enmudeció primero, cuando uno de sus monjes se le acercó y le susurró algo al oído.

Luy lo observó y se enderezó en el trono, como si lo hubiera esperado desde hacía horas.

Suger dejó la escudilla con la sopa de ortigas y apuró la copa de plata de vino tinto, aunque mis gatos ya me habían hablado de su querencia al hipocrás y de que en la abadía de San Denís lo ocultaba en los más rebuscados escondites. Pero si había abusado del vino de Burdeos, desde luego mostró un gran dominio de sí mismo cuando miró con infinita tristeza —o tal vez algo más que entonces no supe interpretar— a Adelaida de Saboya, la reina.

Después rodeó nuestra mesa y se situó delante, frente a Luy. Él tragó saliva, lo que me contaron sus ojos fue que estaba desolado... y una punzada de culpabilidad me quebró el alma en dos.

Entonces Suger hizo algo que muy pocos comprendieron en ese momento, ¿cómo podrían haberlo anticipado? El abad hincó la rodilla frente a Luy.

Por una vez, Luy se adelantó al abad:

—Mi padre ha muerto, ¿verdad?

Suger levantó la cabeza y acertó a tartamudear:

—¿Cómo... cómo podéis saberlo?

Luy se miró las manos con pavor, como si no fueran propias:

—Porque tengo el toque de reyes.

12

VERBA DE FUTURO

ELEANOR

Burdeos, 1137

Esto no debería contarlo. Pero lo haré, lo haré.

Lo que sucedió entre nosotros la primera noche, noche de bodas y noche de luto. Aquí va, pues:

Suger se alzó con dificultad frente al nuevo rey.

—Explicaos, os lo ruego —le pidió el abad, francamente sorprendido.

—Acercaos, lo que tengo que compartir con vos es privado —contestó Luy.

Al frailecillo le agradó aquella primera orden de su nuevo rey y se apresuró a rodear la mesa y colocarse entre mi marido y yo.

—La mujer del patio, una criada de Teobaldo, el conde de Champaña y de Blois —le explicó Luy—, me rogó hace días a las puertas de la catedral de París que le curase la escrófula. Me resistí, pero por compasión le impuse la mano y sin el permiso de Dios pronuncié las palabras de los reyes ungidos. Hoy ha remitido su mal, la llaga había desaparecido. Yo prefería no creerlo.

—¡Entonces ese es vuestro primer milagro! —celebró victorioso el clérigo—. Estáis destinado a la grandeza y Dios no podía esperar para mostrarlo al mundo. De todos modos, este es un momento peligroso, me remiten que vuestros barones parisinos están alterados. Temo una rebelión si no hay rey de Francia, hemos de llevaros al palacio de la Cité y coronaros allí cuanto antes. Partimos ahora mismo, antes de que la noticia se propague.

La reina viuda se sujetó el vientre con las manos, como si tuviera que retener el vómito. Luy, por su parte, se hundió en el trono ducal; me pareció más pequeño y quebradizo, su mutismo tampoco ayudaba.

Tuve que tomar yo la iniciativa. Pedí a todos los consternados invitados que se retirasen. Obedecieron con remilgos, eran conscientes de que habían estado presentes en una página de nuestra historia.

«A partir de ahora Francia y Aquitania escribirán su futuro en las mismas crónicas», me percaté por primera vez, no me atrevería a aseverar si con horror o con orgullo. Yo era la artífice de todo aquello.

«Ha de hacerse», me obligué a seguir.

—Taillebourg, vos me escoltáis —le ordené tras desalojar el salón—. Traed a vuestros mejores banderizos. Seremos discretos, pero quiero ir segura.

—Pasaréis la noche en mi fortaleza —resolvió él, siempre práctico—. Nadie lo espera, todos pensaban que vuestra noche de bodas sería en Poitiers. Que os aguarden allí en vano.

—Sea, pues. Hay que ponerse ya en marcha —nos urgió Suger—. Partimos ahora mismo dirección Saintes.

Pero Luy se levantó y todos lo miramos sorprendidos.

—¿Cómo ha muerto el rey? —preguntó.

—El flujo de vientre, mi querido... mi rey —respondió Suger—. Una recaída, sin duda. Estaba muy glotón los últimos días, eso no ha ayudado.

—Nadie muere de comer —descartó, aunque detecté un amago de sonrisa resignada en la reina viuda—. Os he preguntado cómo. No omitáis detalle. ¿Sudó?

—No, o al menos no me lo han dicho. Su confesor y el fiel Galerán estuvieron con él en todo momento —comentó, con la mirada huidiza—. Después de una cena copiosa en la que probó torta de ajo y azafrán, un *galimafré* y leche agria con frutos secos especiados, se encontró tan indispuesto que no pudo volver a levantarse del lecho.

Hasta yo lo vi desde el estrado, ¿qué ocultaba el consejero? ¿Qué no estaba contando?

—¿Todo fue catado antes por el pregustador? —insistió Luy.

—Por supuesto, como siempre —respondió rápido, como si la duda le ofendiese.

Los reyes del norte mantenían la costumbre romana de los *praegustatores*, los encargados de probar cada uno de sus platos para evitar envenenamientos. Se entrenaban durante toda su vida ingiriendo un contraveneno, el *mithridatum*, extraído de la sangre de un pato alimentado con pequeñas dosis de comida emponzoñada.

—Más detalles, Suger —le urgió—. ¿Qué pasó después?

—¿Estáis seguro de que necesitáis escucharlo? El resultado es el que es.

—Suger...

—De acuerdo, me consta que convulsionó febrilmente.

—Pero decís que no sudó.

—No me lo han señalado, insisto.

—¿Más signos?

—Bueno, las... las orejas. Comentan que se le hincharon de forma grotesca. Las manos también, y quedaron azuladas. Pero todo será de la disentería, cada quien la sufre a su manera. Cuando comprendió su gravedad pidió a Galerán que lo despojase de su túnica, se tendió sobre un lecho de cenizas bendecidas como el Señor lo trajo a este mundo y pidió que lo amortajasen en un lienzo de seda, que, por cierto, enseguida quedó azul.

Miré de reojo a Luy. Era testigo del daño que le hacía cada nuevo pormenor y me dolió demasiado por él.

—Querido esposo, cuanto antes partamos, antes llegaremos a París y vos mismo veréis el cuerpo del difunto rey, si es lo que vuestro corazón necesita. La imaginación crea monstruos que a menudo son peores que la realidad. Vuestro padre descansa ahora sin padecimientos. Tal vez os alivie esa reflexión. Cualquiera que fuese su sufrimiento al morir, ya pasó para él.

Y pese a que era consciente de que todos nos miraban, acerqué mi mano a la suya y la rocé, buscando darle un poco de consuelo, como él hizo conmigo dentro del confesionario flotante del Garona.

—En realidad, no podréis ver el cuerpo. Ya ha sido enterrado en San Denís. —El abad carraspeó.

—¿Ya? —preguntamos Luy y yo en una sola voz.

Pero tuve la certeza de que los únicos sorprendidos éramos mi nuevo marido y yo, porque la reina viuda no mostró el menor signo de extrañeza ante la noticia.

—Nuestro amado rey se descompuso muy rápido, se le desprendieron las uñas en pocas horas, el calor sofocante de este verano no ha sido de ayuda.

«Como padre», pensé.

El cadáver quedó como el de padre.

Mi cuerpo estaba presente en el salón ducal de mi familia, pero por dentro recorría a toda prisa mi biblioteca interior, buscando algo de luz en el pesado tomo de *Acerca de los venenos mortíferos y de las fieras que arrojan de sí ponzoña*, pero nada hallé en él que me ayudase. Repasé en mi memoria *El libro del mayor secreto*, del maestro persa Rhazes. Me esforcé por recordar el efecto de todos los químicos y minerales que describía —¿alguna piedra molida, o tal vez cloruro de mercurio?—. No, el mercurio producía prurito y se confundía con la sarna. Nada decía el abad de picores.

—¿Por qué en San Denís, si está en obras y lo estará eternamente? —quiso saber Luy.

—Antes de venir a vuestros esponsales, dejé dispuesto al prelado de San Denís que dejase una sepultura abierta a la derecha del altar mayor. No os dije nada por no atribularos en una fecha tan dichosa para vos, pero pensé que vuestro padre estaría feliz de reposar junto a su primogénito, el llorado Felipe. Y sé que vuestro corazón ama nuestra abadía más que ningún lugar en el mundo, espero que consideréis la decisión de este clérigo como una ofrenda de amor hacia vuestra familia.

«... y de ese modo confirmar su abadía de San Denís como el panteón real de los reyes de Francia, con todos los beneficios que va a suponer la peregrinación de todos los francos para arrodillarse ante la tumba de su querido rey Luy VI», terminé por él en mi cabeza. Suger había amado al rey, podía verlo en su rostro desencajado por la noticia, pero era hábil y rápido como político y yo había empezado a comprender que amaba más el universo cerrado de su querida abadía que cualquier otro mundo fuera de aquel pequeño reino de silencio.

—Partamos, pues —intervino la reina viuda—. Que comiencen a cargar todos los regalos nupciales en carretas escoltadas, quiero que lleguen al palacio de la Cité sin incidentes.

—Hay otro asunto que requiere ser resuelto sin demora, mi rey —se apresuró a decir Suger—. Comprendo que haya que pernoctar esta noche en algún lugar seguro, y la fortaleza de Taillebourg me parece adecuada para tal fin, pero...

—Hablad, Suger —dijo Luy.

—Es de vital importancia que esta misma noche confirméis el matrimonio ante los ojos de la Iglesia —susurró.

—Ya somos esposos ante Dios, hemos pronunciado las palabras de la *verba de presente* y hemos intercambiado anillos —respondió el nuevo rey.

—Con la *verba de presente* no basta, debéis consumar el matrimonio —insistió.

—¿Vais a exigir una *verba de futuro* con testigos? —preguntó, no supe si incrédulo o incómodo.

—No yo —respondió dulce—. Son Dios y Francia quienes lo requieren en esta situación de incertidumbre. No os podéis arriesgar a que no se considere una unión de pleno derecho en todos los sentidos.

—Palabras, palabras y más palabras —interrumpió Taillebourg—. Podéis discutir los detalles durante la cabalgada que nos espera. Salgamos ya.

Una escueta escolta nos abría el camino. Suger cabalgaba entre Luy y su madre. A veces murmuraban, otras respetaban el silencio del duelo.

Y así abandoné Burdeos, ocultos bajo nuestras capas en la noche y sin antorchas para guiarnos, sin apenas poder despedirme de mi hermana Aelith, de mis tíos y de mis vasallos.

Dejando atrás mi mundo conocido.

13

LECHO DE REYES

Eleanor

Castillo de Taillebourg, 1137

Horas después, en castillo ajeno y frente a un lecho nupcial improvisado, Suger, Godofredo de Rancon, señor de Taillebourg, Luy y yo mirábamos la cama como si fuera a devorarnos a los cuatro. Las damas y los pajes nos habían cambiado de atuendo, tanto Luy como yo solo vestíamos camisones para la ocasión.

Fue Suger quien rompió el espeso silencio.

—Deberíais comenzar ya, mañana nos espera una jornada muy intensa hasta París.

—Así no hacemos las cosas en Aquitania —interrumpió Taillebourg—. Dejad que los reyes hagan lo que los reyes deban hacer, abad. Esperad fuera de la cámara conmigo, si os place.

—Pero la Iglesia ha de ser testigo —objetó él.

—La Iglesia no va a meterse en el lecho de estos nuevos esposos. Mi duquesa sabe lo que hace y lo hará bien. Confiad en ella.

—Las mujeres pueden fingir.

—¿Una aquitana, fingir? Vos no conocéis a nuestras mujeres, Suger. Una aquitana no necesita fingir. ¿Nunca habéis estado con una aquitana?

Yo sonreí para mí cuando lo dijo, Luy miraba el suelo como si quisiera fundirse con las piedras.

El abad apretó uno de los puños, incómodo.

—Estoy consagrado a Dios, y los benedictinos tenemos voto de celibato.

—¿Ni siquiera antes de ese voto? ¿Nadie, ninguna?

Suger negó con la cabeza.

—Deberíais pasar más tiempo en Aquitania, aunque no hay aquitanas de vuestro tamaño, pero tal vez hasta crezcáis un poco si os da el sol. Volviendo a los nuevos reyes, son jóvenes y bellos, encontrarán la manera sin que vuestra atenta mirada los guíe. —Y no le dio opción a más remilgos ni argumentos. Lo tomó del brazo, casi en volandas, y lo arrastró fuera de la cámara.

Luy se apresuró a cerrar la puerta con pestillo y me miró con ojos de alivio antes de sentarse sobre el lecho y quitarse la corona ducal de cinco puntas. Creció un poco. Luy crecía cuando no llevaba el peso del reino sobre su cabeza.

—Por un momento pensé que iba a obligarnos. —Suspiró aliviado.

—Pero ha de hacerse igualmente, esté presente Suger o tras la puerta. Acabemos con ello de una vez y prosigamos hasta París. Ha de hacerse —repetí en voz alta.

—No así, no aquí, no ahora.

No comprendí.

—¿Por qué? —quise saber.

—Por tantas razones...

—Verbigracia... —insistí.

—En primer lugar, porque vuestro corazón es de otro. Lo dejasteis claro ante Dios en el confesionario. No lo he olvidado. Y no quiero tomaros mientras penséis en otro, ¿qué hombre sería yo si lo hago?

Y Rai, y su recuerdo, y toda nuestra infancia juntos, y todo lo que vivimos en el palacio de l'Ombrière, y su partida, y su obstinado silencio desde entonces, ni una carta, ni una misiva, nada... Todo volvió de golpe.

Me creí más fuerte, pero no lo era.

Era una chiquilla huérfana de trece años con el futuro de la inmensa Aquitania entre mis piernas.

—En segundo lugar, y no menos importante para mí, porque queréis mi semilla para dar a luz a un rey de Francia aquitano... —prosiguió Luy.

Le corté, me estaba haciendo demasiado daño.

—Esas razones ya estaban antes de la boda, y pese a ello habéis aceptado casaros conmigo, ¿esa es vuestra intención, que nuestro matrimonio sea casto y estéril?

—No voy a ser vuestro semental.

—Y mi destino, como el de toda heredera, es ser una yegua paridora —le recordé—; ¿qué remedio tenemos?

—¿Elegir nosotros, aunque sea algo de nuestro destino? ¿Aunque sea esto? ¿Nuestros cuerpos también les pertenecen? ¿A quién, a qué, a nuestros padres difuntos, a sus voluntades, al reino de Francia, a Aquitania? —preguntó, alzando la voz.

—¡No gritéis! —le susurré furiosa—, Suger escucha al otro lado de la puerta.

—¿Creéis que no lo sé?

Me senté junto a él, la noche era cálida y él ardía como un ascua. También lo había notado en la barca del confesionario. Era un brasero humano, siempre desprendía calor, pero tendía a encogerse, como si tuviera frío constantemente.

—Mi señor Luy, tarde o temprano habrá de hacerse. Seamos la cocinera y el iluminador que se conocieron en el Garona.

Y me miró a los ojos, gesto que agradecí, por fin un poco de valentía. Por fin un poco de intimidad verdadera. Yo le mantuve la mirada, tenía ojos dorados como los márgenes de su libro de horas.

—¿No os desagrado, entonces? —preguntó con voz ronca.

Qué buena pregunta. Era un Capeto, un odiado Capeto. Pero también era amable y no tan maleable como había esperado. No era un hombre aún, como Rai, y mucho menos un guerrero o un rey que tomaba sus propias decisiones. No era un duque de Aquitania pese a que yo acababa de regalarle el título. Pero era el alma más blanca con la que me había encontrado hasta entonces y esa fragilidad me preocupaba ya en él. Me preocupaba, insisto. Y me preocupaba que me preocupase.

—No, no sois el Rey Niño que esperaba, y no sabéis lo que me alegra que no lo seáis.

Ante su falta de iniciativa opté por comenzar a desnudarme. Mi camisón mostraba más que tapaba, era una manera de enardecer al marido primerizo y hacérselo más fácil y rápido a la novia. Aun así me lo quité.

He grabado a fuego en mi memoria aquella mirada, la que me dedicó Luy aquella noche, porque nunca me sentí mejor que recorrida por primera vez por aquellos ojos vírgenes.

Pero ningún instante es perfecto, por mucho que la memoria lo deifique, y mis recuerdos de niña no dejaban de contemplar con aversión su camisón azul y los bordados de las flores de lis. Luy no parecía dispuesto a desprenderse de él. Se tumbó sobre mí con todo su peso y su pelo rubio cayó sobre mi rostro. Apreté los párpados con fuerza, el recuerdo de lo que me hicieron sus tíos, los otros Capetos a quienes maté, no se iba. Me puse tensa y rígida, él se apartó, turbado.

—¿Os he hecho daño?

«Todavía no», pensé.

—No es eso, es que... —respondí—, ¿podríais quitaros el camisón y ser tan solo vos?

Luy se alejó de mí y me liberó de su peso. Se acostó a mi lado, mirando el techo de la cámara.

—Me temo que pedís demasiado para una noche. Yo nunca pensé que tendría que entregarme a una mujer, y menos en estas circunstancias. Y esta noche en la que me he convertido en huérfano, en rey de Francia, y que mis manos han adquirido el toque de reyes, hoy... Esto es un despropósito que nada tiene que ver con nosotros, mi señora.

—Eleanor, por favor. Al menos en privado seamos Luy y Eleanor. —Omití mi verdadero nombre, Lía. Ese quedaba para Rai y su recuerdo, cuando marchó a Antioquía me juré no volver a usarlo en voz alta.

—Eleanor, pues.

—Escuchad —le dije—, ahora estamos solos, vuestro padre no está...

No debí hablar del Gordo, no todavía, porque algo le pudría los pensamientos, lo noté en la manera hostil en que me miró.

—Padre ha muerto, precisamente hoy... —replicó, con voz queda.

—¿Qué queréis decir?

—No puedo olvidar lo que me ha contado Suger cuando veníamos a Taillebourg.

—¿Qué ha contado, pues?

—Me ha hablado de vuestra numerosa comitiva de aquitanos. El séquito que llegó hace semanas a nuestro palacio de París.

—¿Han supuesto algún problema? Di órdenes de que obedecieran a vuestro señor padre en todo momento. ¿No han sido disciplinados?

—Demasiado, por lo que cuentan. Voluntariosos, entusiastas, trabajan de primas a completas, y las cocineras... Las cocineras trajeron sus deliciosas recetas aquitanas, las tortas de pera, las mermeladas de fresa, los tarros de miel... Fue fácil tentar al insaciable de padre. Se escabullía a las despensas, varios días lo sorprendieron haciéndose con tarros de manzanas al vino.

Fingí no comprender nada.

—¿Y por qué Suger os habla de eso?

—Habéis escuchado cómo ha muerto. Las orejas oscurecidas, las uñas caídas. La disentería no se lleva así a los enfermos. No sudó, no sudó nada. La mortaja estaba azul, pero estaba seca.

—¿Y?

—¡La última vez que vi a padre sudaba a mares! —gritó, y tuve que taparle la boca. Nuestras miradas se volvieron a encontrar, pero esta vez era como estar dentro de una tormenta.

—De acuerdo, ¿y qué sospecháis? —repuse.

Y entonces se levantó con su camisón de Capeto, me dio la espalda y fue a buscar algo entre sus ropas.

Creo que fue lo peor, el silencio. Que no contestase.

—¿De quién sospecháis? —repetí ofendida.

Comencé a vestirme. Nuestra noche de bodas había acabado.

Luy se giró, yo había alzado la voz. Esta vez fue él quien me pidió silencio poniendo un dedo sobre mis labios. Miró en dirección a la puerta, en dirección a un Suger que estaba siendo testigo de todo.

Lo atraje hacia el ventanal y abrí los postigos. El viento cálido de la noche entró y nos rodeó, pero ya solo había hielo entre nosotros.

—Sospecháis de mí, maldita sea —dije furiosa—. Sospecháis que he enviado a envenenadoras para matar a vuestro padre.

—Siempre se ha dicho que en Aquitania permanecieron las *sagae*, las envenenadoras de la antigua Roma. Que las aquitanas aprendieron sus artes y que los linajes han continuado hasta hoy.

—Yo también he leído a Plinio el Viejo —repliqué—, no son más que leyendas de los francos para asustar a sus niños. Solo os lo voy a preguntar una vez: ¿sospecháis de mí?

—Pues claro que sospecho.

—¿Y sois vos o alguien de vuestro entorno quien habla por vos?

Luy se apartó del ventanal, frustrado.

—Sigo siendo el Rey Niño, para vos soy solo eso. Tengo ya diecisiete años, pero os empeñáis en subestimarme.

Me observó en silencio. Yo sabía que estaba tomando decisiones, tal vez tenía razón y ya pensaba como un rey. Un rey distante que me miraba como se mira a un enemigo.

Se dirigió al arcón que habían traído con las ropas con las que habría de vestirse al día siguiente. Sacó una daga.

—Con esto bastará —me dijo—. Venid al lecho, no temáis.

«No temáis...», las mismas palabras que su tío pronunció cuando me atrajo bajo el puente del Garona. «No temáis, pequeña duquesa.»

Simulé que obedecía mansa, pero acudí tensa, me bastaba un grito para alertar a un Taillebourg que sabía presto a defenderme al otro lado de la puerta.

Dos reyes muertos en una noche.

Demasiado para Francia, demasiado también para la duquesa de Aquitania. Se declararía una guerra, los vasallos del rey de Francia no nos lo perdonarían. Tenía que haber otra salida.

Me acerqué al lecho, él me esperaba sentado con la puntiaguda daga en la mano.

—Dadme vuestro pie —ordenó.

Se lo ofrecí, le ofrecí mi pie desnudo, lo tomó en sus manos y me clavó el puñal bajo el tobillo.

Manaron unas gotas de sangre, Luy llevó mi pie al centro de la cama.

La sangre empapó el centro del lienzo.

—¿Es creíble? —me preguntó—. Seguro que habéis estado presente en más *verbas de futuro* que yo.

—Sí, es creíble.

—Ocultad entonces la herida. ¿Sabéis sanarla? No quiero que la vea ningún físico; en la corte de París todos hablan, y no me digáis que los cortesanos de Aquitania son discretos. Todos hablan —repitió.

—Sanará sin que nadie se percate, no os preocupéis.

—¿Queréis dormir? —preguntó.

—Solo si guardáis esa daga en el arcón.

Luy obedeció y después, ya desarmado, se acercó a la puerta. La abrió solo media vara.

—Ya se ha consumado —les dijo en voz alta—, que mañana las damas se lleven la prueba. Podéis ir a dormir. Nos esperan París, un funeral y la coronación.

Volvió a atrancar la puerta y sopló una por una todas las velas repartidas por la cámara.

—Buenas noches, mi señora —dijo a oscuras, una vez que terminó.

—Buenas noches, mi señor —contesté mientras me tumbaba sobre el lecho.

Pero yo no dormía, ni él tampoco.

Repasé el *Manual de vida de los duques de Aquitania*: «Ante un suceso improbable, inesperado e incomprensible, pregúntate: ¿a quién favorece?», había dejado escrito uno de mis tatarabuelos.

Que padre muriese con treinta y ocho años en Compostela fue improbable. ¿A quién favoreció?

Que el rey de Francia pereciese poco después de casar a su hijo con la heredera más rica de la cristiandad era inesperado e incomprensible. ¿A quién favorecía?

La Parca había despachado a los dos hombres más poderosos de esta parte del mundo con pocos meses de diferencia. Y había jugado con sus cuerpos cruelmente hasta dejar cadáveres idénticos.

¿A quién favorecía esa plaga que solo afectaba a reyes y duques?

Y todas las respuestas me llevaban al mismo nombre.

14

LEYENDAS DE CASTRADOS

Eleanor

París, 1137

Era verano pero dentro de mí parecía enero. Llovía mansamente y el cielo se negaba a mostrar el sol. Las nubes eran bajas y grises, como si les pesara el agua que contenían.

—Este es el muelle de los Orfebres —me informó Luy, solícito—. En la Isla de la Cité tenemos dos fortalezas que nos protegen: el Petit Châtelet en la orilla izquierda y el Grand Châtelet, que defiende el gran puente.

Miré a la orilla derecha del Sena, docenas de barquichuelas hacían malabares para no chocar entre ellas y volcar sus cestos. De nuevo un río cortejaba el que iba a ser mi hogar.

—Son los vendedores de agua —me dijo mientras miraba por el ventanuco de nuestro carromato—. Es verano, pero es París, nunca será como la soleada Aquitania. De todos modos, no todos los días son tan tristes ni plomizos, espero que me creáis.

—No os preocupéis, mi señor —contesté—. Ni siquiera un rey tiene como súbdito al sol.

Luy sonrió agradecido. Era tan calmo..., y su presencia templaba mis nervios, lo reconozco.

Los días que transcurrieron durante el viaje desde Burdeos hasta París fueron más apacibles que nuestra noche de bodas.

A veces charlábamos, a veces callábamos, pero entre nosotros se instaló una tranquila complicidad pese a que lo notaba preocupado.

«¿Tan terrible va a ser mi futuro?», pensaba yo al ver su mirada pendiente de mis gestos.

Luy me tendió la mano mientras bajaba de mi carruaje. Uno de sus soldados colocó, presto y silencioso, el tocón de madera de olivo para que bajase, y eso hice, disimulando mi desolación al contemplar mi nuevo hogar.

La residencia real no tenía nada que ver con nuestras fortalezas en Poitiers o en Burdeos. Era un edificio tosco y recio, casi desangelado. Las piedras del palacio de la Cité estaban húmedas y el musgo afeaba las esquinas y las escaleras.

En el patio interior nos esperaba el servicio y lo que enseguida adiviné como mi nueva familia política: los hermanos de Luy.

Cuatro chicos y una niña, todos ellos Capetos de pelo rubio y mirada dorada, todos vestidos de azul y decorados con flores de lis amarillas. Una barrera ordenada de mayor a menor que me trajo los peores recuerdos.

Enrique tenía dieciséis, Roberto catorce, Constanza trece, Felipe, que portaba el nombre de su hermano mayor muerto, había cumplido doce, y Pedro tenía tan solo once años.

Les sonreí, todos hicieron su reverencia con disciplina.

Su madre, Adelaida, todavía no había llegado a París. Adujo demorarse mientras gestionaba nuestros innumerables regalos de boda.

—Este es mi escolta real —me señaló Luy—: Thierry de Galerán, secretario de mi padre y ahora mi amigo más leal.

Galerán era uno de esos hombres cuya fama lo precedía. Había sido cruzado y había vuelto castrado de Tierra Santa. Las historias eran confusas. Unos decían que era castrado de frío, que a su regreso de los Santos Lugares sus hombres perecieron en una tormenta de nieve y que él sobrevivió, pero no todo él. Sus partes quedaron congeladas y las enterró junto a sus compañeros.

Otros gatos aquitanos me habían enviado informes más fantasiosos y calenturientos que hablaban de harenes y secuestros por parte de un emir, y que una vez castrado fue obligado a ser guardián de sus mujeres hasta que logró escapar con ayuda.

Cuentos o no, Galerán era un ser que no necesitaba leyenda alguna, con aquella presencia bastaba para causar pesadillas.

Era inmenso como un buey, hombros más anchos que el propio Luy, capa blanca y cruz roja de templario. Mirada de las que arañaban, hueca y fría. Sus ojos, teñidos de un porte militar, carecían de vida, pero lo registraban todo. Los pómulos altos y afilados. Era imposible determinar su edad, parecía uno de esos viejos cuyo vigor nunca se marchita.

Los miembros de la escolta real eran los enemigos naturales de mis gatos aquitanos, si es que lograban desenmascararlos. Una guerra secular de turbios encuentros que nunca acababan bien. En toda la Isla de Francia, los escoltas eran conocidos por su brutalidad: el Rey Gordo les había dado vía libre en cuanto a sus métodos, que combinaban lo peor de los alborotadores con la obediencia ciega a Galerán y a su mano derecha y hermano de armas: Gilbert.

Los más comedidos describían a Gilbert como un trueno. Los más honestos, como una auténtica bestia humana. Contaban en las tabernas que Gilbert mataba infieles con los puños desnudos o a patadas desde que había vuelto de la cruzada tras rescatar a Galerán. Otros afirmaban, después de santiguarse, que podía romper los huesos de un hombre hasta reducirlos al tamaño de una taba.

Lo miré y me lanzó una mirada irascible.

Solo vi a un hombre poseído por la furia. Galeno le habría diagnosticado un temperamento sanguíneo. Piel enrojecida, muy delgado, de músculos marcados, todo nervio, mejillas escurridas y bigote espeso. Mascaba alguna hierba y la escupió a mi paso.

«Galerán es el frío cerebro, y Gilbert, el puño caliente», anoté para mí.

Qué letal combinación.

Todavía, para mi desgracia, no sabía cuánto.

15

LA RECÁMARA DE LA REINA

Eleanor

París, 1137

Me encogí, fue el relente de aquel patio tan glacial.

—Entremos, mi reina —se apresuró Luy—. Os enseñaré mi cámara y la vuestra.

—¿No compartiremos cámara? —pregunté extrañada.

—Es costumbre que el rey herede los aposentos de su padre, y el mío gustaba de dormir solo. Mi madre descansaba en la recámara real, a una puerta de distancia. Estaremos comunicados y cercanos.

Asentí y lo seguí. El palacio no estaba preparado para aquel clima norteño. Las ventanas no tenían portezuelas, eran un coladero de helores.

—Disculpad la poca educación de las mascotas reales, se les ha dejado demasiada libertad, a mi entender —dijo mientras sorteaba varios excrementos de los canes que vagaban por el pasillo.

El suelo no conocía escoba alguna, la paja se acumulaba en las esquinas como si fuera un establo. No había demasiados elementos decorativos, ni más muebles que algún arcón abierto y desvencijado.

Me había casado con el heredero pobre de un reino pobre. Pobre había de ser su palacio, sin duda. Y falto de calor y de colores también. Pero yo era estoica, y pese a que crecí rodeada de abundancia, sabía que nada igualaría Aquitania y los hogares donde nací y me crie. El día que tracé mi plan de casarme con un Capeto asumí también la pobreza que me acompañaría al principio; era el menor de los sacrificios.

«Estoy en la corte de París, estoy más cerca de saber qué hicieron contigo, padre», me dije.

Luy me abrió la puerta de la recámara real, lo que iban a ser mis aposentos, mi pequeño universo, mi reino privado.

—Tengo varios presentes para vos, mi señora —anunció mientras cerraba la puerta.

—Ahora que el mundo ha quedado fuera, puedes llamarme Eleanor de nuevo —respondí tuteándole por vez primera.

—¿Decepcionada? —me tanteó.

—Sabía que no era Aquitania. —Casi me dolía más por él que por mí.

—Qué alivio que no seas una heredera malcriada y lo pagues conmigo.

—Fuiste educado como el segundogénito que iba a ser monje. ¿Qué culpa tienes de la estrechez del reino que acabas de heredar? No cargues con más peso del que ya te corresponde, mi adaptación no será un problema —mentí mientras recorría la recámara en busca de algo muy concreto.

Adamar tenía que haber encontrado la manera de comunicarse conmigo sin llamar la atención ni desvelar la relación de sangre que nos unía, siempre lo hacía. Pero no había gran cosa a mi alrededor: una enorme chimenea encendida donde dormitaba un leño, muchas velas sobre la repisa de madera, varios candelabros de pie, un arcón con mis vestidos, una jofaina con espejo bruñido, un par de sillas junto a la ventana y un lecho.

—He ordenado que te traigan mantas, las mejores que he podido encargar. Aun en verano, algunas noches son frescas. Y he mandado que todos los días te traigan un ramo de lavanda, intuyo que es tu planta favorita... Ah, y alguien de tu servicio quería subirte una tabla con cera de abeja. He observado que eres muy golosa y que adoras la miel de Aquitania, pero no entiendo qué puedes hacer con la cera, aparte de velas.

Ahí estaba, pues.

—No es eso, desde niña me gusta mordisquear la cera sólida de los panales. Qué detalle tan delicado. Que me la hagan traer —comenté distraída—. Volviendo a la lavanda, uso varios perfumes; ¿cómo sabes que la lavanda es mi favorita?

—Hibisco y canela para los actos públicos, lo sé. Pero lavanda la noche de nuestros esponsales y para estos días en el carromato. Es sedante, adivino que precisas de calma y que sabes cuidar de tus humores. Y yo admiro a quien sabe ser su propia madre y su propio padre. Algunos no aprenden la lección en toda su vida.

En ese momento oímos cuatro toques en la puerta.

—Es Galerán —dijo Luy—. Dejo que te aclimates, me temo que me aguardan unos días muy ajetreados.

—¿Se precisa de mí mañana? —quise saber.

—No públicamente, serán jornadas de ponerme al día, hacer cuentas y retomar lo que padre dejó pendiente.

Los cuatro toques se repitieron, esta vez con más impaciencia.

—¡Ya voy, ya voy! —exclamó en voz alta—. ¿No puede un rey despedirse de su reina? —masculló entre dientes, frustrado.

—¿Te acordarás de pedir que me suban la tabla de cera? —le recordé.

Luy asintió y miró de soslayo el lecho. El viaje nos había servido de excusa para no yacer juntos durante el trayecto, pues una tienda de campaña no era lugar para unos recién casados. Mas, una vez en palacio, los ojos de París mirarían mi vientre en pocas semanas, esperando que Francia plantase su semilla en Aquitania.

Pero tras un tímido adiós quedé sola en mi nuevo mundo.

Poco después recibí la ansiada tabla: unos listones de madera daban forma cuadrada a la superficie lisa de la cera sólida.

—Veamos qué nuevas me traes, querida Adamar —susurré, y me acerqué a lo que quedaba de hoguera con la tabla en las manos.

En pocos minutos la cera se derritió y quedó a la vista el mensaje, escrito en la lengua de oc:

El próximo día de mercado
buscad al gascón que vende ancas de rana.
El tercer vestido es el adecuado.
Os espero allí.

16

EL PRIMOGÉNITO

Niño

Décadas antes del asesinato del duque de Aquitania

Soplaba, como decía anteriormente, un furioso viento del sur. «El viento de los locos», lo llamaban en Aquitania, y en el sur de la Gascuña era conocido como el *hego haizea.* Al Trovador esos aires lo alteraban más de la cuenta; tal vez por eso, en uno de tales arranques que lo convertirían en legendario, cabalgó hasta el taller de jabones de Niort en busca de —quién sabe— una bíblica borrachera y algo de compañía sumisa que le hiciera olvidar por una noche todo el peso de su cargo y las trifulcas de su demandante familia.

No viajaba solo, en todo caso: un hábil jinete lo seguía a una distancia cauta, aunque él no lo sabía. Cómo hubiera podido siquiera sospecharlo. Su perseguidor era demasiado experto en el arte del acecho y la emboscada, aunque aún no sabemos la índole oculta de sus intenciones.

—¡Traedme vino de Burdeos!, ¡mucho vino! —ordenó a gritos después de sujetar su caballo en el arete de la entrada.

Maud fue la desdichada que estaba en el patio de los jabones, todavía volcando los aceites cuando el duque llegó.

—Yo os atiendo, mi señor —se interpuso el encargado. Había desarrollado antenas como las hormigas para detectar los huracanes que el duque traía en los malos días—. En mi cámara. Hay documentos que demandan de vuestra aprobación.

—¡Sea! —cedió—, pero llévame allí el vino.

—Como gustéis. —Él nunca bebía. Detestaba lo que el vino hacía a los hombres y la dignidad que les restaba.

Lo guio hasta sus austeros aposentos y allí improvisó, como muchas veces había hecho, asuntos monetarios que tanto distraían a su señor.

El que una vez había sido conocido como «el niño» escuchaba atento escondido tras las tablas de madera, sabedor también de que el viento que corría dentro del taller podría llegar a ser más destructivo que el que soplaba por los caminos.

Entonces Maud los interrumpió:

—Lo siento, ha entrado y no sabía quién era. Le he dicho que no estáis para recibirlo per...

No iba sola, un mozo en edad de crecer, pero ya bien formado, entró con ella. Mostraba la autoridad de su padre, pero rezumaba más nobleza. Nada de aspavientos y gritos como el oso, le bastó una mirada a la pequeña mujer para que esta comprendiera que debía retirarse. Ella se santiguó y obedeció, presta. Era lo que sabía hacer desde que nació: rezar, agachar la cabeza y callar.

—Así que son ciertas las leyendas negras, padre. Es verdad lo que cuentan nuestros enemigos: secuestráis monjas y las prostituís a los ojos de todos, en este taller de jabones.

El Trovador miró el vaso vacío y lo descartó, tomó una de las jarras, que todavía contenía vino, y bebió de ella hasta dejarla vacía. Los dramas familiares le daban sed, le había sucedido desde siempre.

—A los ojos de todos no —respondió con sorna—: Ni en Burdeos ni en Poitiers le habéis dado jamás pábulo.

—¡Pero cómo podéis ser tan soberbio y tan necio...! ¿Habéis pensado por un momento en qué hará la Iglesia cuando se entere de tamaña ofensa?

Paciencia no tuvo nunca, la verdad, y en noches de viento del sur, mucha menos. Se levantó, ya iracundo: era su estado natural y todos lo temían cuando su rostro se volvía rojo.

—¿Que no he pensado en la Iglesia...? ¿Y para qué creéis que lo tengo a él? —estalló señalando al encargado del taller—. Dejad de minusvalorarme, es insultante que un padre tenga que escuchar las dudas de su primogénito. Soy el hombre más rico de la cristiandad, y estoy donde estoy y he llegado a donde he llegado porque gobernar y pelear y putañear se me da mejor que a nadie.

—Pelear desde luego, os sobran enemigos propios y extraños. ¿Tenéis un solo amigo, un solo aliado, padre, alguien que remotamente os aprecie?

—¿Y quién dice que los necesite, si serán futuros enemigos? Lo que os sucede es que estáis rabioso por vuestro matrimonio con Aenor, esa es la verdadera causa de vuestra rabia. Decidlo, decídmelo a la cara.

—¡Pues claro que estoy rabioso! No la quiero, no la quiero como esposa, podría matrimoniar con cualquiera; soy el heredero de un hombre más poderoso que el propio rey y me humilláis obligándome a casar con la hija de vuestra amante.

A aquellas alturas, el encargado del taller se había apresurado a esconder las demás jarras de vino cuando el Trovador no miraba. Esperaba con paciencia el momento adecuado para intervenir.

—¿Habéis pensado, solo por un instante, lo que supone vuestro capricho para los que os soportamos? ¿Para madre, la mujer que os ha aportado Tolosa y tantos territorios y fortuna, la mujer que ha gobernado con mano sabia y firme Aquitania durante vuestras numerosas ausencias?

—¡Ya salió, Felipa de Tolosa, ya salió! ¿No gobierna a su gusto desde la abadía de Fontevrault? ¿No dirige su reino en las sombras y maneja los hilos de aquí a Tierra Santa, tal y como ella siempre había aspirado?

—¡La desterrasteis! ¡La echasteis una noche de vuestro lecho y os llevasteis a la mujer de vuestro más fiel vasallo! Eso es lo que les hacéis a vuestros leales. Eso, padre. Eso sois vos. Y a mí, vuestro heredero, el hijo destinado a continuar vuestra obra, me torturáis por gusto, por simple gusto, para casarme con una mujer a la que odio y que me odia a mí. Nos destrozasteis la vida, a todos, cuando secuestrasteis a su madre y la instalasteis en la torre de los merovingios. Y la tortura sigue, y va a seguir mientras continuéis vivo, porque es vuestro signo: destrozar vidas. Así respiráis, así disfrutáis. No conozco el abismo que os vacía por dentro, no puedo ni siquiera imaginar lo que sería asomarme a él, pero lleváis el mismo infierno en vuestras entrañas, padre, y el mundo va a respirar aliviado cuando ya no estéis.

Guilhem X calló, tal vez había hablado de más.

Lo supo cuando su padre, un oso negro con el rostro encendido de rabia, se abalanzó sobre él e intentó estrangularlo.

No pudo, por supuesto, el joven Guilhem era ágil y sus hombros anchos. Había crecido en el patio de armas, su bautismo de sangre le llegó con doce años, era precoz como todos los de su familia.

La corpulencia de su padre lo derribó, pero pudo zafarse y tomó la única decisión sensata: salir de aquella cámara hacia el patio.

Más espacio, más palabras.

Si se quedaba, iba a matarlo. Y no quería matarlo.

El Trovador salió vociferando tras su hijo, en aquellos momentos no distinguía entre presa o heredero; el vino lo aturdía, pero había combatido casi toda su vida borracho.

Guilhem trastabilló en la oscuridad y llenó de aire los pulmones. Las zarpas de su padre le habían aplastado el cuello. Sabía que tenía que serenarse, huir y esperar que a la mañana siguiente se le pasase la melopea. Con su padre siempre era igual si quería sobrevivir: batalla y alejamiento. Batalla y alejamiento.

Pero no esperaba lo que vino, no de su padre.

A traición, por la espalda, Guilhem IX lo agarró por la cabeza y la estampó contra una de las calderas. El metal estaba muy caliente y le abrasó la frente.

«Así quemarán a los pecadores en el averno», fue capaz de pensar.

Agarró la mano de su padre con las suyas, le obligó a soltarle la cabeza en un pulso de fuerzas y se liberó del calor que lo estaba licuando vivo.

El Trovador, todo gruñidos, cargó sobre él y cayeron de nuevo al suelo.

El peso del enorme oso era demasiado para Guilhem, solo quedaba pasar a las armas si quería superar aquella noche.

Sacó la daga, sabía dónde tenía que clavarla para no matarlo. Solo algo de dolor para quitárselo de encima.

La sangre llama a la sangre, y la misma sangre corría por ambos cuerpos, porque el duque de Aquitania, en idéntico movimiento, sacó también su daga, gemela a la que le regaló a su hijo. Dos puñales finos de filo presto para hundirse en el costado.

Al Trovador le enfureció que su hijo lo acuchillara por el flanco, no supo apreciar que Guilhem se abstuviese de usar toda su fuerza y su maña en combate.

La daga del duque se clavó en las tripas de su heredero.

Mala herida y con muy mala idea, eso lo sabían todos los soldados que alguna vez regresaron de una batalla.

17

EL BESO DE LA ADELFA

ELEANOR

París, 1137

Busqué en el arcón que había hecho traer desde Burdeos; debajo de un par de sayas había un tercer vestido mucho más usado y austero, pardo y basto. También una cofia gruesa que podía ocultar mis trenzas y unas botas gastadas del tamaño adecuado.

Los gatos aquitanos rescataban los antiguos métodos de criptografía que habían usado desde Heródoto hasta Plinio el Viejo. Desde ocultar el mensaje en las tripas de un conejo y volver a coser el animal, hasta usar correas enroscadas en palos que solo el emisor y el destinatario compartían.

Adamar los utilizaba todos. Era la gata aquitana más veterana, su panoplia era, pues, la más variada y eso me había obligado desde niña a conocerlos y practicarlos.

El jueves por la mañana me escurrí por la puerta trasera de mi recámara con el disfraz que ella me había preparado.

Mis aposentos daban a un pequeño patio interior del palacio al que se bajaba a través de una empinada escalera de caracol. El jardín estaba yermo y descuidado, varios bancos parecían abandonados hacía mucho, las últimas lluvias habían mojado la tierra, y la alberca había conocido mejores tiempos, mas pensé en ordenar a mis jardineros que plantasen las semillas adecuadas para alegrar aquellas piedras tan grises. Aprovecharía para hacer crecer plantas medicinales y alguna que otra venenosa, siempre era bueno que estuviera surtida de ponzoñas para los gatos aquitanos; ¿qué mejor almacén que el jardín de la reina, a la vista de todos?

Una vez que me alejé del palacio seguí la multitud y sus gritos. El mercado estaba abarrotado aquella mañana, el suelo embarrado y los puestos llenos de mercancías de mil colores.

Pregunté por el gascón que vendía ancas de rana hasta que di con él. La muchedumbre que nos rodeaba cargaba frutas y verduras, lechones que más tarde alegrarían la matanza, pescados y ostras baratas para los más pobres.

Y por fin la encontré regateando a viva voz con un grueso carnicero. Adamar era diminuta como una niña, cheposa como una bruja y delgada como una sardina.

En cuanto me reconoció se despidió del comerciante y me atrajo con un gesto maternal pero discreto que yo bien conocía.

—Nada de afectos, hija mía —me susurró en nuestra lengua sin mirarme—. Creo que alguien me sigue desde hace semanas. He querido haceros llegar otro mensaje para anular nuestro encuentro, pero temí que nos descubriesen. Será la última vez que nos veamos en público aquí en París.

—De acuerdo —respondí, su preocupación me inquietó—. Compartid conmigo todo lo que hayáis descubierto de la muerte de padre y qué estamos buscando exactamente.

—Hablé con Raimond después de que viese el cadáver de vuestro padre, aunque él marchó a Tierra Santa no muy convencido de que el cuerpo fuera el de su hermano. Vuestro tío lo buscará allí, perseguirá los rumores, lo conozco bien, pero aquí hemos de averiguar qué sucedió con el cadáver de Compostela. Por su descripción no tengo dudas de que aquel cuerpo, perteneciera a quien perteneciese, fue envenenado, pero Raimond no encontró testigos directos que lo vieran morir para describirle los síntomas. Tenemos un cuerpo muy ultrajado y los venenos pueden ser varios. Vuestro tío hizo bien su trabajo y cuando cruzó los distintos reinos camino de vuelta de Compostela preguntó a herboristeros, parteras y todo aquel que supiera de sustancias. En Navarra encontró rumores y leyendas, en concreto una, la del «beso de la adelfa».

—Explicaos, Adamar, que he de volver a palacio antes de que las damas que Adelaida me ha impuesto den la voz de alarma por mi ausencia —le urgí mientras regateábamos por unas coles.

Reprimí como pude el dolor que me causaba oír hablar de Rai. Por las noches hablaba con el hueco que habría dejado en mi cama, conversaciones que eran monólogos, pero que lamieron los primeros días de soledad en palacio.

—Es costumbre en esa tierra, mala costumbre pero sucede, que a los hijos no deseados les envenenen el chupete restregándolo con la planta de la adelfa. Sus cuerpos quedan azulados. Normalmente, si ocurre, es tan evidente el estado del cadáver del bebé que ajustician a la madre.

—¿Y creéis que a padre lo mataron con adelfa?

—Una de las versiones que dieron de su muerte fue que un niño se le acercó con un bebé en brazos y le rogó que bendijera a la criatura con un beso en la frente. Nunca creí lo que contaban del pozo envenenado, habría habido más peregrinos muertos y azulados, y nada se dijo al respecto. El cuerpo de vuestro padre era inmenso, tengo mis dudas. Quiero saber si en París se puede conseguir tal cantidad y hacer mis pruebas con algún animal grande.

—Si el veneno es común en Navarra, ¿no lo habría conseguido el asesino en esas tierras, camino de Compostela?

—El Rey Gordo dejó el cuerpo similar, y murió aquí, en su palacio. Un cuerpo grande, también, no el de un bebé. Vamos, mi Lía.

Sonreí, hacía una vida que nadie me llamaba así. Padre, Rai, Aelith...

Pasamos por delante del pequeño puesto donde ondeaba un llamativo estandarte verde colgado de un asta con el dibujo de una rana. Un hombre mayor sacaba unas ranas de unos cestos de mimbre, era ágil pese a que le faltaba una pierna y se apoyaba en una muleta. De un hachazo comenzó a cortarlas una a una por la mitad y cuando tuvo media docena se las entregó a una enclenque criada, imaginé que de algún barón de Luy. Las ancas de rana eran un manjar y su precio no era para pobres.

Adamar apenas lo saludó y se adentró por un callejón donde los comerciantes vendían remedios y plantas secas. Un hombretón que llevaba el pelo largo atado en una coleta al modo de muchos navarros cargaba con un buen manojo de cardos.

—Estoy buscando un poco de adelfa, buen hombre. Me han dicho de buen grado que solo la puedo encontrar aquí —dijo Adamar mientras se recolocaba su griñón.

Sonreí al verla hablar. Jamás supe cómo lo hacía, cómo sabía esconder su fuerza y convertirse en alguien inofensivo. A los ojos del navarro, Adamar parecía tan solo una viejecita dulce y frágil. Sabía usar la voz hasta fingir el tono roto de los centenarios, hundía la cabeza entre los hombros para que su chepa destacase y su mirada limpia de anciana apartaba todas las sospechas por muy sospechosas que fueran sus preguntas.

—Pero, buena mujer, ¿no preferís melisa?

—Mi nieta padece del corazón, la adelfa es lo único que le calma los latidos rápidos.

—Es muy difícil de conseguir en mi tierra, ya no hablemos de estas latitudes.

—Pero alguien conoceréis que pueda traérosla, os pagaría generosamente.

—No es la moneda lo que hace imposible el trato, anciana. Por mucho que la consiguiera, no sería para mañana, habría que viajar a Navarra para hacerse con ella, se recolecta en septiembre, pero no dura ni un mes en los almacenes. En los secaderos ya se probó, y la planta pierde todos sus efectos si se seca.

—¿Todos? —preguntó Adamar mirándolo a los ojos.

—Todos, anciana, los efectos buenos y los... —carraspeó— y los no tan buenos. No sirve para nada. Lo que quiero decir es que solo se puede conseguir en otoño y sería inútil encargarlo para que me la trajeran a París. No os quiero engañar, os haría esperar y vuestra nieta no sanaría.

—Agradecida entonces —se despidió Adamar, y no me ocultó su gesto de preocupación.

—La adelfa era mi mejor suposición, querida Lía. Ahora sí que estoy perdida —murmuró para sí—. Vuestro padre murió en abril en Compostela, no fue por adelfa, y tampoco el Rey Gordo, que acaba de morir en verano y en París.

—Recapitulad entonces en voz alta, ¿qué otras opciones de veneno hay? Siempre me dijisteis que animal, planta o piedra..., todo puede ser veneno.

—Todo puede ser veneno —replicó—. Pero no es un veneno habitual, o tal vez sea tan evidente que no es habitual tomarlo por veneno.

—Nada de circunloquios, Adamar —la interrumpí nerviosa.

Yo también tenía la sensación de que nos seguían. Observaba todos los rostros por si se repetían, auscultaba las miradas por si eran de enemigos. Con Adamar me sentía segura, pero ambas teníamos los sentidos alerta en aquel mercado de franceses a la orilla derecha del Sena.

—Todo puede matar: agua, trigo, tierra... En la cantidad adecuada, cualquier elemento es arma.

—¿Trigo, decís? El trigo podía estar tanto en Compostela como en París. ¿Es acaso tóxico en grandes cantidades?

—No, a no ser que algún tonto lo confunda con el centeno y contenga el cornezuelo. No me refería a ingerirlo. Pero recuerdo a un hombre sepultado en trigo después de una cosecha: fingieron que fue un accidente, pero su hermano, que siempre envidió sus tierras, aprovechó que se había quedado dormido junto a un ribazo del camino y descargó la carreta de trigo sobre el pobre infeliz, que se asfixió sin poder salir de aquella trampa mortal de granos. El hermano fingió que no lo había visto y lo lloró frente a las autoridades, que lo absolvieron. Yo no lo creí, sabía de su envidia desde que era mozo. Así, el beneficio que buscaba, el trigo, fue también el arma de aquel fratricidio. Del mismo modo, pensé que el bebé que besó vuestro padre, la otra víctima, era también el arma del crimen. También está la sal, la inocente sal. Vuestro abuelo me habló de una muerte, la «muerte de sal» o la «muerte blanca», que aprendió en su camino de ida a la cruzada. Dieciséis cucharadas de sal son suficientes para matar a alguien fornido de seis arrobas. Basta con atar al reo y obligarlo a ingerirlas. No hay cuerpo que lo aguante. También el agua puede matar, la tortura de la gota que practican en otros reinos es tan simple como efectiva: obligar al reo a beber siete jarras de agua basta para matarlo. Los romanos la ejecutaban con mayor crueldad: ataban el miembro viril del enemigo con un cordel para impedir que miccionara y lo obligaban a beber hasta que la vejiga estallaba.

De pronto Adamar calló y dirigió la vista en otra dirección.

—Idos, hija mía —murmuró sin mirarme—. He reconocido un rostro y no es rostro de amigo.

—¿Dónde? —quise saber.

—¡No me miréis!, comprad algo y marchad. Yo continuaré indagando, pero no pueden vernos más juntas hasta que no averigüe cuál es el peligro. Confiad en mí, daré con el asesino de vuestro padre, mi querido sobrino. Ahora marchad, mi Lía.

Me giré y obedecí, con el corazón al galope, muerta de espanto porque Adamar nunca se alteraba y era a quien recurría cuando algo me ofuscaba o cuando la rabia salía y yo no podía controlar a la mantícora.

Pero tenía miedo, Adamar tenía miedo y eso era nuevo para mí.

Llegué poco después al palacio, me oculté tras varios carros de heno que entraban en el patio y accedí, casi sin respiración, al minúsculo jardín de la reina.

No pude subir por la escalera de hélice. Frente a mí, un sombrío Galerán y un circunspecto rey de Francia me cortaban el paso.

18

LEGO

Eleanor

París, 1137

Sin excusas, con un vestido tosco de criada y con el corazón agitado. Mal asunto. Galerán portaba su pulcra capa blanca de templario, sus botas estaban igualmente limpias. «Luego no ha sido él quien nos seguía en el mercado», deduje. ¿Su hermano Gilbert, tal vez?

—Nos hemos alarmado al percibir vuestra ausencia, mi reina —dijo por fin Luy.

—¿Algún precepto prohíbe a la reina salir de palacio?

—No es prohibición, es sensatez —sostuvo Galerán con su voz de piedra—. Tanto el rey de Francia como su reina han de estar siempre protegidos por la escolta real.

—¿Soy cautiva, entonces, de este edificio?

Luy me miró, su semblante era tan serio que parecía que había envejecido varios años.

—Me maravilla escucharos. Habláis de la libertad como si fuera posible en este mundo.

—¿Podéis pedirle a vuestro secretario, el noble Thierry de Galerán, que, ya que me encuentro a salvo en el jardín de la reina y en la protectora compañía de mi esposo, el rey de Francia, nos deje a ambos para que prosigamos esta pacífica conversación? —pregunté, cambiando de estrategia.

—Galerán, dejadnos solos —ordenó Luy con voz monocorde.

El enorme castrado alzó el filo de sus pómulos hacia el cielo y marchó en silencio.

—Subamos a mi cámara —le pedí a mi esposo al quedarnos a solas.

Visto que hasta las piedras escuchaban en aquella corte, se me antojaba un lugar más seguro que mi minúsculo jardín.

—¿Así te sientes, un rey cautivo? —le pregunté cuando llegamos a mis aposentos y cerré la puerta tras de mí.

—Cada segundo, cada aliento. Sí, desde luego. Todos mis días son una obligación. ¿Cómo viviste, pues, en Aquitania?, ¿te gustaba ser quien eras?

—Sí, claro. Claro que me gustaban mi vida y mis obligaciones allí.

Me miró con admiración, algo de incredulidad y nada de envidia. Apostaría a que a su alma blanca le era refractaria.

—Alguien que disfruta de su vida... He escuchado las confesiones de cientos, y jamás encontré ese ingrediente: disfrute, satisfacción, felicidad. ¡Dios!, no quiero que pierdas esa luz blanca, y la estás perdiendo, aquí, en París. Tu piel ya no está tan bronceada como la de los aquitanos, en poco tiempo se ha vuelto cetrina, pero es algo más, la fiereza de la mirada, el lustre del pelo...

—Es la humedad.

—No juegues a ser superficial conmigo, no hagas eso, te lo ruego. No me infravalores de esa manera. ¿Qué hacías, de verdad, en el mercado?

Por primera vez agaché la cabeza. Tenía razón, con él jugaba a negarme a ver lo que era.

—A veces escapo de quien soy, lo hacía a menudo en Aquitania, como bien pudiste ver el día que nos conocimos. No solo soy una duquesa, no soy solo mi familia, y desde luego, soy mucho más que la más reciente reina de Francia.

—Pero corres peligro si sales sin la escolta real. Dime que no eres tan ingenua como para ignorar esa realidad.

—¿De verdad crees que no sé cuidarme?

«Y desde luego Adamar sabe cuidarme», habría querido gritarle, pero el sentido común me hizo callar.

—Nadie es invulnerable —respondió Luy—. Matar es lo más sencillo del mundo, basta con la intención, la imaginación, la posibilidad, la fuerza bruta, la maldad, la ira, unas monedas... Matar no tiene mérito, hacer daño no tiene mérito. Todos podemos, el mérito es tener un motivo y elegir no hacerlo. Esa es la fortaleza que admiro y que parece que nadie comparte conmigo.

—Luy, me voy a marchitar si solo soy la silente y sumisa esposa del rey de Francia. La fuerza que buscas en una reina se irá.

—No parece que haya sido el caso hasta ahora. ¿Qué hacías intentando hacer acopio de hierbas venenosas disfrazada de criada? —preguntó mientras se acercaba a la ventana.

—Dios bendito... Piensas que quiero envenenarte.

—Galerán lo piensa, desde luego, ¿qué si no?

—Está bien, está bien. Ha llegado de nuevo el momento de las confesiones. —Me rendí—: Busqué a una cocinera aquitana como excusa, pensé que ella conocería el mercado parisino a estas alturas. Pero no busco comprar veneno, sino encontrar a quien lo adquirió en el pasado. Quiero averiguar quién encargó el asesinato de mi padre.

Frunció el ceño, persiguiendo mentalmente todas las posibilidades.

—¿No tenías claro que fue mi padre? —dijo al fin.

—No, ya no. Por eso busco a un enemigo común —contesté mientras me sentaba sobre mi lecho.

—Explícate.

—Busco a alguien a quien le beneficien las dos muertes, alguien a quien le favorezca que tanto tú como yo estemos ahora al frente de Aquitania y de Francia. Imagino que quien ha buscado colocarnos en el poder en lugar de nuestros padres es porque nos juzga débiles.

—¿De quién hablas? Encargar dos muertes tan lejanas en lugar y circunstancias no es tarea para cualquiera.

—Eso me temo: que el enemigo es poderoso.

—¿Poderoso? ¿El rey de Inglaterra, acaso?

—O algún barón como el de Champaña —me atreví a apuntar.

—Es aliado, no enemigo —descartó con el gesto de una mano, como si fuera el vuelo de un insecto molesto.

—¿Seguro? Teobaldo es fuerte, tiene tierras y está bien relacionado, precisamente como hermano de Esteban de Blois —le argumenté.

—¿Has pensado en alguien más?

—La Santa Iglesia de Roma, el mismo Inocencio II... —Osé mencionar al pontífice por primera vez en voz alta—. No lo sé, nuestros padres estuvieron en su tiempo enemistados con la Iglesia y fueron excomulgados.

—Y ambos fueron admitidos de nuevo en su seno y arreglaron sus diferencias con el Altísimo.

—Solo digo que no ha sido cualquiera, que tiene medios y motivos..., y que ahora temo por nosotros, lo reconozco.

Omití el miedo que vi en los ojos de Adamar. Omití que Adamar era la más épica gata aquitana. Omití que también era mi tía abuela, hermana bastarda de la terrible abuela Felipa, la legendaria cabeza en la sombra de los gatos aquitanos.

Luy me pidió permiso con la mirada para sentarse junto a mí. Accedí con un gesto.

—Entonces, ¿ya no me ves como a un enemigo? —preguntó.

—Y tú, ¿ya no piensas que fui yo quien envenenó a tu padre?

Lo valoró por un instante.

—¿Es eso lo que te separa de verme como a un esposo?

—Es difícil que este matrimonio sea algo más que un acuerdo si yo pienso que tu padre mató a mi padre y tú piensas que yo maté al tuyo —le dije.

—Pasan los días, te observo, te voy conociendo... Cada vez me resulta más difícil creerlo.

—A mí también —reconocí. Y eso que yo odiaba al Rey Gordo, pero por mucho que lo odiase, me estaba resultando imposible odiarlo a él—. ¿Puedes... puedes dormir hoy conmigo? —pedí por fin.

El fantasma de Rai era eso: un fantasma. Una presencia inventada para soportar aquella soledad tan absoluta. Luy, en cambio, era real. Y era tal vez momento de dejar de engañarme y reconocer que me alegraba de que así fuera. Real, atento, conversador, calmo, siempre buscando lo verdadero bajo la superficie.

—No soy tan fuerte como aparento —proseguí—, necesito el calor humano y hoy lo necesito más que nunca.

Luy sonrió, tranquilo.

—Prométeme que siempre lo harás —respondió.

—¿Hacer qué?

—Demandar cobijo en mí cada vez que lo necesites.

Y bajo las mantas, y tras caer vestidos y camisas, llegaron los abrazos. Y también llegó la tímida confianza, un tacto nuevo, unos ojos pendientes de los míos y de mis gestos.

Aquel fue el inicio en verdad de nuestro matrimonio. Llegaron muchas más noches de confidencias, susurros y carne recorrida. Con él todo fue lento, ese era su ritmo y aprendí a apreciarlo.

Porque para mi sorpresa, mi esposo acabó deviniendo en un amante confiado pese a ser tan lego en los juegos de la piel. Si alguna vez fui un bello escorpión para él, una fascinante especie a la que evitar, a partir de entonces guardé el aguijón en su presencia.

19

EL ALMA DE LAS COCINAS

Eleanor

París, 1137

Los rumores comenzaron semanas después en el patio de los caballos. Miradas hostiles de los franceses, silencio cuando pasaba a su lado. Cabezas gachas, susurros inescrutables.

—¿Os habéis enterado? —murmuraban todos en la corte de la Isla de la Cité.

«¿De qué, de qué debería haberme enterado? —me preguntaba yo, impotente—. Bajaré a las cocinas con cualquier excusa y preguntaré a Adamar», decidí, mientras me acariciaba el vientre.

Algo había cambiado, lo notaba.

Yo era ardiente y Luy, paciente y solícito, pero qué bien se nos daba pasar días enteros bajo las sábanas del lecho. Y tenía una esperanza, yo era mujer de luna creciente, mi sangre siempre bajaba cuando el disco blanco dibujaba sus contornos afilados contra el cielo oscuro. Pero la luna se había convertido en llena aquel mes y aún no había sangrado. Era pronto para compartirlo con nadie, pero yo vivía aquel milagro cada mañana al despertar como el mejor secreto de todos. Por fin una buena noticia, una tregua después de tanto entierro y conspiración.

Volviendo a los vasallos de Luy, tal vez me odiaban porque

había ordenado colocar tapices en las estancias más amplias para templar los muros húmedos. O la medida higiénica de que los camareros se lavasen las manos con jabones que ordené traer de Poitiers. O la de construir casetas para los perros de caza en el patio exterior. Eso evitó los malos olores y que todos arrastrásemos porquería en las botas. Vinieron también ebanistas, les hice construir contraventanas para que la lluvia no se colase en las cámaras. Todas mis medidas fueron acogidas con escandalizado horror.

—Más despacio —me rogaba Luy—. Más despacio, o no podré calmarlos. Los barones, Suger, madre y el resto del Consejo son rígidos como árboles.

«¿Qué les ha podido molestar ahora, las mangas del vestido que hoy llevo son demasiado largas para sus costumbres?», me pregunté. Pese a que todas las miradas me seguían en silencio desde que salía acompañada de la cámara con las doncellas que Adelaida me había asignado, todas hijas de sus vasallos más leales, era también cierto que en la corte se comenzaban a ver tintes más coloridos, las costureras estaban imitando los patrones de mis briales y las más audaces se habían atrevido a colocarse postizos en sus trenzas para llevarlas tan largas como las mías.

—Será a las nonas, nadie se va a perder la ejecución —escuché decir a una lavandera.

«¿Una ejecución?»; me extrañé. No había asistido a ninguna desde mi arribada a París. No debían de ser muy habituales en palacio. Había llegado el momento de arriesgarme y encontrar alguna excusa para que Adamar me pusiera al día.

En las cocinas el fuego crepitaba y las ollas bullían. El olor a caldo de verduras lo impregnaba todo. Busqué a mi ama de cría con la mirada, pero no la hallé ni desplumando codornices ni troceando cebollas.

—Estoy buscando a una de las cocineras —le indiqué a un niño pecoso que portaba leñas—. Es una anciana aquitana, chiquitita, como tú.

—Adamar me enseñaba a coger ortigas sin que me picasen —me contestó el chico, compungido—. Era como mi abuela, no sé qué voy a hacer ahora, nadie me trata bien aquí. Vine desde Champaña con mis padres pero murieron de fiebres.

—¿Cómo te llamas, pequeño?

—Aymeric, mi señora.

—¿Por qué hablas de ella como si no fuera a volver? ¿Dónde está? —pregunté, inquieta.

—Mató a un escolta real en el mercado, le van a cortar la cabeza esta tarde.

20

CUANDO EL ENEMIGO SEÁIS VOS

ELEANOR

París, 1137

No pude acceder al Consejo, dos escoltas reales me impidieron la entrada. Qué inútil ser reina en aquel palacio.

—El rey está reunido —me informaron.

—Decidle que es urgente, que la reina lo aguarda aquí fuera.

—Esperad entonces a que termine —dijo una voz monocorde a mi espalda.

Me giré, nunca había tenido a Thierry de Galerán tan cerca; le llegaba por el pecho y él no bajaba la cabeza, siempre hablaba al frente.

—¿Qué ha sucedido, Galerán? He oído que esta tarde habrá una ejecución.

—Un escolta real ha sido asesinado. Nuestra ley dicta que la asesina sea decapitada, no hay excepciones.

Los labios apretados, las ojeras de no dormir en varias noches. La rabia concentrada en la mandíbula tensa. Entonces tuve la certeza: era personal. No era un escolta real más, era su hermano de armas, Gilbert.

—De acuerdo —claudiqué—, me iré a mi cámara. Os agradezco vuestra buena disposición a informarme.

—A vuestro servicio, mi reina.

Doblé una esquina del pasillo, pero no marché. Esperé a que los pasos marciales de Galerán se apagasen y luego me dirigí al archivo donde se guardaban los documentos reales.

Entre pliegos y legajos hallé lo que buscaba: las leyes referentes a la escolta real. Por suerte no eran demasiadas, casi ocupaban lo que el fuero de una villa mediana, se limitaban a enumerar los castigos en caso de agresión a cualquiera de sus miembros, además de las pagas por sus servicios. Lo dejé todo como lo encontré y volví con cierta cautela al pasillo que daba a la puerta del Consejo. Desde una esquina aguardé a que terminara la reunión.

Los escuché despedirse, voces serias hablaban con Luy: me llegaba el murmullo, mas no el significado de las palabras.

Tal y como había anticipado, Luy se dirigió a la capilla a rezar una vez que quedó solo.

—Es tu primera ejecución —le dije sin esperar a que se girara—. Por eso buscas aquí la calma.

—¿Te has enterado? Una cocinera ha matado a Gilbert, uno de los escoltas reales más queridos por mi padre.

—¿Cómo ha sucedido, Luy?

—No te quiero mezclar en esto, ya es asunto feo de por sí.

—Pero me incumbe, la cocinera es parte del cortejo de aquitanos a mi servicio que envié de avanzadilla. Dime qué ha pasado.

—Galerán dice que Gilbert solo le dio el alto y le preguntó por sus quehaceres. Que los testigos cuentan que ella se le abalanzó y con procederes de bruja le provocó convulsiones y acabó muerto.

—¿Suena eso creíble, una anciana diminuta venciendo a un soldado experto y con su nervio?

—Creíble o no, el resultado es el mismo: un escolta real muerto en una trifulca con testigos. Sabes que los escoltas reales tienen su propia ley, es fundamental que se cumpla para que el rey de Francia esté protegido. No puedo conmutar la pena capital, aunque lo quisiera. Bien me lo han hecho saber todos en el Consejo. Y sé... Sé que la conoces, que es la misma anciana que te acompañó el día que te disfrazaste, imagino que le tienes alguna simpatía o estima personal.

—La conozco, sí. Pero comprendo que los ojos de tus barones y de todo el reino están ahora puestos en tu decisión y que se espera de ti firmeza, que hagas cumplir las leyes de Francia. Eso lo entiendo.

«Y también sé que Galerán no lo va a dejar pasar», obvié añadir.

—De todos modos —continué—, ella es aquitana y tú eres el duque consorte de Aquitania. Hay algo que, en efecto, no sabes y es preciso que sepas.

—Habla. Estoy cansado de los secretos y remilgos del Consejo. La jerga diplomática no es para mí.

—Secreto lo hay, o lo había: Adamar, la cocinera, es hermana bastarda de mi abuela paterna. Es mi tía abuela, siempre ha estado cerca de la familia, fue el ama de cría de mi padre, de mi tío Rai, la mía y la de mi hermana Aelith. En Aquitania es un secreto a voces, es querida y respetada. Si se la ejecuta con un método tan poco noble como la decapitación, muchos de mis barones se sentirán ofendidos y Francia se habrá ganado unos cuantos enemigos. Ejerce como el duque consorte que eres y permite que se la ejecute al modo aquitano, con la horca. En el sur no somos de rebanar cabezas, es una muerte muy poco limpia.

—¿Era tu ama de cría? —repitió.

«Es mucho más que eso. Es mi madre, mi abuela, mi consejera, mi mentora, mi maestra y mi propia escolta real», callé, y miré hacia el altar, apretando los puños. Me pregunté si Luy, tan presto a captar las sutilezas del lenguaje, se daba cuenta de lo que suponía para mí ver morir a Adamar.

—Así es —confirmé en su lugar—, pero comprendo que su delito es grave y comprendo las consecuencias.

—Ignoro qué dice la ley exactamente acerca de la forma de ejecución —dijo después de meditarlo durante un rato.

—«Se le ejecutase sin posibilidad de conmutarlo por pena más leve» —recité de memoria—. Nada dice de cómo hacerlo. Ten el gesto y te ganarás el respeto de tus nuevos territorios.

Luy lo pensó por un momento y se santiguó, como después de cargar con un pecado más.

—Sea, pues —concedió.

—Da las instrucciones al verdugo para que se haga al modo aquitano —le dije.

—No sé cómo es el modo aquitano, ni creo que el verdugo lo sepa.

—Pues yo le haré llegar las órdenes.

—Conforme —suspiró—. Hoy no..., esta noche no es buen momento para visitar tu lecho, ni por ti ni por mí. Tendremos esa soga en nuestro cuello cada vez que cerremos los ojos. Es la primera vida que quito siendo rey... Es la primera vida que quito, en realidad.

Omití que una pequeña vida aquitana se abría camino en mi vientre, pero tampoco era el momento de presentarlo al mundo.

Mi diminuto secreto iba a seguir siendo solo mío.

21

EL NUDO DE BAGDAD

Eleanor

París, 1137

Las luces de las antorchas al atardecer pintaban de sombras los rostros presentes en el cadalso. Dictaba la tradición que la pareja real estuviera presente. Los escoltas reales custodiaban a la condenada y costaba verla en medio de tanta hombría, pues a muchos de ellos no les llegaba ni a la cintura.

Adamar aceptó con dignidad la soga en el cuello y recitó en voz alta el lamento de los aquitanos:

Sola llegué y sola me iré.
Sola recorrí el sendero
y sola espero mirar a los ojos al barquero.

Para qué contar el momento, la soga, el crujido, el cuerpecillo mecido en el aire. Para qué. La mano agarrotada de Luy sobre la mía, las venas vacías por el peso de la culpa.

«Esto es lo que Francia le hace a Aquitania», susurraban mis gatos, enrabietados.

Le sellaron los ojos, la envolvieron en lienzo blanco, la bajaron a una cripta que hizo las veces de desolado velatorio, desierto de plañideras y de cualquier otro rito de la muerte.

Era un cadáver incómodo. Aquella noche solo la velé yo.

No le recé en todo caso, ella tenía alma de pagana. Me limité a permanecer durante horas en silencio frente a su cuerpo embalsamado e inmóvil.

... y entonces, solo entonces, Adamar se movió.

Con paciencia, poco a poco, apartó con su mano zurda la tela ligera que le tapaba la nariz y la boca.

—Por poco me rompen el cuello, pedazo de inútiles.

—Pero funcionó, el nudo de Bagdad funcionó —le susurré emocionada.

—Es la cuarta vez que me ejecutan en mi vida, y puedo aseguraros, mi Lía, que esta ha sido sin duda la más torpe y dolorosa —se quejó con su voz dulce.

Mi abuelo el Trovador se trajo muchas buenas ideas de la cruzada, y los gatos aquitanos aplicaban cada nueva estrategia con devoción y a veces la mejoraban.

Los falsos ahorcamientos a los espías eran moneda común en Tierra Santa. El nudo de Bagdad requería cierta pericia, pero un buen cabuyero habituado a manejar sogas entendía pronto el mecanismo del falso nudo corredero, muy similar al del lazo del ahorcado, pero bastante seguro para el cuello del reo. Sustituir al verdugo por un marino experimentado me había costado veinte sueldos de plata. Adamar valía una abadía, la habría pagado por ella.

La abracé; durante las horas de velatorio no había soportado la idea de verla tan quieta.

—Os lo hicisteis todo encima, por un momento pensé que el nudo había fallado y que habíais muerto de verdad.

—Aflojé los intestinos para hacerlo más real... y para que no se acercasen los soldados franceses —me confirmó con un guiño cuando se apartó la venda de todo el rostro.

Me apretó la mano con sus pequeños puños una vez que se liberó de la mortaja que los cubría. La pobre tenía frío, me senté sobre la tabla y puse mi cuerpo encima del suyo para darle más calor.

—Os voy a tener que enviar a Antioquía, con Raimond, allí podréis seguir sirviendo a nuestros intereses —le dije—. Preferiría que acabaseis vuestros días en Fontevrault, con vuestra hermana, pero está demasiado cerca, no me fío de Galerán.

—De Galerán vamos a tener que hablar, mi Lía.

—Bien lo sé, a mi pesar.

—Era su hermano de armas, Gilbert, el que siempre me seguía, tal y como sospechaba. Y creo que había un empeño personal en que yo no preguntase en el mercado. Pero continué, lo sabéis. Continué. Escuchad, sé que me obstiné en que el veneno era «el beso de la adelfa», pero no era el navarro quien sabía algo, aunque sí su vecino, el que vende ancas de rana, ¿lo recordáis?

—El cojo que se apoyaba en una muleta. Sí, lo recuerdo. ¿Qué habéis averiguado?

—En sus cestos tiene muchas ranas vivas destinadas a los mejores banquetes, pero en su puesto, más escondidas, tiene también unas ranitas amarillas de ojos negros. Son diminutas y su piel es venenosa, el animal que la come muere rápidamente. Compré unas cuantas e hice mis pruebas con raposos, aunque me tomé mis precauciones. Los pobres animales caen fulminados, y la piel que no cubre el pelo queda de un azul oscuro muy peculiar.

—¿Azul?

—Azul.

Busqué en mi biblioteca interior todos los libros de venenos que recordaba. ¿Ranas amarillas de ojos negros?

—Creo que el asesino de vuestro padre encontró la manera de sintetizar el veneno y embadurnó al bebé con él, lo tuvo que hacer con las manos protegidas para que no le afectase la ponzoña. Y creo que esta vez yo no iba desencaminada y algo sucede con esas ranas, porque el hermano de Galerán se volvió loco cuando me escuchó haciendo preguntas y más preguntas al vendedor. Nos escuchaba en la penumbra de uno de los recovecos del mercado, oculto tras una tela, pero él mismo se descubrió. Su rostro se puso rojo, sus labios apretados, me llamó «entrometida». Se lanzó hacia mí con los brazos extendidos, me intentó asfixiar con las manos, las cerró alrededor de mi cuello, yo le clavé la aguja emponzoñada de mi griñón.

—Estramonio. Pocos minutos, convulsiones y mucho dolor. Mala muerte le diste, Adamar.

—La que merecía.

—¿No hubo otra manera?

Me miró como si fuera una niña pequeña.

—¿Desde hace cuántas décadas soy gata aquitana?

—Desde la cuna, dicen.

—Siete décadas. Que no os engañen estas arrugas y mi chepa, pienso rápido cuando el peligro viene a mí. Y pienso primero en Aquitania y en quien sea mi duque o mi duquesa. Sabía que me prenderían por matar a un escolta real. De igual modo que sabía que intervendríais y encontraríais la manera de salvarme, pero sabía también que aquí se separan nuestros caminos, mi nieta, mi niña, mi hija, mi duquesa, mi reina. Estoy conforme allá donde me enviéis y continuaré con mi papel esté donde esté: todo por Aquitania.

Ambas éramos conscientes de la nueva realidad: mantenerla lejos pero mantenerla viva. Ya se había expuesto demasiado tratando de averiguar qué le había sucedido a mi padre.

—Dadme un último consejo, Adamar —pude decir, al cabo.

—Estáis en tierra extraña y rodeada de nuevos enemigos. Ellos os van a medir y vos vais a medirlos también. No infravaloréis a ninguno. Creo que en este palacio no hay enemigo débil, aunque algunos lo parezcan.

—Me pedís que no me fíe de nadie.

—De nadie, lo habéis oído. Pero no os aisléis, son vuestra pareja de baile, bailad con ellos mientras los clasificáis y los estudiáis. Mas traed con vos aquitanos, vais a necesitar aliados de verdad, de los que no dudéis. Y usad vuestra fuerza, vuestro poder es la riqueza de Aquitania y este reino pobre la necesita. Que dependan de vos, que todo pase por vos. No os dejarán al principio, será la primera barrera y ellos necesitan ganar esa batalla. Dádsela, revolveos un poco, pero haced que crean que la han ganado y, mientras tanto, encontrad la manera de que dependan de los suministros que les llegan de Aquitania. Controlad la información y las comunicaciones, situaos en medio, que todo pase por vos. Estáis vigilada, dejad de disfrazaros, esos juegos han acabado, Galerán os sobrepasa en todo. No molestéis a la avispa, no podéis ganar. El resto también son enemigos: Adelaida, el Consejo, los barones, los prelados de la Iglesia aquí, en París. Convertid a Luy en aliado, pero no ataquéis a su madre: él la ama más de lo que imagináis.

—Pues parece una madre distante con él.

—Es austera después de décadas en esta corte, representa el papel que le han pedido. Pero tenéis que saber que vuestro marido no es su marido el Gordo gracias al amor que el joven Luy siente por ella.

—No os comprendo, ¿de qué me estáis hablando?

—De que un gato aquitano escuchó una conversación entre el Rey Gordo y su heredero en la catedral un jueves que curaba la escrófula. Luy el Joven se negaba a esposarse con vos, quería renunciar a ser el heredero y se postuló como sucesor de Suger en San Denís. Quería proponer a su hermano Roberto de Dreux como aspirante al trono.

—¿Luy propuso a su hermano?

—Creo que vuestro esposo se conoce muy bien, la introspección de la celda lo ha hecho sabio antes de tiempo. Pero el Rey Gordo lo amenazó con matar a la reina Adelaida y matrimoniar con vos si él no accedía a los esponsales. Luy se casó para salvar a Adelaida, querida Lía.

Me imaginé por un momento casada con el Rey Gordo, forzada de nuevo por un Capeto en mi noche de bodas.

Luy me salvó de eso. Aunque lo hiciera por su madre, nos salvó a ambas.

—¿Estáis bien, mi niña?

—Estoy... agradecida. Agradecida a Luy —tuve que reconocer en la penumbra de aquel falso velatorio.

Adamar sonrió, como si llevase tiempo esperando mis palabras.

—Tened cuidado, mi hija. Así como dicen que por la caridad entra la peste, yo he visto durante toda mi vida que por la admiración entra el amor.

Tomé una de sus manos heladas y la coloqué sobre mi vientre.

—Creo que el amor ya ha entrado, estoy encinta desde la última luna menguante. ¿Podéis confirmarlo?

Adamar se incorporó con dificultad, no sé ni cómo encontró las fuerzas. Me hizo un leve gesto para que subiera la tela de mi vestido y me tocó los flancos.

—¿Cuántas semanas hace que vuestro cuerpo está tan caliente?

—Más de cuatro.

—¿Y las venas sobre el pecho?

—Miradlo vos misma. —Se lo mostré.

—Gruesas y azules, parecéis un mapa. Hay otra vida dentro que demanda mucha sangre.

—¿Entonces...? —me atreví a decir.

—Entonces, mi querida Lía: ya no sois una, ahora sois dos.

22

MUERTE DE SAL

Eleanor

París, 1137

Aquel estado edénico no duró. La dicha de la nueva vida que me crecía dentro apenas la recuerdo ahora como uno de los secretos más amargos de mi vida. ¿He contado ya en qué consistía la muerte de sal?

Mejor lo relataré desde el principio.

Arreglé los asuntos prácticos con los gatos aquitanos: de cara al Consejo y a los escoltas reales —que tan rápidamente habían reclamado el cuello de Adamar por el cuello de Gilbert—, la vieja cocinera iba a ser enviada de vuelta a Burdeos, para su reposo eterno.

—Gracias por hacerlo posible —le dije a Luy mientras ambos veíamos partir la escueta comitiva hacia el sur—. Es un consuelo saber que su cuerpo descansará en la Aquitania que la vio nacer.

—Imagino que es consuelo menor, aunque sobrellevéis mejor el duelo de lo que esperaba. Y me alegra, me alegra mucho, no deja de admirarme vuestra fortaleza —comentó mientras me miraba de reojo, preocupado.

El cuerpo que marchaba sobre el carromato no era el de Adamar, sino el de una anciana mendiga muy parecida en medidas que había fenecido dos noches antes bajo uno de los puentes de la isla. Pero la mortaja ocultaba toda diferencia y

Adamar había huido ya hacia el este disfrazada de vendimiadora con una cabalgadura fresca y una carreta repleta de víveres para el camino a Tierra Santa.

Querido Rai. Todo se ha torcido para Aquitania y los nuestros una vez más. El camino para encontrar al asesino de padre está resultando una bajada a los infiernos. Te la envío, cuídala como merece.

Había escrito a Rai una de mis misivas... y la había quemado una vez más. No era segura. Ni para Adamar ni para él. Adamar tenía recursos suficientes para llegar a Antioquía sin la ayuda de Rai.

—Miremos hacia delante, mi rey. Simplemente miremos hacia delante —me limité a responderle.

Galerán nos observaba desde cierta distancia, con su gesto hierático y la mandíbula alta, viendo alejarse el cadáver de la asesina de su hermano. La muerte de mi padre y sus consecuencias me habían costado ya dos dolorosas ausencias: Rai y Adamar, mi tío y mi tía abuela. Mi amante y mi madrina.

Apreté la mano sobre la vida que portaba dentro, era ya el momento de compartirlo con Luy.

—Quisiera que hablásemos a solas, sin escoltas ni criados cerca, sin Consejo ni familia. ¿Podríamos vernos esta mañana en mi cámara?

—Sí, desde luego. En cuanto termine la reunión con el Consejo. Solo tengo que firmar varias cartas y escuchar las peticiones de un par de emisarios.

—Conforme entonces, allí os espero.

Suspiré, disimulando en público una sonrisa. Entré en el palacio y me dirigí sola a mi cámara.

Las cenizas de la chimenea habían sido barridas, las ventanas estaban abiertas y dejaban entrar el aire de la mañana, pero advertí algo que me extrañó.

El baldaquino de mi lecho estaba descorrido.

Aparté los cortinajes y al principio no comprendí lo que veía. Tan inimaginable era.

Después llegó la lucidez:

«La han matado».

Adamar no sorteaba piedras en caminos de ribera verde rumbo al abrazo protector de Rai en Antioquía.

Adamar yacía inerte sobre el terciopelo de mi lecho.

Las manos atadas a la espalda, obligada a ingerir sal, pocas cucharadas bastaron para matarla, maldito cobarde. Aun así la sal salía de la boca y se esparcía sobre la cama.

Todo el dolor me subió por la garganta y vomité. Me licué entera, dejé que las arcadas tomaran el control de mi cuerpo, era tanta la desolación que cualquier tormento era preferible al de pensar con claridad y asumir que Adamar ya no estaba viva.

Alguien que conocía el nudo de Bagdad había descubierto mi truco para salvar a Adamar, alguien que había estado en la cruzada, sin duda. Ese mismo alguien había usado la muerte de sal y me había dejado su mensaje en mi propio lecho.

Me limpié los labios con la manga del vestido, después vacié de sal la boca de Adamar para darle a su cadáver la dignidad que siempre tuvo en vida. Sus manos estaban tibias, no hacía mucho que la habían torturado y asesinado.

Y en aquellos momentos me salió la mantícora, toda la rabia acumulada desde que los heraldos llegaron para informarme de la muerte de padre brotó con un grito que habría rasgado los muros de aquel odioso palacio y habría hecho derramarse la maldita ciudad de París en escombros.

Salí hecha una furia escaleras abajo en busca de Galerán, me daba igual cómo matarlo, hacerlo caer fulminado o bajo largo tormento después de ordenar rebelión a los gatos aquitanos.

Me daba igual.

Pero no contaba con la trampa.

Adamar solo había sido el anzuelo, la pequeña presa que se sacrifica para acabar con el verdadero objetivo: mi hijo nonato.

Resbalé en el segundo peldaño.

Cómo podría haberlo evitado, si alguien había vertido sobre la angosta escalera de hélice todo el aceite de las despensas reales.

Me golpeé una cadera al bajar sin control, después la cabeza también sufrió.

Intenté proteger mi vientre, pero no había protección posible mientras caía por los escalones aceitosos hasta que me golpeé con fuerza contra las losas junto al jardín de la reina.

No perdí el sentido en ningún instante, creo que fue lo peor.

Y creo también que noté el momento exacto en que mi hijo dejó de existir y se reunió con Adamar y con padre.

Como si algo me abandonara, sentí un tirón persistente en el ombligo. Alguien que se fue y no deseaba hacerlo, alguien a quien hubiese querido como mi madre jamás me quiso, alguien que no tuvo un nombre y que ni llegué a conocer ni llegó a conocer a su padre.

Alguien que no llegó a ser.

Embadurnada de aceite y magullada, intenté levantarme, pero el costado me dolía demasiado.

Entonces una sombra se proyectó frente a mí y me tapó el sol.

Respiré aliviada. Por fin un ángel, algo de ayuda.

Pero no era un ángel pese a que llevaba túnica blanca y no tenía nada entre las piernas.

—Vuestro vestido mana sangre, mi pequeña reina —dijo Galerán—. Creo que habéis perdido al heredero de Francia. Nadie os va a perdonar en la corte vuestra necia imprudencia, si decido contarla.

23

NUNCA SE DEJA DE MORIR

Eleanor

París, 1137

Galerán hablaba despacio, con esa cadencia de los antiguos.

—Yo os llevo a mi cámara, mi reina. Allí reposaréis, el rey se ha demorado hoy con varios documentos inusualmente complejos. Tardará en llegar, los escoltas reales guardan las puertas cerradas del Consejo. Ya están limpiando vuestros aposentos, nada quedará tampoco del penoso derramamiento del aceite.

—Se lo contaré, el rey sabrá la verdad —fui capaz de decir desde el suelo.

Él se agachó, todo lo que vi fue una rodilla inmensa. Me miró como un anciano sabio a alguien que ha vivido muy poco. Con infinita paciencia. Casi con dulzura, si no fuera tan repugnante como un cadáver.

—Mi reina, deberíais aceptar la muerte del duque. ¿Para qué buscar elementos exóticos adquiridos a mercaderes en París? El Rey Joven se está encaprichando de vos, y yo amo al rey y le soy fiel. No lo hagáis más difícil para todos. No quiero que él sufra por vuestra pérdida.

—¿Es... una amenaza? ¿Ahora me amenazáis a mí? —pregunté. No me iba a ayudar a levantarme y yo estaba tan maltrecha que no podía hacerlo por mí misma.

Noté la sangre. Sangre tibia que manaba muslo abajo, el que iba a ser mi hijo se derramaba allí mismo y yo no podía retenerlo.

—Mi pequeña niña..., la vida ya es una amenaza de muerte. Para todos. Estamos amenazados desde el momento en que respiramos, y ¿sabéis qué? Que el peligro es real. La muerte siempre gana. Pero unos estamos más amenazados que otros. Un soldado de Dios, como yo, está siempre amenazado. Los enemigos del rey son mis enemigos; los enemigos de Francia son mis enemigos; los enemigos de Dios son mis enemigos. Sería un lerdo si temiese algo tan inevitable como la muerte; de hecho, está tardando demasiado. Algunas partes de mí han muerto y el resto de mi cuerpo se ha de quedar aquí, caminando, matando y luchando por mi rey, por Dios y por Francia.

»Vos también nacisteis y moriréis amenazada. Sois aquitana, sois hija de una estirpe de hombres que se granjearon mil enemigos allá por donde pasaron: papas, barones, reyes, esposas y amantes ultrajadas. Y sois mujer, además de ser la persona más rica de Occidente. Además sois bella y os pensáis lista, pero sois joven y cometéis errores de lego en un juego de reinos que aprenderéis a jugar con el tiempo, pero ahora os queda inmenso. Os voy a regalar un buen consejo: aprended a vivir amenazada, contad con ello y actuad siempre en consecuencia. En este mundo no hay lugar para la ingenuidad. Pensad mal de todos. Y no creáis, ni por un momento, que vais a sobrevivir a este reino. Ni vuestra belleza, ni vuestra riqueza, ni vuestra formación en estrategia os serán suficientes porque os falta el ingrediente clave.

—¿Y qué es lo que me falta? —pude decir.

—Maldad. Os falta maldad.

Asentí, qué razón tenía.

—¿No pensáis ayudarme? ¿Me vais a dejar aquí mientras me desangro?

Paseó lento su mirada a lo largo de mi cuerpo, no hubo gesto alguno.

—Os quiero rendida, rendida del todo. Quiero que renunciéis a lo que sea que estabais buscando.

—Esto que habéis hecho: lo de mi hijo, lo de Adamar. No era necesario. No era necesario quitarme las dos vidas más importantes para mí.

—Mi hermano por ellos dos. Es mi manera de deciros que no seré justo, no será ojo por ojo ni alma por alma. La ley del Talión requiere nobleza y contención. Yo no poseo esas inútiles virtudes, no contéis con ellas; ¿habéis comprendido, mi pequeña reina?

Tuve que apretar los labios, tanto dolía.

Cerré los ojos y asentí. Era su manera de decirme: «Si decís al rey que he sido yo, la siguiente seréis vos». Tenía que acostumbrarme a que con Galerán siempre iba a ser así.

Y sí, me doblegó como a un perro. A cada ladrido mío, a cada rabioso reproche le seguía una muerte dolorosa y otra velada amenaza.

Así me aisló, así me controló.

Así me enseñó la indefensión aprendida. No hacer nada, convertirme en una víctima aterrada que temblaba cuando lo veía aparecer, con su mirada líquida, sus pómulos de calavera descarnada. Sus ojos de diablo sin vida.

¿Era real, aquel ser era real, o solo un súcubo enviado del averno?

Poco importaba, la verdad. Galerán dio por hecha mi derrota y por fin cargó con mi maltrecho cuerpo.

Francia había ganado, mis enemigos me habían derrotado.

SEGUNDA PARTE

24

LA BRUMOSA CORTE

ELEANOR

París, 1138

Durante los siguientes meses transité miradas reprobadoras por la ausencia de herederos en el horizonte, mas ya no hacían daño, estaba emergiendo mi piel de muro.

Galerán mantuvo una fría distancia, yo al principio casi enfermaba cada vez que se acercaba, me volví evitativa. Luy jamás se enteró de que había perdido a su heredero; sé que así salvé mi vida, pero el coste del silencio fue una losa cada vez que me encaraba con su mirada confiada y ajena a lo que Galerán me había hecho.

Renuncié por el momento a seguir indagando en París por la muerte de mi padre, renuncié al contacto con los gatos aquitanos, habría supuesto quedarme uno a uno sin ellos, preferí protegerlos.

A cambio aprendí el noble arte de la paciencia, yo que todo lo quería pronto y estaba acostumbrada a ordenar. A esperar a armarme de otra manera, a esperar mi tiempo y mi lugar. Porque habría un tiempo, habría un lugar, en un futuro difuso, en el que Galerán y yo haríamos cuentas y lo arrebatado sería vengado. Pero no era el momento. No todavía.

Por otro lado, no se me había permitido hasta la fecha participar en ninguna decisión del Consejo. El propio Galerán, la reina madre y el abad Suger cercaban a Luy y tomaban las decisiones del reino por él, sin dejarle apenas iniciativa.

Las cartas partían con su anagrama: «Loys». Era lo único de su mano que salía de allí. En la corte gris y brumosa de París me aceptaron con cautela y recelo. No era la primera meridional que ocupaba el lecho de un Capeto, pero siglo y medio antes mi antecesora había dejado el recuerdo indeleble del escándalo. Roberto II el Piadoso, hijo de Hugo Capeto, matrimonió con Constanza de Arlés. Un rey devoto y su bella esposa aquitana. De ella todavía contaban que sus vestidos mostraban sus pechos, que sus ruidosas fiestas se alargaban hasta los maitines, que su alegría sureña jamás encajó con la sobriedad de los francos.

Yo no podía ganar, ya me habían sentenciado antes siquiera de bajar de la carreta que me llevó a las puertas del palacio de la Cité.

Tardé meses en conseguir entrar siquiera en las reuniones bajo la promesa de ser una simple observadora. Una niña de extravagante curiosidad por asuntos que no eran de su incumbencia. Meses de fingir una cortés sumisión frente a Adelaida, de no opinar jamás en presencia de Suger, de que me percibieran como una adolescente silenciosa e inofensiva.

Tanto les imponían lo que yo representaba y mi dote.

No estaban acostumbrados a manejar tanta riqueza ni tantos privilegios en especie. Cuando llegó el momento de tomar las primeras decisiones, tal y como había anticipado, se comportaron como auténticos despilfarradores. Después aprendieron a moderarse y las pérdidas los volvieron más sensatos.

Nuestros regalos nupciales se habían trasladado discretamente a San Denís. El sigiloso expolio fue tan eficaz como concienzudo. Los candelabros destinados a mi cámara iluminaban ahora los oficios de los altares de la abadía. Las piedras preciosas fueron arrancadas de sus cofres; Suger hizo venir a los orfebres de Lorena, los más reputados, para engarzarlas en la imponente cruz de oro de seis metros que quería colgar del altar mayor. Los bellos baúles labrados en pan de oro guardaban ahora ropa litúrgica en la sacristía del buen abad.

Luy, afligido aún por el duelo de su padre y centrado en estar a la altura de un cargo que le quedaba grande y para el que no lo habían educado, apenas fue consciente durante los primeros tiempos de todo el movimiento de rapiña que se gestó alrededor de nuestra presencia. Yo los dejé hacer. Quería conocer el alcance de su codicia, cómo una corte pobre y austera se comportaba ante la lluvia de oro que yo suponía.

Por mi parte, mi sabio tío materno Hugo, vizconde de Châtellerault, regía entre Burdeos y Poitiers mis territorios bajo mi estricta supervisión. Padre me enseñó desde los ocho años a tomar decisiones que favorecieran nuestra fortuna y el patrimonio de los aquitanos. Que Burdeos exportara el mejor vino y la mejor sal nos hacía acaudalados. Privilegiar a los barcos que atracaban en el puerto de Bayona y descargaban sebo de ballena convertía en prósperas a las familias de los navegantes. Toda medida que yo tomaba estaba encaminada a que mis barones y sus vasallos fueran poderosos. Así fui educada, así procedía.

Siguiendo los consejos de Adamar, evité aislarme y poco a poco llevé a la corte de París a algunos fieles vasallos, parientes lejanos y a mi hermana pequeña Aelith. Prefería tenerla cerca y encargarme de su educación, tal y como Rai se encargó de nosotras cuando mi padre faltaba.

Y un día, un día que parecía igual a todos los anteriores, sucedió.

Cierta mañana me percaté de que ya no era Galerán quien acompañaba a Luy, sino uno de los escoltas más veteranos. Pasaron las jornadas, y nadie parecía hablar de una ausencia que a mí me daba la vida. Finalmente me atreví a preguntar a mi esposo:

—¿Qué ha sido de vuestro secretario, Thierry de Galerán?

—Su orden lo ha reclamado. Bernardo de Claraval precisó de él, se anda gestando en Roma una posible vuelta a Tierra Santa, como la cruzada en la que formó parte. Mantiene el voto templario, es soldado y es religioso, no ha podido negarse. ¿Lo echáis de menos, acaso? ¿Os sentís menos segura? ¿Queréis que refuerce vuestra escolta?

—No es necesario —me apresuré a contestar—. Solo quería estar enterada de los asuntos del reino.

Y me retiré con el corazón a galope, sintiendo el aire mucho menos pesado. ¿Se había ido realmente Galerán? ¿El destino lo había apartado de París y de mi vida, sin lucha, sin estrategias, sin pagar un alto precio? Estuve tentada a recurrir a los gatos aquitanos, mas el miedo me volvió prudente y preferí vivir con la incertidumbre antes que molestar a la avispa.

Y cómo disfruté esa incertidumbre, su ausencia liberó de nubes el cielo, ya no lo sentía pesado cuando alzaba la vista. París sin Galerán emergió como un lugar menos sombrío y hostil; nadie notó aquel alivio salvo yo misma, y aproveché aquel incierto paréntesis para tomar fuerzas.

Porque quedaba pendiente. Mientras estuviera vivo, Galerán quedaba pendiente.

Pero los problemas para una duquesa de Aquitania nunca terminan, sabía que tarde o temprano mis propios súbditos me harían pagar el precio por haber abandonado nuestra capital y vivir en el reino de los francos. Fue en la cuna de nuestro linaje, en la vieja Poitiers, donde saltó la chispa de la insumisión, y por eso dolió mucho más.

25

SANGRE AQUITANA

ELEANOR

París, 1138

Todo empezó la mañana en que una de las damas de Aelith, la oronda Clemencia, me despertó con las manos ensangrentadas.

—¡Mi reina, mi reina! No he podido evitarlo, habéis de acudir antes de que...

—¿Qué sucede? —la interrumpí—. ¿Y esa sangre?

—Es de vuestra hermana. He llegado tarde —murmuró, con horror en la mirada. Los ojos perdidos en la sangre de las palmas.

No escuché más, salté del lecho, ni el manto me puse. Aelith era más diestra y ágil que cualquier arquero del ejército de Luy. No estaba hecha para los accidentes que todos los niños inquietos habíamos sufrido. El azar pasaba de largo cuando la encontraba. Jamás una herida, una caída, un traspié. Alguien la había atacado, sin duda.

Llegué a su cámara, ignoré las miradas de los coperos, las costureras de Adelaida, los sirvientes de Luy y los mozos de cuadra. Me vieron pasar al galope en camisón, sin corona, sin joyas, sin calzado.

La encontré desnuda, con un atizador de brasas en la mano. Su rostro estaba horriblemente desfigurado. Cuatro llagas le cruzaban la cara desde la frente hasta el mentón, en diagonal. Encontré al atacante en un rincón, acorralado, bufando con el lomo erizado y el rabo alzado. Era un enorme gato atigrado, rubio y fiero. ¿Había gatos tan grandes en palacio? ¿Qué monstruosas ratas comía aquella bestia?

Aelith me ignoró, fue a por él, desnuda como estaba, a hostigarlo con el hierro candente. El gato se defendió como hacemos los felinos —al menos los aquitanos—: atacando con las garras afiladas y los colmillos prestos.

—¡No pienso ser suya, no pienso dejar que ese bruto me toque! —me gritó.

—¡Shhh...! —La abracé por detrás, desarmándola. Le tapé la boca, me manché con su sangre, no importaba—. Toda la corte está tras esa puerta. Deja en paz al gato, y cuéntame qué es este sindiós.

—¿No te lo ha dicho el rey? ¿Acaso él todavía no lo sabe?

—Luy no me ha dicho nada que justifique que tires tu vida por la borda. ¿Qué es tan grave, hermana? Tú no eres de chiquilladas. ¿Cuál es la amenaza o la ofensa?

—Roberto el Grande, ese es mi destino.

El hermano descerebrado de Luy, el tosco y bravucón Roberto el Grande, conde de Dreux. Era como intentar maridar el agua con el aceite. Se odiaban, se repelían y lo peor: se despreciaban mutuamente desde que Aelith había llegado.

—¿De quién proviene la orden? —Quise saber el alcance del problema.

—De la reina viuda. Ella misma me ha despertado esta mañana con la nueva. Es un hecho, hay un compromiso. Pero matrimoniará con un despojo de carne. Y tú no vas a poder evitar ni una cosa ni la otra. Si me quitas al gato, encontraré otras maneras de destrozar mi cuerpo. Que me tome, que así sea, pero será el hazmerreír del reino.

—¿Adelaida ha urdido vuestro matrimonio? —pregunté sorprendida.

«Se está impacientando», pensé con pavor.

Un año sin descendencia, sin el esperado heredero de los Capetos, mas un año viviendo con la riqueza que provenía de Aquitania. Galerán había sepultado la existencia de mi primer embarazo fallido, el hijo que no llegó a ser. Luy no lo sospechó nunca, solo vio lo que se le contó: una desafortunada caída que me dejó magullada y débil.

Aterrada por la muerte de Adamar y de mi primogénito nonato, me recuperé de mis heridas en un silencio que ni siquiera dolió, tan paralizada estuve durante meses.

Pero al primer crudo invierno le siguió una inusualmente luminosa primavera, la vida se abrió camino en los bosques que circundaban París y mi alma maltrecha se cansó de sufrir.

Tuve suficiente.

Cautelosa, apaleada y más sabia, volví a la partida.

Y mis pensamientos ahora se concentraban en la reina viuda. Era un movimiento inteligente, tuve que reconocérselo, aunque no sutil. Casar al siguiente Capeto en la línea de sucesión con la única heredera de Aquitania que quedaba si yo desaparecía. La jugada que yo ideé, de nuevo, repetida. Vista la mortandad de los anteriores Capetos —su primogénito, Felipe, y su marido, el Gordo—, ¿y si Luy y yo estábamos en peligro también? ¿Y si aparecíamos con las orejas azules y el cuerpo irreconocible después de ingerir un simple sorbo de agua o una mermelada de castañas? ¿O acaso el mero roce de alguna de sus piedras nos podía enviar al infierno?

26

—

EL MAL POITEVINO

ELEANOR

París, 1138

—De momento, vamos a ganar tiempo. He aquí mi plan —le dije muy bajito al oído, entre susurros.

Aelith se calmó un poco, confiaba en mí. Nos metimos en la cama y nos tapamos bajo la manta, como cuando éramos un poco más niñas. Murmuré palabras decididas, palabras que aún no sabía cómo iba a cumplir, pero me juré por todos los santos de la cúpula celeste que iba a alejarla de una vida de violaciones y sumisión.

Daba la impresión de que no le dolían las heridas de las mejillas, pero a mí me dolían sus ojos cada vez que los clavaba en los míos. Sabía que mi hermana era irreductible, había heredado el espíritu de nuestra estirpe, pero nació con el órgano equivocado entre las piernas.

Y dependía de mí: Aelith era parte de mi dote y su destino estaba ligado al mío, y esa culpabilidad me tenía agarrada por la garganta y no me soltaba. Traerla a la corte de los francos había sido un error: creí protegerla, pero estaba más segura entre aquitanos, donde tenía la autoridad de ser la hermana de su duquesa. Y allí la orden de con quién casarse solo podía provenir de mí.

«Veremos quién decide quién desposa a quién, querida suegra», pensé.

Era una buena lección, y como tal, se la agradecí.

«Si juegas a la defensiva, estarás centrada en no perder poder ni territorios. Si atacas, ganas terreno», me había dicho Rai en su despedida. Quien ataca primero pone las reglas del juego. Quien ataca primero te obliga a defenderte, a reaccionar, a emprender acciones para no perder, pero no para ganar. Y yo quería ganar terreno, no concentrarme solo en evitar las pérdidas y el dolor. En no perder el alma de Aelith por el camino, entregarla a una vida gris y resignada.

Así que regresé a mi cámara, di instrucciones precisas a Clemencia y llamé a mis damas para que me preparasen: pendientes, ribeteada con piedras preciosas, la corona y los brazaletes.

Sabía que Suger criticaba a mis espaldas todo el boato y la riqueza de mis adornos, pero también sabía que cuanto mayor es la crítica, mayor es la envidia que la dirige. Mi gato aquitano en San Denís me había contado que décadas atrás, cuando el Rey Gordo comenzó a favorecer a Suger, el frailecillo optó por llevar una vida fastuosa: las mejores capas pluviales, los anillos más pesados. Suger amaba el color y el brillo.

Después llegó a la corte Bernardo de Claraval, consejero de pontífices y maestro espiritual de la Orden del Císter, rama de la Orden de San Benito. En aquel encuentro, Suger fue reprendido por mostrar al pueblo sin pudor su riqueza. Bernardo le recordó el voto de pobreza de los benedictinos.

Suger no tuvo más remedio que abandonar las joyas y las sedas, al menos públicamente. Pero los anhelos de un hijo de siervos venido a más no mueren en una simple conversación, por muy convincente que fuera su preceptor. En la celda austera de Suger, una losa de piedra ocultaba, como un pájaro cuco, las piedras preciosas que en su momento prometió donar a la abadía. También restos de telas de mis vestidos y de los de Adelaida. Y un interesante descubrimiento: oculto tras uno de los pañuelos bordados por la misma reina viuda, un retrato de mi suegra, pequeño, pintado sobre madera. Con los bordes romos de tanto ser acariciado durante muchas noches.

Un monje enamorado en silencio durante décadas de la inalcanzable esposa de su rey. Tal vez lo juzgué mal, tal vez su apego a no abandonar la corte del palacio de la Cité no obedecía al hambre de poder, tal vez no solo aspiraba a gobernar el reino, sino también a estar cerca de la reina. Pequeño rey en la sombra, siempre al lado de la solitaria viuda.

Pasé la mañana en San Denís, hablando del asunto de mi hermana con Suger. Enseguida comprendió la gravedad y cabalgamos circunspectos hacia mi suegra.

Pedí audiencia, era yo la reina de Francia, pero la ilusión de humildad era parte de mi mascarada. Sé que le agradó concedérmela, tal vez echaba de menos los rituales cuando el Gordo estaba vivo. La encontramos en su cámara, bordando un corazón en llamas.

—Madre —dije fingiendo que me costaba ser dueña de mí misma—, mi espíritu está dividido hoy. Por un lado, he despertado con la mejor nueva que...

—¿Estáis preñada por fin? —me interrumpió, sin dejar de agujerear el corazón de tela.

Respiré, me obligué a sonreír.

—No es eso —dije—. Hablo del regalo que habéis hecho a mi linaje al escoger a mi hermana Aelith como esposa para vuestro hijo, Roberto de Dreux.

—Así es, es hora de casarla ya. La veo muy brava para su edad, y un varón recio como Roberto atajará ese mal a tiempo.

—Y coincido con vos —asentí—. Pero Dios da con la mano diestra y quita con la sinistra. El abad Suger y yo hemos de compartir un feo asunto con vos, discretamente —añadí mientras miraba de reojo a su maestra de costura, que fingía pelearse con un ojal insurrecto.

—¿Podéis traerme más hilo de grana? Este corazón no sangra lo suficiente —ordenó a la vieja dama.

Suger se sentó en la silla que había dejado caliente en cuanto la anciana cerró la pesada puerta y escuchamos sus pasos alejarse escaleras abajo.

—Me temo que ponemos a vuestro hijo, el conde de Dreux, en un evidente peligro si lo casamos con la niña —intervino él.

—¿Peligro? La cría es fiera, pero nada que un Capeto no pueda domar. Aún recuerdo mis reniegos cuando Luy se desposó con nuestra bella aquitana, y no ha sido para tanto.

Asentí. Tenía toda la razón.

Todavía no había sido yo.

Eso iba a requerir un tiempo y el cielo no estaba aún despejado.

—No me estáis entendiendo, mi reina —dijo Suger—. ¿Cómo podríais anticipar el alcance de esta desgracia si todavía no os he hablado de ella? No me preocupa la bravura de una virgen, sino el castigo que Dios le ha enviado... Yo desconocía el mal, pues ya se sabe que los meridionales ocultan bien sus vergüenzas y sus plagas, pero existe una dolencia en el sur: las llagas poitevinas, las llaman.

—Las llagas poitevinas o llagas de Cristo, madre —apunté.

Adelaida se persignó al escuchar las horribles palabras y lo que presagiaban.

—Es un nombre demasiado piadoso para una enfermedad tan contagiosa, por lo visto —continuó el abad—. Se contrae de la noche a la mañana, pero en pocos días todo el que ha visto o tocado al enfermo se contagia por aire, aliento o tacto. Comienza en el rostro. Cuatro llagas, cada una como la que Cristo sufrió en el costado por la lanza de Longino. Después el cuerpo empieza a llagarse también de arriba abajo, de espalda a costado, piernas, cuello y brazos, todos llagados si no se le pone remedio antes del tercer día.

—Válgame el cielo, pero ¿ese azote tiene remedio? —preguntó impresionada.

—Pocos físicos aquitanos han podido tratarlo con éxito —me apresuré a decir—, pero mi maestre, Buenaventura, que ahora reside con mis tíos y tías en el palacio de Poitiers, conoce el procedimiento exacto para salvarle la vida, y tal vez... tal vez...

—¡Hablad, por Dios!

—He de ser sincera con vos —dije—: afecta a la fecundidad. Sucede que las mujeres, pese a curarse, no suelen parir después.

—¿Y vos no lo tuvisteis?

Eso dolió, sonreí.

—No he enfermado en la vida, no sé por qué sucede, pero jamás he tenido el mínimo percance de salud. Me consta que cada quien tiene un órgano débil: los ojos, los dolores de cabeza, el estómago, la pierna, y que las enfermedades se recrean en esa debilidad durante toda la vida. Nunca guardé cama, ni cuando a madre y a Aigret se los llevaron las pústulas. Yo los cuidé y nada pasó. No temáis, el heredero llegará; Dios no dejará el trono de Francia vacío.

«Miente con la verdad», página tercera del *Manual de vida de los duques de Aquitania.* La reina viuda merecía al menos un poco de sinceridad entre tanta farsa.

Pero no era momento para el orgullo herido, sino para el teatro.

—¡Clemencia, pasad sin miedo! Mas no os acerquéis, nadie sabe cómo las llagas poitevinas afectan a los francos —ordené en voz alta.

Suger se sacó de la manga del hábito un par de finos velos que yo previamente le había suministrado. Hilados en oro. Bien sabía que se los quedaría después.

—Tomad, mi reina. Cubríos los ojos con el velo. —Él hizo

lo propio, pero solo cuando certificó que mi suegra estaba bien segura.

Y en ese instante me di cuenta: el abad cuidaba de ella. Ojalá Luy a la edad de Suger cuidase de mí de aquella manera y yo tuviera motivos para cuidar de él del mismo modo.

Clemencia había sido la damnificada del asunto. Para hacer creíble el contagio de la inexistente enfermedad, Aelith y yo tuvimos que azuzar al agresivo felino contra ella. Se dejó arañar la cara, aunque apartamos a aquella criatura del demonio antes de que se cebase demasiado en sus rollizas mejillas. Pese al sacrificio, estaba tan exultante por volver a Poitiers con su familia que le costaba disimular la euforia y más parecía una feliz resucitada que una enferma de llagas poitevinas.

Adelaida dio un respingo y su mano se aferró al brazo de Suger.

—¡Alejadla de aquí! ¡Fuera! Suger, dad órdenes al rey para que decrete que hoy mismo todas las damas de la niña aquitana marchen hacia su palacio en Poitiers. Que las acompañe el senescal Vermandois, quiero que vayan seguras. Que nadie hable del compromiso con el conde de Dreux, nunca se han pronunciado esas palabras. Veremos la evolución de la enferma, pero queda anulada toda intención de esponsales de manera definitiva. Lo siento mucho, querida hija, sé que os hacía ilusión que nuestras familias estrechasen de nuevo sus lazos, pero habéis de comprender que los asuntos matrimoniales de mis hijos son de vital importancia para el reino y su permanencia.

—Lo comprendo y mi corazón llora por esta desgracia, querida madre. ¿Quién va a informar al rey de estos sucesos? —pregunté.

Era mi manera de forzar a Suger o a Adelaida a que ellos se encargasen. Si todo provenía de ellos, mi intervención sería minimizada y era de vital importancia que pareciera que el insensible azar había movido los hilos en la corte de Francia, no una simple hija de Aquitania.

Era mi manera también de que Galerán no me creyera detrás de las decisiones que vendrían.

27

LO QUE SUCEDE EN AQUITANIA

ELEANOR

París, 1138

Unas semanas después fue Ralf de Vermandois, el senescal de Luy, quien me procuró el siguiente sobresalto.

—Mi reina, os esperan en el Consejo.

«¿A mí?», estuve a punto de responder, pero fingí no sorprenderme.

—Se trata de Poitiers. Cuando entregué a la joven Aelith, vuestro tío Hugo de Châtellerault me puso en antecedentes de la insostenible situación que se ha creado allí. Suger, la reina viuda y el rey reclaman vuestra presencia en el salón.

—Decidles que ahora voy. ¿Cómo está mi hermana? —quise saber mientras ganaba tiempo para prepararme. ¿Poitiers? ¿Insostenible situación?

Ralf sonrió.

Si no fuera porque estaba muy bien emparentado con el conde de Champaña, el poderoso hermano de Esteban de Blois, rey de Inglaterra, quien lo viese habría afirmado que parecía un mercenario veterano. Era tuerto y usaba un parche con su blasón bordado en él para ocultar el globo ocular vacío. Nariz aplastada, la mandíbula adecuada para imponer autoridad a sus hombres... y cierto gesto de bribón que nunca abandonaba su sonrisa.

—Vuestra hermana llegó a Poitiers prácticamente curada de su mal. El sol de Aquitania secó sus llagas a lo largo del camino, amén de lo que ayudaron en la cura los brebajes que le disteis, y su bello rostro apenas muestra rastro del desaguisado. Es curioso, pregunté por el camino a labriegos y monjes. Ningún aquitano había oído hablar de las llagas poitevinas.

—En Aquitania guardamos con celoso voto de silencio nuestros asuntos. Lo que sucede en Aquitania se queda en Aquitania —respondí con calma. Sabía que no me creía ni una palabra, una recién llegada al infierno no puede pretender engañar a un viejo demonio.

—Claro que sí, mi reina. Lo imaginaba. Admiro vuestra hermética cultura aquitana. Me recuerda a la de los escoceses: combatí contra ellos hace años, pero me cautivaron como pocos lo han hecho. Sobre todo algunas mujeres que conocí en las tribus perdidas de las Tierras Altas. Marcaban sus rostros con líneas tatuadas azules, la belleza les traía sin cuidado. Eran irredentas y orgullosas. ¿Estáis segura de que vuestra hermana no se crio con ellas? Más de una mañana tuve que subir a la copa de los árboles a despertarla. Por las noches se escabullía del carromato de sus damas y de la vigilancia de mis hombres y dormía a la fresca, encaramada a la rama de algún castaño centenario.

—Nuestro señor padre nos dio libertad para descubrir qué hacía feliz a nuestro espíritu. Ella se siente ella trepando árboles y escalando montañas. Habría sido un buen líder en la batalla.

—Sin duda, mi reina —asintió con una leve sonrisa, como si ocultara algo que yo desconocía—. ¿Bajamos ya?

Cómo iba yo a saber entonces que aquella sonrisa nos traería una guerra y desgarraría lo que Luy y yo apenas habíamos comenzado a edificar.

28

RIO

Niño

Décadas antes del asesinato del duque de Aquitania

El Trovador resopló como un gorrino, la sangre le manaba del costado y tal pérdida lo mareó.

—¡Aire! ¡Aire! —gritó, y se incorporó a duras penas.

A duras penas también encontró el camino de salida del taller de jabones y se montó sobre su caballo. Lo espoleó para que galopara, con el viento del sur bufando en contra, y se perdió por el sendero en la oscuridad más negra.

Tal vez cabalgó hacia el encuentro con la Parca, no la temía. Por si acaso, con voz atronadora, embistió la negrura de los bosques con el lamento de los aquitanos:

—«Solo llegué y solo me iré. Solo recorrí el sendero y solo espero mirar a los ojos al barquero».

El encargado del taller salió corriendo del taller.

—¡*Malhaya* el viejo! —murmuró para sí.

Se encaminó a la cuadra, montó sobre la yegua más ligera y se dirigió hacia el norte a buscar a su señor.

En el patio del taller, a Guilhem se le escapaban las fuerzas. Su padre lo había atravesado varias veces y le había dejado el puñal clavado en el ombligo.

Estaba siempre presto a morir, era un soldado. Aceptó su suerte, dejó de intentar taponar la sangre con su capa de terciopelo grana y comenzó a recitar el credo de los aquitanos:

—«Solo llegué y solo me iré...».

Pero una presencia acudió de la nada tan sigilosa como uno de los gatos aquitanos que su madre entrenaba en Fontevrault. Una sombra vestida con una especie de hábito blanco se le acercó y le pidió silencio.

—Si no hacéis ruido y me dejáis sacaros de aquí, os puedo salvar la vida, ¿hace?

Guilhem casi sonrió al ángel blanco, ¿quién si no podría ser aquella extraña aparición?

—Hace. Ya me callo —contestó aliviado. Morir no era tan difícil ni tan desagradable, pensó.

Lo cargó sobre un saco de arpillera y tiró de él hasta que ambos salieron a la hierba del exterior.

—Voy a entrar en el taller, traeré lo necesario para curaros esas feas heridas y la quemadura de la frente.

Guilhem asintió, desfallecido.

Se escabulló dentro del viejo edificio de piedra. Subió la escalera concentrado en encontrar los elementos que precisaba, pero una vez en el granero se sobresaltó al verla.

—Madre, ¿qué hacéis aquí? —preguntó extrañado, al sorprenderla cargando con algo de tocino.

—Esta noche, ha de ser esta noche cuando escapemos. El Trovador ha venido sin hombres y no hay perro de presa que nos vigile.

—¿Escapar? ¿De aquí? ¿Y yo?

—No puedes venir con nosotras. Si somos cuatro nos encontrarán.

Él se revolvió, decepcionado.

—Pues marcharé más tarde, nos reuniremos por el camino.

Maud se le acercó y le acarició la mejilla.

—No puedes venir con nosotras. Soy monja, era monja y

siempre seré una monja. Vamos a un convento de clausura, donde solo entran mujeres. Tienes ya edad y sesera para saber lo que me hacen los hombres cada noche. Tengo solo una vida, no quiero vivirla así. No quiero volver a estar expuesta a los hombres, me voy a recluir en un mundo cerrado donde ningún varón pueda entrar. El Trovador decidió por mí hace años, esta noche voy a ganarle al Trovador. No con mi fortaleza, no la tengo, sino con su debilidad, así se les gana a los fuertes.

—Pues yo seré un hombre algún día y cuidaré de vos. Os enviaré comida y monedas y... y...

—Claro que sí, mi dulce niño —le cortó ella con prisas, todos podían volver al taller en cualquier momento. No había tiempo para despedidas largas.

—No me creéis aún, pero no soy un niño, no lo soy desde hace tiempo. Sé adónde os dirigís, sé la ruta, las villas que esquivaréis. Encontré el mapa que guardáis tras una de las piedras de vuestra cámara. Huid, no os preocupéis, esta noche mismo lo quemaré; lo he memorizado y no podrán encontrarlo. Y seré yo quien contacte con vosotras y os ayude.

—Prométeme que no me seguirás, que nunca vendrás a visitarme. Si te siguen, darán con nosotras, y será peor que la muerte y peor que esta vida.

—Lo prometo, madre. Me pedís un favor que me parte el alma, pero lo prometo, tanto os quiero. Mas a cambio decidme mi nombre. Todo el mundo tiene nombre.

Maud contrajo el rostro.

—Es cierto. Vuestro padre os puso un nombre, pero lo detesto, por eso siempre me negué a llamaros por él.

—Decídmelo —insistió el chico—, merezco un nombre y merezco un padre. Me disteis la vida, madre, os debo ese favor y os cuidaré aunque ahora no lo creáis. Pero también me la intentasteis quitar abandonándome en el bosque. Me debéis mi identidad, me debéis decirme quién soy.

—Sea.

Al oído pronunció los sonidos que se había negado a repetir en años.

—Jamás lo digáis o nos matarán a ambos —lo apremió Maud—. Moriréis vos, moriré yo.

—Huid, entonces —pudo apenas pronunciar—. Mi vida queda atada a la promesa de protegeros. En la distancia, madre, pero os protegeré siempre.

Se abrazaron por última vez, Maud corrió escaleras abajo y partió hacia los bosques de Niort con Eloísa y Sibila.

Él se apresuró también: tomó lienzo limpio, pomadas y se reunió con el maltrecho heredero del duque de Aquitania. Se afanó en sanar sus heridas, concentrado, mientras el herido se dejaba hacer en silencio.

Entonces Guilhem, en un atisbo de lucidez, lo comprendió todo. Ató cabos, unió chismes aquí y allá.

—¡Oh, Dios bendito! —exclamó haciendo un esfuerzo por hablar—. Más leyendas negras, vos fuisteis el niño salvaje de los bosques de Niort. Ahora lo entiendo, lo entiendo todo. Y sois un bastardo de estas pobres desdichadas. ¿Os ha mancillado ya algún conde sodomita?

—No comprendo vuestra pregunta —fue capaz de decir, un poco humillado por no reconocer todas las palabras, como cuando era un niño perdido en el bosque.

Pensaba que escuchando y memorizando los libros recitados había conocido el mundo, pero se dio cuenta de que era un mísero enclaustrado y que la única persona con la que había hablado desde que recordaba era su madre. Y en ese instante tomó conciencia, con una mezcla de pena infinita y de terror, de que su madre ya no estaría al día siguiente, ni al siguiente, y que nadie subiría nunca más a la buhardilla con un cuenco de leche o unas gachas.

—¿Vos sois de esos efebos que usa para algunos de sus vasallos y amigos? —insistió Guilhem.

—No saben que vivo aquí —respondió, incómodo—. No, a mí no me han usado para tal fin.

—Pero ese es vuestro destino en cuanto os descubran. Y no podréis elegir, como vuestra madre no eligió, como yo no he elegido. El Trovador toma y dispone de nuestros cuerpos y nuestras vidas; lo sabéis, ¿verdad?

Asintió, sabía que tenía razón y sabía que tendría que bajar él mismo del granero de vez en cuando para procurarse comida. ¿Cuánto tardaría el encargado del taller en descubrirlo?

—Si mi padre se enterase de vuestra existencia, os usaría, como nos usa a todos. Pero voy a quitarle ese gusto, al menos este asunto está en mi mano. ¿Podéis hacer acopio de pergamino, pluma y tinta?

Él sonrió.

—Ahora mismo, desde luego.

—Voy a escribir una recomendación para vos, os enviaré a una abadía a formaros debidamente. Es milagroso que estéis vivo con lo que habéis pasado, y más notables son aún los talentos que adivino en vos. Mantendremos el contacto, a espaldas de mi padre, si es que sobrevivo y si también él sobrevive a mi estocada. Supongo que lo hará, tiene el cuerpo cosido de heridas similares.

Tragó saliva, apenas sin creerlo. ¿Un benefactor?

—¿Aceptáis? No quiero ser como mi padre, no quiero disponer de las vidas ajenas sin su consentimiento. ¿Os parece buena muestra de gratitud por salvarme la vida?

—¿Que si acepto? —repitió él—. ¿Me habláis de libros, me habláis de vivir en comunidad, me habláis de...? —Casi no pudo continuar—. Hasta ahora solo tenía presente, ahora tengo un futuro —dijo el chico, y se miraron ambos a los ojos, hermanados.

Guilhem también sonrió, qué extraña aquella noche.

—Id, pues, a por lo necesario para que escriba ese documento. Y prometedme que estaremos en contacto, velaré por vos como vos habéis velado por mí. Pero me falta algo para escribir mi recomendación. Me falta un nombre.

Él guardó silencio por un momento. Si le hubiera hecho la pregunta solo unas horas antes, habría sentido una antigua y conocida vergüenza.

No ahora, ahora sabía quién era, mas recordó el último consejo de su madre.

—Rio. Me llamo Rio. Es parte del nombre que me puso mi padre.

Guilhem asintió, el mejunje que le había hecho beber Rio hacía que se sintiera en la gloria.

—Rio, pues.

29

LA JOYA CERCADA

ELEANOR

París, 1138

No era ni la tercia cuando Vermandois me condujo al salón donde Suger me esperaba con rostro de pésame y una carta timbrada con el sello de mi tío Hugo. Pero no solo me aguardaban Luy y Adelaida, mi suegra; varios oficiales del senescal permanecían en un silencio tenso junto a la chimenea. Algunos llevaban planos enrollados.

«Sea lo que sea, ya está decidido —supe en ese momento—. ¿Para qué me quieren entonces?»

—Querida reina, me temo que las malas nuevas crecen en Aquitania como hierbajos en descampado —se adelantó Suger—. Los burgueses de Poitiers se han proclamado comuna.

—Eso no es posible —contesté sin creerlo—, no es compatible con los vínculos de vasallaje.

—Exacto. Con el vasallaje que os deben a vos, como duquesa de Aquitania, y por ende al rey de Francia, vuestro señor. Es una doble ofensa, están siguiendo el ejemplo de Orleans. Sabéis que estoy en contra de toda acción armada y que siempre he mediado y defendido la vía de la diplomacia, pero vuestros burgueses se han negado a pagar los impuestos, y si otras villas imitan su decisión, pronto vuestras arcas y las de Francia estarán vacías.

—¿Y cuál es vuestro consejo, estimado abad? —quise saber.

—Rendir la villa mediante el asedio, no hay otra. Conocéis a los poitevinos y conocéis el terreno; nos podéis ser de ayuda para que el río se tiña de la menor cantidad de sangre posible.

Guardé silencio, yo era la primera víctima de aquel asedio. Los francos que me rodeaban en aquel salón ya habían comenzado su ofensiva y ni siquiera habían pisado Poitiers.

—Desde luego —resolví presta—. Desplegad esos planos. Os mostraré los puntos débiles de las murallas.

Todos se acercaron. Una gran mesa se improvisó con caballetes y sobre el mismo tablero donde comíamos lechones me dispuse a entregar a los míos a la gula de los franceses.

—Necesitamos una estrategia, los puntos débiles se refuerzan fácilmente con hombres y ballestas —intervino Vermandois.

—Y la habrá, habrá estrategia. A ver qué os parece: en unos días se celebra la Feria de San Juan, el mercado más importante del año —improvisé—. Dejad que la víspera metan todos los suministros, no habrá familia de comerciante que deje de colaborar. Todo anciano, niño, mujer, oficial y aprendiz estará en las rúas ayudando a descargar la mercancía y metiéndola en las carpas de la plaza mayor. Los gremios de la viña, el olivo, la fruta y el aceite de ballena están bien organizados. Y justo ahí descansan los impuestos en especie que se niegan a pagarnos. Dejemos que ellos los apilen y, cuando todo termine, nuestros soldados los recaudarán y los poitevinos no se quejarán, os lo aseguro.

Los presentes me clavaron la mirada, no muy convencidos.

—¿Y cómo vamos a conseguir semejante mansedumbre? —preguntó Suger.

—La mañana de la feria aparecerá todo el ejército con máquinas de asedio —continué—. Serán suficientes catorce onagros. Llevad carretas con fardos prietos de heno. Y solo hombres entrenados y con buena puntería han de lanzar los fardos. Caerán rodeando la carpa de la plaza mayor. Hacedlo de madrugada, a la hora prima. Los poitevinos estarán exhaustos de la jornada anterior y les costará reaccionar. Solo pensarán en salvar el género. Que nuestro señor el rey Luy el Joven pida entonces parlamento a las puertas de la muralla. Saldrán los representantes de los insurrectos. Que el rey les haga saber gentilmente que de persistir en su empeño de proclamarse comuna, los arqueros lanzarán sus flechas ardiendo sobre los fardos, el almacén se incendiará y no habrá mercado ni mercancía que vender. O del rey de Francia o de las llamas. No habrá término medio.

Suger se persignó, pero asintió convencido. Adelaida hizo una mueca que se parecía bastante a la aprobación. Vermandois me miró como un viejo mentor mira a un aprendiz: sin creerse nada.

—Ralf, ¿es factible lo que apunta la reina? —intervino Luy con voz grave.

—Con mis arqueros, es bastante posible, aunque el procedimiento es inusual, lo reconozco. No podré arriesgarme a que ninguno cuestione mis órdenes. Si disparan más corto o más largo, el plan de la reina fracasará. Pero... podría hacerse. Me llevaré a los más disciplinados. En cuanto a las máquinas de asedio, yo usaría mangoneles. Las hondas de los onagros son muy inestables si queremos que los fardos tengan un tamaño amenazante. Tendría que comenzar hoy mismo a trabajar con los ingenieros para que modifiquen la longitud de los brazos y la forma de las cazoletas para arrojar fardos que sean consistentes y no se deshagan durante el lanzamiento.

—Entonces está decidido —se apresuró Suger—. Comenzad los preparativos. El rey Luy el Joven partirá a salvar el reino junto con su senescal en cuanto el ejército esté listo.

Esperé a que Suger desapareciera con la excusa de oficiar su ineludible misa diaria.

Cuando el rey, mi suegra y yo quedamos a solas con nuestros nubarrones, me acerqué a mi marido, preocupada.

—Mi señor rey, me inquieta que tanto vos como vuestro senescal y los mejores hombres partáis a Poitiers y el palacio de la Cité quede indefenso.

—Eso nunca ocurre, la reina viuda tiene a su guardia personal, y vos la vuestra.

—Lo sé, lo sé, pero... ¿me permitís proponeros un nombre? Mathieu de Montmorency —dije recordando al bello noble en horas bajas que asistió a nuestra boda en Burdeos—. Sé que está más que deseoso de serviros; puede ser llamado a palacio mientras dure vuestra campaña y cuidar de la seguridad de vuestra madre y de la mía propia. Es una misión menor, pero sería una buena forma de ponerlo a prueba para futuras ocasiones. Vermandois tiene ya cierta edad, y vos sois muy joven; sería sabio y prudente por vuestra parte tener siempre varios candidatos para dirigir el ejército de Francia.

—Madre, ¿qué pensáis?

—Es vuestra decisión, hijo. Acataré de buen grado los planes que tengáis para mí —respondió con esa indiferencia trabajada durante décadas que tanto me fascinaba.

—No se hable más, entonces. Lo haré llamar hoy mismo —aceptó Luy.

Poco después mi rey y yo trabajábamos en el *scriptorum*. Luy era concienzudo y raspaba con una cuchilla afilada la vitela del inacabado *Libro de horas de los oficios aquitanos* que me había regalado en nuestra boda. Unos pequeños corzos blancos huían de un impreciso peligro al pie de la capitular que presidía la página destinada a las labores de los bosques.

La miel hervía en el agua, le acerqué el aglutinante mientras observaba su frente ceñuda y concentrada.

—¿Qué te preocupa? —le pregunté.

—Qué tipo de rey voy a ser. Eso me preocupa. Acudí presto a Talmont cuando uno de tus barones se rebeló y sus vasallos se llevaron tus preciados halcones gerifaltes. Atrapé a los culpables, yo mismo les corté las manos. Lo hice, lo reconozco, por ganarme tu respeto.

—Ya lo tenías —le repetí por enésima vez.

—A eso voy. Vomité después. La sal de mi tina quedó negra durante semanas. Habría sido cobarde dejar que un verdugo o Vermandois lo hiciera por mí, eran tus gerifaltes. Se trataba de una ofensa personal, así la entendimos todos en la corte y ese era el mensaje que quería lanzar. Y ahora hemos de apagar la mecha de Poitiers antes de que Aquitania arda en rebelión, lo sé. Y también conozco la contundencia que se espera de nosotros.

—¿Y si hubiera otra manera de salir fortalecidos? ¿Y si pudiéramos rendir la plaza por otros medios?

Poitiers bajo asedio. Aelith y mi familia cercada en el palacio ducal, mis vasallos y vecinos sufriendo bajo el ejército del rey Luy. No era una opción, pero los francos aún no lo sabían.

—¿Otra manera? —preguntó, y vi un destello de esperanza en sus ojos dorados.

Levanté su mano de la vitela. No quería que los inocentes corzos blancos quedaran rasgados cuando escuchara mi verdadera estrategia, la que oculté a todo un consejo de enemigos.

—Vas a cazar niños.

«Pero cuando todo acabe, me lo vas a agradecer», callé.

30

LOS CORZOS BLANCOS

Luy

Poitiers, 1138

Eleanor me había pedido paciencia. Paciencia y fe. Yo le había añadido algo de sentido común al asunto. Confiaba en su plan, aun sin conocer el final. Pero no a ciegas, no a ciegas.

A una jornada de Poitiers, ordené a Vermandois que diera el alto al ejército.

—Quiero que escondáis en ese bosque las máquinas de asedio.

—¿Estáis seguro, mi señor? Si nos retrasamos, el plan de la reina se nos desmorona.

—Ahora soy yo quien da las órdenes —me limité a decir.

Tenía los muslos empapados del calor estival y del sudor de mi montura. Las pequeñas arandelas de la cota de malla se me clavaban en codos y hombros; el yelmo era una tortura aunque mitigaba la luz inmisericorde de aquella mañana sureña. Pero yo era el rey y debía vencer las incomodidades ignorándolas.

—¡Alto! —gritó mi senescal.

Miré hacia atrás. El larguísimo reguero de infantería, carros y demás pertrechos tardó un tiempo en detener la pesada marcha. Di las instrucciones adecuadas, siempre según el plan secreto de mi esposa.

«Durante la víspera de la Feria de San Juan, la juventud celebra una fiesta mientras los mayores descansan y se preparan para el día grande de mercado. Y el festejo, para no molestar con dulzainas y trompetas, es extramuros, en los bosques.»

Llegamos a las inmediaciones de Poitiers al atardecer. Evitamos los caminos, a lo lejos se veía el polvo que mi ejército levantaba. Apenas caballos, solo tres centenares de soldados con sus lanzas. Un carromato que portaba una aparatosa tienda que pronto montaríamos. Vermandois me miraba disgustado e inquieto.

—Os pido que compartáis con vuestro senescal vuestras intenciones, mi señor —me dijo por enésima vez.

—Hoy, más que nunca, necesito que seáis un soldado, respetéis la cadena de mando y os limitéis a obedecer a vuestro rey sin preguntar.

—No es así como he llegado a donde he llegado. Y desde luego, no es así como he conseguido mantenerme vivo hasta el presente día —replicó mientras escupía.

—No va a ser riesgoso para vos. Os ruego... —Me corregí—. Os ordeno paciencia.

Me obedeció con malhumorada resignación. Aguardamos escondidos mientras los abedules nos protegían.

Vermandois volvió una vez más a mi lado.

—Las puertas están abiertas, los poitevinos no sospechan que un ejército los asedia. Pero os suplico, mi señor rey, que me reveléis vuestro próximo paso.

—¿Qué os inquieta tanto, senescal?

—La hermana de la reina reside ahora en el palacio ducal, en el mismo centro de la villa. ¿No habéis pensado que, sea cual sea vuestro plan, algo puede salir mal y ella estará en peligro? Puede ser secuestrada, o tal vez usada como moneda de cambio, o Dios no lo quiera, algo peor. Perderíamos poder para negociar, llegado el momento.

Según el plan de Eleanor, ni su hermana ni su familia corrían peligro siempre que no salieran del palacio ducal. Me prometió que en pocos días yo estaría de vuelta en París con una victoria que escribir en las crónicas de mi reinado y sin muertos a mis espaldas.

Veríamos.

Mi esposa confiaba en su estrategia, pero no me había aventurado ninguna orden concreta para su hermana, una cuñada a la que yo había comenzado ya a apreciar precisamente por las cualidades que madre odiaba en ella: siempre decía lo que pensaba, alzaba los ojos cuando no debía, y le bastaba una mirada para saber lo que Eleanor tenía en su cabeza, un arte que a mí se me estaba resistiendo.

—De acuerdo, id a por ella, solo y con discreción. Pero antes os habéis de cambiar ese parche con vuestro escudo de armas por otro menos llamativo.

Vermandois me miró aliviado.

—Me lo quito, señor, antes acabamos si esa es la pega. Que los niños se asusten con mi cuenca vacía. ¿Parto ya? —preguntó mientras desmontaba y tiraba sobre la hierba toda su panoplia.

Únicamente se quedó con el puñal que guardaba bajo el sobaco y desenrolló una capa algo usada de la grupa de su montura.

—Hacedlo, y rápido. Os necesito al anochecer. Ordenad a cincuenta de los soldados que se oculten conmigo en este linde del bosque. El resto ha de montar la gran tienda de la carreta en un lugar discreto que no se vea desde la muralla. Y después escoltadla en círculo cerrado.

—¿Qué vamos a encerrar en esa tienda, señor? —preguntó después de atarse la capa—. Las intrigas para los intrigantes.

—Traed a mi cuñada, buen amigo. Del resto se ocupa vuestro rey. A las nonas comenzamos. Partiremos desde aquí.

Vermandois marchó ligero después de dar las instrucciones precisas a sus hombres.

El sol comenzó su declive horas después, y, tal y como vaticinó Eleanor, docenas de chiquillos y mozas salieron por la puerta con cintas en el pelo, bailando en corros al son de tamboriles y dulzainas. Algunos portaban antorchas, previendo una larga noche de jolgorio.

No era un plan valiente, más bien era deshonroso. Así me lo hicieron ver las miradas de reproche cuando di la orden a los soldados.

—Ni una sola tropelía, que nadie se sobrepase con los niños. Habrá castigo si uno solo resulta herido, ¿estamos? —pregunté.

Uno en primera fila murmuró algo al compañero de armas y escupió.

—¡En voz alta!, repetid vuestras palabras ante vuestro rey —ordené.

—Somos soldados, no nodrizas —replicó a disgusto.

—¿Preferís matar a niños? —respondí, y me encontré con un obstinado silencio. Alcé la voz todo lo que permitía la situación. Cerca de nosotros, los jóvenes músicos le extraían a la madera y al viento desenfadadas melodías—. ¿Alguno lo prefiere?

Como réplica encontré medio centenar de hombros que se encogían con el asimilado estoicismo de los hombres de la guerra.

—Entonces, atrapadlos y a la tienda —mandé.

«Estoy evitando una batalla, cabestros. Estoy intentando salvar las vidas de los de intramuros y de los de extramuros. ¿Tan difícil es fiarse del buen juicio de un rey, maldita sea?»

Las campanas tocaron a completas y Vermandois no aparecía. Mala cosa era que un hombre tan eficaz no cumpliese a las primeras de cambio.

Recluté a todos los soldados en círculo cerrado y les pedí que se aproximasen.

—Acabemos con esto, pues —ordené—. Los diez arqueros

que se han vestido de labriegos, que entren ya con las armas ocultas, se encarguen de los cuatro vigías del paso de ronda, se vistan con sus ropas y los sustituyan. La orden será una sola flecha encendida clavada en uno de los álamos del río. Una vez dada la señal, el resto iremos bosque a través, evitando el sendero. No habrá orden gritada, guardad silencio para que no den aviso a los de dentro. Diez hombres más se encargarán de los músicos. Amenazadlos con las armas y que sigan tocando. El resto rodeará a los niños, evitad que griten, alejadlos de las murallas. Nos reencontraremos en la tienda grande. Intentad que no escape ninguno, pero es de noche y son chiquillos. Ocurrirá. Nada de flechas, nada de lanzas, nada de espadas. Hemos de darnos prisa antes de que los poitevinos den la voz de alarma y descubran lo que hemos hecho. El resto del ejército ha de estar preparado para repeler un posible ataque, será desorganizado. Actuad en consecuencia. Aunque no lo parezca, Dios está de nuestra parte y aprueba lo que vamos a hacer hoy.

Partieron los arqueros más diestros, era labor sigilosa y rápida. Hablé antes con ellos e improvisé unas órdenes referidas a Vermandois. Todos asintieron; lo respetaban y lo admiraban pese a su carácter pendenciero. Después de una corta espera, la flecha flamígera se extinguió al penetrar el tronco de la orilla del río.

Era la señal convenida.

El plan de Eleanor estaba en marcha. Bajé el brazo y nos lanzamos al claro del bosque, donde varios corros de niños giraban en la oscuridad, alumbrados por pocas antorchas y un par de pequeñas fogatas.

Pero no lo vi. Maldita sea, no lo vi.

No reparé en el zarzal que se interponía frente a los chiquillos aquitanos y me tropecé. Caí de bruces cuan largo era y las zarzas se cebaron en mi rostro.

—¡No veo nada! —bramé—. ¡Que alguien ayude al rey!

Pero los tambores y las flautas sonaban más alto que mis gritos. Supe que el ataque había comenzado porque las risas y los cantos cesaron de repente; mis hombres estaban ocupados en cazar niños en silencio y desarmados, no en escuchar los gritos de un rey atrapado entre las espinas de una planta que me tenía rodeado y no me dejaba ver.

Mis ojos se llevaron la peor parte. Sentí que un dolor atroz me rasgaba los párpados, la sangre caliente lo invadió todo y no fui capaz de abrirlos, tanto dolía aquello.

Comprendí que estaba solo, y que solo y ciego tendría que salir de aquella maleza con púas. Me había guardado el puñal en la bota; pude sacarlo, pese a que algunas ramas más gruesas me atrapaban también los brazos, pero el ropaje acolchado mitigó los destrozos. Aun así no evitó que me desgarrase las manos intentando arrancar los espinos de mi rostro y mis cabellos, era tanta y tan cerrada la maraña que cada vez me hería y sangraba más.

La nariz, la boca. Eran llagas abiertas que se abrían más y más con cada uno de mis tirones desesperados. Toda mi cabeza sangraba y me ahogué en la más terrible oscuridad de unos ojos ya inútiles.

31

TIERRA DE CIEGOS

Luy

Poitiers, 1138

Atribuí a Eleanor mil prodigios desde que la conocí. Pero jamás, hasta aquel día, ciego y perdido en la trampa del zarzal, creí posible que tuviera también el don de la bilocación. Que pudiera permanecer en el palacio de la Cité y a la vez venir presta a salvarme de aquel rotundo fracaso frente a las murallas de Poitiers.

Pero así fue, o al menos así lo pensé y así me dispongo a contarlo.

—¡Mi señor rey! ¡Dejad de moveros, hombres más grandes que vos han muerto en estas zarzas!

—¿Eres tú? —pregunté al aire. Reconocí la voz enérgica, el acento meridional que Eleanor se negaba a abandonar pese a que su vida ahora transcurría entre los sonidos de la corte francesa—. ¿Cómo es posible? Da igual, te creo capaz de quimeras.

Sus manos prestas desataron las bridas de púas que me tenían atrapado, impedido para movimiento alguno, a merced de cualquier enemigo. Todos eran invisibles para mí. Todos eran, por tanto, todopoderosos, y yo, un rey vulnerable.

—Sabía que no eras una asesina de niños —le dije al aire, los párpados apretados para evitar más dolor—. Menos mal. He rezado tanto por tu alma estos días, mi querida Eleanor...

—Soy Aelith, no mi hermana —me interrumpió—. ¿Está aquí Eleanor?

—No. Está en París, bien escoltada y a salvo. Vuestra voz me confundió, no soy capaz de ver nada. Llamad a mis hombres —le dije—, sacadme de aquí cuanto antes. Necesito que me pongan al día de la campaña. ¿Dónde está mi senescal?

—A eso venía, vuestro senescal está en una celda del palacio de mi familia. ¿A santo de qué se presenta en mi cámara vestido de tal guisa? Mis guardias lo confundieron con un mendicante tuerto; yo descansaba y me enteré más tarde de su detención. Pude bajar a la mazmorra y ver quién era, pero él me rogó silencio con un gesto; en Poitiers nadie sabe que el senescal del rey de Francia está preso. Me he escapado y he cruzado la muralla porque he sospechado que algo estaba en marcha. Y así es, por lo que veo. Sabía que mi hermana no dejaría esto impune, pero pensé que vendríais a robar la mercancía que os deben. Decidme que no vais a matar a todos los niños poitevinos, señor, porque os dejo entre las zarzas y no aviso a nadie. Y no es una amenaza vacía.

—Es un plan de vuestra hermana —le aclaré, tratando de tranquilizarla—. Me he fiado de su estrategia, ahora vamos a parlamentar.

Creo que susurró varias maldiciones en la lengua de oc; después solo hubo silencio y el calor de la presencia humana que había supuesto su cuerpo desapareció. Yo me concentré en liberarme de las ramas que todavía me rodeaban prietas, pero era tarea exigente e ingrata para alguien que acababa de incorporarse al mundo de las tinieblas más absolutas.

Por fin llegaron los refuerzos, manos prestas que me liberaron con dagas.

—¿Qué ha sucedido con los niños? —quise saber.

—Todos han sido apresados, o eso creemos. No ha sido un acto de honor, pero ninguno ha sufrido daños. Los nuestros están bien, patadas, mordiscos y magulladuras, eso es todo. Los rehenes están en la tienda, escoltados.

—¿Cuántos? —les urgí.

—Más de cien.

—Llevadme entonces frente a la muralla, es hora de parlamentar —ordené.

Varios brazos robustos me alzaron.

Olían a incertidumbre y al sudor acre que emana de la soldadesca ya cansada; no sé si me explico, quien haya guerreado lo sabrá.

«El rey ha quedado ciego», oí que murmuraban en cadena, el uno al otro, distintas voces alarmadas hasta que nadie frente a la muralla quedó ajeno a la nueva desgracia.

¿Ese era ahora mi presente, reinar en un reino alzado en armas que ni siquiera veía?

Me fie, pues, de la única aliada que tenía cerca.

—Aelith, a mi lado, cuñada. Vais a ser mis ojos durante el parlamento. Que me suban al caballo y vos cabalgaréis junto a mí hasta quedar frente a la muralla. Que los cuernos avisen de que el rey de Francia va a hablar con sus vasallos de Poitiers.

Las órdenes se dieron, mis disposiciones se ejecutaron.

—Hemos llegado. Han salido todos los representantes de los gremios, mi señor rey —me susurró Aelith mientras detenía mi montura tirando de sus riendas—. Están los maestros y los oficiales. Y sus familias. Todos en lo alto de la muralla. Están la miel, el olivo, las ostras, el aceite de ballena...

—Me hago cargo —la frené—. Rápido, ponedme al día. ¿Quién es mi adversario?

—Mala gente, me temo. No entiendo qué hace al frente con el pendón de Poitiers. Pésimo asunto si lo dejan hablar a él. El sebo de ballena, familia extensa, él y sus hermanos tienen fama de rapiñadores. Tancredo de Montpellier no tiene hijos ni sobrinos, pero sí el cuchillo largo con sus enemigos.

—No tiene nada que perder —la interrumpí con la mirada al frente y la cabeza bien alta, fingiendo que veía algo. Rey ciego, sí, pero no derrotado ni cabizbajo—. Rápido, cuñada, ¿alguien a su lado que nos sirva?

—A su derecha, el hombre grueso de oronda barriga... Disculpad, no recordaba que no lo podéis ver. Es destilador de aguardientes y licores. Baste decir que tiene cuatro pequeños varones, todos ellos ya iniciados como aprendices. Dadle autoridad a él, decid su nombre, Pedro de Emmanuelle se llama. Ignorad al bruto, ese no va a ceder.

—¡Ahora somos un municipio! ¡Rechazamos la autoridad de la condesa de Poitiers, y por ende, la de un conde de Poitiers ciego! —tronó una voz.

«El bruto, imagino», pensé.

—¡Soy vuestro conde y soy vuestro rey, ciego o no! —respondí—. Bien dicen que en el país de los ciegos, un tuerto es el rey. Pues yo soy un rey ciego en tierra de tuertos. Solo veis la realidad a medias. Estáis eufóricos por constituiros en comuna, pensáis que libraros de los impuestos que debéis al ducado de Aquitania os hará más prósperos. Mirad un poco más lejos, más allá de estos muros, a las fronteras que os rodean. ¡Mirad la pequeña parte de este ejército! ¡Hasta ayer os protegía, hoy os puede asediar y aniquilar! ¿Eso buscáis, buenas gentes? No, yo creo que no.

Hice una pausa, como Suger en el clímax de las homilías. Un murmullo recorrió la muralla, no solo de fardos en llamas se nutría un asedio.

Antes de dar opción a réplica, me hice de nuevo con la palabra:

—Soy vuestro rey y mi esposa es vuestra condesa. Nuestro ejército os protege, vendrá presto si os hostigan los señores del norte, Bretaña, Normandía, Anjou, Champaña... Sois comerciantes, no soldados. ¿Cuánto tardarán vuestros enemigos en atacaros y venceros? Vuestros impuestos pagan vuestra protección, y nosotros, vuestros condes, velamos por que las leyes del comercio os favorezcan. ¿Qué quejas tenéis de nuestro gobierno, si sois la tierra más rica de la cristiandad?

Agucé el oído y escuché voces altisonantes en respuesta a mis palabras. Imposible descifrar si eran aprobaciones o reniegos.

—¡¿Dónde están nuestros hijos? ¿Qué les espera?! —gritó una voz de anciano.

—Es Pedro, el destilador. Todo vuestro —me susurró Aelith.

—Maestro licorero, vuestros hijos están a salvo a nuestro recaudo. Y así seguirán mientras no depongáis la actitud y disolváis el municipio. Los llevaré a la corte de París, allí crecerán y a todos se les buscará un lugar donde ejercer algún oficio adecuadamente.

—¡No podéis robarnos el futuro! ¿Qué será de Poitiers sin sus jóvenes? —exclamó él, todos los matices del horror en sus palabras.

—Un municipio sin porvenir. ¿Lo veis claro ahora? ¿Quién es el ciego y quién es el tuerto? —repliqué.

Creía que era una victoria; si en algún momento de ingenuidad soñé con que iba a ser sencillo y saldríamos bien parados, me equivoqué, desde luego que me equivoqué. Supe que algo iba mal por el tacto helado de la mano de Aelith sujetando con fuerza mi muñeca.

—Frenad el discurso, os lo ruego —gimió entre susurros.

—¿Qué sucede, cuñada? ¿Qué está pasando?

—Vermandois...

Tancredo de Montpellier, el del gremio del sebo de ballena, volvió a hacerse con el mando.

—¡Mirad a quién ha reconocido uno de nuestros carceleros: a Ralf de Vermandois, vuestro bravo senescal! —gritó triunfante.

Mi cuñada me describió la escena con voz alterada:

—Lo han atado de manos, no sé si de pies también, pero lleva la soga de una horca al cuello y cuatro hombres lo importunan con sus lanzas.

—¡Inútil exigir su liberación! —grité para que se me oyese.

—¡Inútil, sí! —respondió el del sebo—. Y podéis quedaros con los niños, pariremos más, somos aquitanos, no estériles como vos.

Qué sabía ese de mi semilla, ignoré la pulla. Me centré en la pequeña batalla ganada que suponían los gritos de desaprobación de los poitevinos. Los padres —supuse— de mis rehenes.

—¡Que alguien calle a Montpellier o lo ensarto yo mismo! —gritó una voz de mujer.

Muchos apoyaron la propuesta; iba a ser cierto que los aquitanos llevaban la revuelta en la sangre y si no discutían con el enemigo, discutían entre ellos.

—¡A callar todos! —Me sorprendió el grito autoritario que escuché a mi lado—. ¡A falta de la presencia de la duquesa de Aquitania, yo, su hermana, hablo en su nombre! Esto es un parlamento con el rey de Francia, estad a la altura como poitevinos que sois. Es en la batalla donde se aprecia la nobleza de un pueblo, ¿estamos?

Todos callaron, qué carácter.

—¡Y ahora hablará el rey! —terminó Aelith.

Yo aproveché para dar la señal convenida, alcé el brazo derecho.

—¡A mi orden! —grité.

Escuché a mi espalda el arrastrar de los mangoneles y a mis hombres tomando posiciones.

—¡Esto es lo que pasará, poitevinos, con Vermandois ahorcado o sin él: vuestros hijos van a seguir bajo mi custodia, y mañana al alba lanzaremos fardos ardiendo que prenderán el almacén, os quedaréis sin mercancías que vender! —Rogué al Altísimo que Vermandois me perdonara la falsa traición, no pensaba sacrificarlo, mis diez arqueros disfrazados que aún seguían dentro de las murallas habían sido instruidos para rescatarlo si era menester, que lo era—. ¡Y así seguirá el asedio, día tras día, hasta que claudiquéis como comuna! ¡El parlamento ha concluido, ruego a Dios que tengáis sentido común y toméis la decisión adecuada!

Me retiré a mi tienda, muchas manos prestas ayudaron a su rey ciego.

Cuanta más firmeza y crueldad, más admiración de los súbditos. Maldito mundo en el que me había tocado habitar.

Únicamente cuando las voces se retiraron y me supe solo, me permití temblar en mi lecho bajo las sábanas ribeteadas con la flor de lis.

Temblar de miedo, de impotencia, de horror frente al sádico en el que me había convertido bajo la pesada corona de Francia.

El primer día —para qué relatar detalles— ardió parte de la cosecha de trigo. Panes que no serían horneados. No hablé con nadie, nadie habló conmigo. Olí el humo, eso sí. Mi ceguera trajo la ventaja de que no vi el hogar de Eleanor arder bajo mis órdenes.

El segundo día me desperté al grito de mi cuñada.

—¡Van a ahorcar a Vermandois!

Me zarandeó como pluma al viento, tal vez se sentía culpable porque quedó preso al intentar rescatarla.

—Eso no va a pasar —respondí, sacudiéndome las pesadillas de llamas que habían poblado mi noche—. He ordenado a diez de mis...

—Eso no va a pasar, en efecto —nos interrumpió una voz, una voz conocida, una voz querida—. Eso no va a pasar porque voy a poner fin a este sindiós.

Suger, el bueno de Suger había venido a salvarnos a todos.

32

EL JUEGO DEL AHORCADO

Luy

Poitiers, 1138

—La reina Eleanor vino a mi abadía. Le llegaron noticias de que todo se torció en Poitiers, que os hirieron de gravedad y estabais a un paso de la muerte. Me urgió a que interviniera por la vía diplomática y a llevaros de vuelta cuanto antes a París. Observo con alivio, no obstante, que los informantes exageraron, como siempre. Os veo magullado, pero no medio muerto, aunque todas esas heridas en los ojos... ¿Es cierto que habéis perdido la visión?

—Por desgracia, así es —respondí mientras me vestía a tientas—, pero esto no tiene arreglo y me pregunto si Poitiers tampoco.

Urgido por las prisas de ponernos ya en movimiento, ni cota de mallas busqué, aliviado por no tener que soportar otra jornada más las pequeñas arandelas de hierro que acababan rozándome los hombros y destrozándome los codos. No iba a ser día de batalla.

—Dejadlo en mi mano —contestó la voz del abad—. ¿Tengo vuestro permiso, mi rey, para deshacer el entuerto?

—Os doy mi prerrogativa y libertad de decisión. Os deseo suerte, yo no he podido.

—Anunciadme, pues, voy a por mi asno. Entraré en Poitiers yo solo. La multitud respetará a un representante de la Santa Madre Iglesia de Roma, pero si me acompañasen soldados de Francia después del fuego de anoche, me temo que seríamos nosotros los quemados.

—Suger... —Carraspeé.

—Hij..., decidme, mi rey.

—Traedme a Vermandois de una pieza y respirando. Evitad que lo lancen muralla abajo con el cuello pendiente de una soga.

Suger suspiró con pesadez, siempre lo hacía ante imposibles.

—Me temo que eso depende de que vuestro senescal mantenga la boca cerrada y no se defienda de sus centinelas. Y me temo también que eso es pedirle al Altísimo demasiado para un solo día. Soy un hombre de Dios, no un milagrero.

—Ya habéis escuchado a vuestro rey —intervino Aelith—. Os ha ordenado traer al senescal con vida, es una orden real y como tal la ejecutaréis. El cómo es vuestro, el resultado es imperativo.

—Pequeña Aelith... —escuché que le decía—. Cómo me alegra ver que habéis recuperado vuestra hermosura.

—El clima poitevino, abad. Nada que ver con las brumas de la Isla de Francia —contestó mi cuñada sin prestar mucha atención, tenía la cabeza en otra cosa—. Salgamos de la tienda, se oyen gritos en lo alto de la muralla. Yo a vuestro lado, mi rey.

Asentí y me dejé guiar de nuevo hasta mi montura; cabalgamos hasta el lugar preciso y el animal, más inteligente que muchos de mis soldados, se ocupó de frenar por sí mismo.

Era un día caluroso, demasiado, la música de las cigarras se oía por encima del murmullo que provenía, adiviné, de la muralla de Poitiers.

—¡Escuchad, poitevinos! —grité al oscuro vacío que se extendía frente a mí—. El consejero del rey pide que se abran las puertas, os lleva una oferta.

—¿Oferta, decís...? —me interrumpió una voz exaltada.

Creí identificar de nuevo al maestro del gremio del aceite de ballena. El odio aporta matices que no se olvidan—. ¡Casi quemáis todo el aceite que traje de La Rochelle! ¡Muerte al rey ciego!

—¡Muerte al rey ciego! —Le siguieron unas cuantas voces.

—¡Callad al estúpido, que nos busca la ruina! —clamaron otros, y muchos secundaron el grito—. ¡Entrad, abad Suger, tenéis la palabra del gremio de la miel de que se respetará vuestra vida una vez intramuros!

—¡Y del gremio del aguardiente! —exclamó Pedro de Emmanuelle.

—¡Entrad de una vez, abad! —gritó la voz de Vermandois—. Llevo una jornada entera de pie con la soga al cuello bajo este calor del infierno, os juro que me lanzo yo mismo muralla abajo si tengo que soportar otro día más el estío en Aquitania y otra noche de incendios a mi espalda.

—Allá va, pues, este servidor de Dios —susurró Suger, imagino que después de persignarse—. Señor, dadme el valor con el que Cristo afrontó el vía crucis, y no permitáis que acabe crucificado.

Escuché alejarse los cascos de la montura de Suger. Una voz de fuerte acento sureño ordenó que se abriera el portón de la villa, y las cadenas chirriaron cuando el puente de madera cubrió el foso de la entrada.

—¡Adelante, abad! —lo animó Tancredo.

Pero entonces un grito en la lengua de oc del infame aquitano lo cambió todo.

Todo.

—¡Ya lo tenemos! —clamó el maestro del gremio del aceite de ballena.

—¡Maldito traidor sin palabra! —mascculló a mi lado, también en occitano, mi cuñada. Y con horror comprendí que se había lanzado con su caballo hacia la entrada de la muralla.

—¡Aelith de Aquitania, os ordeno que os detengáis! —le

chillé. Qué inútil esperar que una nieta del Trovador me hiciera caso a mí, un Capeto.

Oí un relincho, no supe qué había sucedido frente a mis ojos ciegos.

—¿Qué ocurre? ¡Que alguien me informe! —exigí al vacío que me rodeaba.

Fue la voz de uno de los oficiales de Vermandois quien habló a mi diestra.

—Vuestra cuñada se ha tirado del caballo en marcha y se ha lanzado hacia la puerta de la villa mientras esta se cerraba; el abad ya había entrado e intentó retroceder cuando la muchedumbre lo envolvió, pero fue tarde. La hermana de la reina ha entrado de milagro, pero el portón se ha cerrado. ¿Qué hacemos, mi rey?

—¡Rescatadlos, por Dios! ¡Rescatadlos!

—¿Cómo, si han cerrado la puerta? ¿Traemos el ariete para abrirla?

Era la directa, desde luego, pero morirían mi consejero, mi cuñada y mi senescal.

—¿Y Vermandois? ¡Decidme qué sucede con Vermandois! —exigí.

—Mi señor, ¿disparamos las flechas? Se ha revuelto contra los aquitanos que lo escoltan, ha dado dos cabezazos, pero...

—¡Muerte al senescal de Francia! —se oyó a Tancredo de Montpellier—. ¡Lanzadlo!

—¡Disparad, maldita sea! —grité desesperado—. ¡Arqueros, todos a una! ¡A Montpellier y sus hermanos!

Los arcos debieron de tensarse porque las flechas silbaron cerca de mi cabeza.

—¡Tomad mi escudo, mi rey! No vais preparado para el combate con esa simple loriga.

Sujeté el escudo que me ofrecieron, pero no descabalgué, pese a saberme un blanco fácil.

—Señor, han lanzado a Vermandois muralla abajo con la

soga al cuello, pero el nudo se ha desatado y ha caído a la hierba extramuros; varios de sus soldados lo están rescatando. Veo que... ¡se mueve, mi rey, se mueve!

—Viejo truhan, ha tenido un día y una noche para profanar ese nudo. Son trucos de mercenario veterano. ¡Traédmelo!

—Ya están en ello, mi señor. ¿Asaltamos la villa? ¿Doy órdenes de lanzarnos con las escalas?

—¿Con Suger y mi cuñada dentro, estáis demente?

—Señor, la turba los ha rodeado, y la turba aquitana es turba aquitana. Dadlos por muertos y disponed las órdenes para vengarlos.

Pero otros gritos nos interrumpieron, parecía que en lo alto de la muralla no reinaba precisamente la armonía.

—¡Maldito Montpellier, tú no tienes hijos a los que proteger! —aullaban algunas voces—. ¡Muerte a Montpellier!

Algunos apoyaron la ocurrencia, pero Montpellier se hizo oír por encima de todos ellos.

—¡Idiotas, los tenemos en nuestras manos! ¡A la Iglesia, a la familia de los duques de Aquitania y al rey ciego! ¡Hermanos, disparad al rey de Francia!

Fue lo último que oí, ni el escudo me sirvió.

Supe enseguida que eran virotes de ballesta, mucho más agresivos con la carne que las ligeras flechas francas.

Como un san Sebastián asaeteado, caí de mi montura y mi espalda se golpeó contra la tierra.

«Así es como muere un rey guerrero», fue lo último que pensé cuando el dolor trasmutó a dulce indiferencia y me hizo sonreír en la oscuridad.

«Padre, si esto es lo que queríais para mí, ya he cumplido. Una vida malgastada a vuestras órdenes. Espero que cuando nos reencontremos en el infierno me dejéis descansar de una maldita vez.»

33

ROSTROS DE PÉSAME

Eleanor

París, 1138

Me miraban con rostros de pésame, mas nadie respondía a mi pregunta, y eso que era simple: «¿Dónde está el cuerpo del rey?».

El caballo real ya no era blanco. No lo habían sacrificado, aunque su pelaje estaba teñido de manchas rojas deslavadas y ver tanta herida en un animal tan noble dolía. Pero Luy no lo montaba. Y un caballo real cabalgando sin rey era una imagen devastadora.

Faltaba el jinete, faltaba mi marido.

—¿Dónde está el rey? —insistí. Mis damas callaron y hundieron la mirada en el barro del patio.

Un valiente, por fin, se atrevió:

—En la carreta, mi reina. Pero no deberíais ver cómo ha quedado, es un espectáculo horrible...

Preparada para todo, reprimí las ganas de correr hacia la maltrecha carreta con todo el reino observando circunspecto.

Me estaba acercando cuando una bota descendió por el escalón. Yo había ayudado a calzar esa bota, antes de la partida, en una vida anterior.

El inmenso cuerpo de Luy bajó a duras penas de la carreta, varios de sus soldados lo ayudaron, conteniendo la respiración.

Daba lástima verlo. Vendada una pierna, sangre en ambos brazos, el costado también remendado. Y el rostro, ¿qué le había sucedido a aquel rostro de niño crecido?

La frente y las mejillas cubiertas de arañazos, los párpados ocultos tras tanta herida. No podría abrirlos aunque quisiera, ¿qué físico habían enviado a cuidar del rey?

—¡Llevadme frente a la reina! —ordenó con voz demasiado alta.

Tal vez pensaba que estaba todavía en el asedio, alzaba la cabeza hacia un cielo con nubes.

Mis damas y yo quedamos frente a él, una muralla de vestidos y hopalandas. Iba a adelantarme, pero él me intuyó.

—Dejad que os busque en la oscuridad, mi reina. Quiero que la corte de Francia vea que sois inconfundible. No hacen falta los cinco sentidos cuando se está frente a la duquesa de Aquitania.

Y tomó la mano de la primera de mis damas, a la izquierda. La soltó y buscó la siguiente; yo ordené con la mirada que se la ofreciese. Luy de nuevo la descartó después de un simple roce. Llegó a la mía. Su mano estaba tan caliente como siempre, aunque algo más arañada, como si las inventadas llagas poitevinas lo hubieran enfermado de verdad. Se deshizo de ella también, una mirada de desilusión recorrió los rostros expectantes de los cortesanos. Terminó su ronda con mi octava dama. Había dejado caer todas las manos.

Pero retrocedió un par de pasos hasta quedar a mi altura. Inspiró fuerte, a mi lado, como si mi olor le diese fuerzas, y por primera vez sonrió tras el dolor que agarrotaba su rostro herido.

Hincó la rodilla, un gesto escandaloso para los francos, supuse. Pese a ser marido y mujer, rey y reina, él era mi señor y yo su vasalla.

—Mi reina Eleanor, Poitiers ha renunciado a ser comuna —me informó con voz contenida. Habíamos trabajado en esa voz, cuántas mañanas enseñándole a impostarla para que pareciera un rey seguro de sí—. Los niños poitevinos han sido liberados, no han sufrido ni un rasguño y han vuelto a sus hogares envalentonados, jactándose de la aventura. Pocas bajas, un tal Montpellier y dos de sus hermanos, maestros del gremio del sebo de ballena. Todo el género del mercado, que pagará nuestros impuestos, está ahora a salvo, menos ochenta sacas de trigo que hicimos arder la segunda noche de asedio. Suger consiguió llegar hasta una ventana del palacio ducal solo gracias a que vuestra hermana lo acompañó y se hizo respetar. A punto estuvieron de lincharlos, pero ella conocía a la mayoría de los niños retenidos. Le bastó con gritar sus nombres para que la multitud quedara paralizada, como la mujer de Lot después de echar un vistazo a Gomorra, dijo Suger. El buen abad aprovechó para proclamar clemencia y negoció con agudeza: les propuso la libertad de los hijos a cambio de renovar el juramento de vasallaje a los duques de Aquitania. Les ha prometido nuevas franquicias para el mercado, pero siempre bajo la supervisión ducal. Han aceptado y él ahora es el libertador de Poitiers. Suger, ¿estáis por aquí, fiel consejero? Contádselo vos a la reina.

Suger se acercó hasta nosotros. Pese al optimismo de Luy, llevaba el labio partido y un gran moratón en la mejilla, fruto —imaginé— de una pedrada de mis fieros vasallos.

—¡Querida reina! —me dijo con genuina alegría—. ¡Hemos conseguido lo imposible! ¡Cómo aclamaban al rey los poitevinos! «Luy VII el Clemente», gritaban. «¡Larga vida al rey Luy el Clemente!»

Mantuve la compostura, pese a que mis rodillas flaquearon por debajo de mi vestido. Tantos días en tensión, las falsas noticias que me hablaban de un Luy vencido y sin recursos... Sujeté la mano de mi esposo y lo ayudé a incorporarse. No nos hicieron falta palabras ni miradas, nuestro lenguaje secreto estaba contenido en la presión de unas manos que no se soltaban.

«Bienvenido», murmuré, conmovida.

«Bienhallado», contestó él.

—Vuestra loca estrategia resultó —me susurró al cuello, creo que pensó que lo hacía al oído.

—Prometedme que nunca más haréis caso de mis locas estrategias.

34

LA TERRIBLE ABUELA FELIPA

Eleanor

París, 1138

Quedaban dos peligros: la reina viuda y Suger. Quedaban dos amantes: en breve hablaré de sus identidades. Quedaban dos retos: alejar a unos, unir a los otros.

Luy respondía a mis cuidados: los párpados dejaron de estar congestionados, por una fina ranura entre las pestañas le entraba ya la luz y cada vez era más hábil caminando a tientas. Era prodigioso verlo en las estancias del palacio, subiendo los peldaños sin ayuda y eligiendo su atuendo diario con precisión. Se diría que tenía más sentidos que el común de los mortales o que unos ojos se le habían desarrollado en las yemas de los dedos.

Los franceses celebraron la victoria como solo los francos celebran sus victorias: oraciones y misas, plegarias al Altísimo. El ejército de prelados que había acudido a San Denís se situó a la izquierda del altar. A la derecha, frente a Suger, los soldados presentes en el asedio, arrodillados, escuchaban el coro victorioso de las voces blancas de los niños.

Por ser jueves, a Luy le correspondía obrar sus milagros semanales y curar a los doscientos entregados escrofulosos. Se contaba por las callejuelas de París que la noche anterior había habido muertos y algaradas entre los que habían acudido desde todos los rincones del reino para ser curados por el rey victorioso y ciego.

Luy se estaba convirtiendo en leyenda, nada quedaba en el recuerdo de los suyos del débil Rey Niño. Si acaso, la falta de heredero era el único reproche del clero y de sus barones. Pero a los ojos de todos ellos, yo era la única culpable, y cada día pesaba más en las miradas de la corte la acusación de infecunda.

Aelith y yo contemplábamos aburridas todos los rituales del toque de reyes. No era necesaria mi presencia, así que nos escabullimos por una salida lateral de la catedral y cabalgamos con mi escolta a las afueras de París, donde había habilitado un pabellón de halcones gerifaltes que pocos conocían. Con ayuda de mi esposo había rescatado a los que sobrevivieron al ataque en Talmont y les había dado cobijo en un lugar al que yo pudiera acudir en una rápida cabalgada.

Pedí a mis escoltas que rodearan con discreción las vallas de circundaban el pabellón y nos adentramos en el pasillo cubierto para comprobar el buen estado de nuestras aves.

Enseguida comprendí que no estábamos solas, ya había detectado un par de caballos arrendados a un árbol por el camino. Uno de ellos me era conocido. Aelith también lo reconoció y noté que disimulaba bien, pero se ponía alerta: toda su espalda se tensó y apretó los muslos contra los lomos de su cabalgadura.

De repente vimos a una pareja retozando sobre la paja del suelo, escondida tras uno de los postes que servían de sostén a los halcones. Practicaban una postura no muy digna, pero era tarde para retirarse de allí y había que acercarse, qué remedio.

Me detuve a una distancia prudente y alcé la voz:

—¡Señora de Vermandois!, me alegra verla admirando nuestros gerifaltes.

Ella se puso rígida. De entre los pliegues de su vestido salió su marido, el senescal de Francia —inconfundible con su parche— y se incorporó con dificultad.

—Mi reina, estaba... —pudo decir Vermandois. Miró a Aelith, y en esa mirada comprendí muchos insomnios.

—Estabais ayudando a vuestra esposa a recolocarse el dobladillo de la túnica —convine—. Son un incordio, yo también preciso de la ayuda de mis damas para tal fin, que han de adentrarse entre mis piernas para ceñir la túnica a la cintura. Es la única manera. Sois un buen esposo, Vermandois, solícito y devoto. No paséis apuro por nosotras: nadie dirá que el senescal de Francia entiende de costura.

—Os lo agradezco, mi señora —respondió con una sonrisa apacible. Pero había rabia contenida hacia su mujer y cierta vergüenza en su mirada baja, no por mí, que ni me vio, sino por Aelith—. Mi señora y yo ya nos íbamos, ella había insistido en ver de cerca de los animales, no creía que pudiesen ser amaestrados.

—Los veo tan libres cuando vuelan cerca de la presencia de Dios... ¿El Altísimo estará de acuerdo en enjaular a estas criaturas que lo acompañan en los cielos? —objetó la esposa de Vermandois después de recolocarse el vestido.

Era curioso el empeño de hablar de Dios en aquella situación en la que todavía no le había bajado el rubor de las mejillas. Y no era Vermandois quien la había propiciado; noté lo molesto que estaba con ella, y no solo por la interrupción.

—Dios no nos ha hecho saber nada al respecto —dije después de encogerme de hombros—. Pero avisadme si os envía alguna señal y todos quedarán libres. ¿Veis jaulas aquí? Vuelven todas las noches por su propia voluntad. Ni siquiera una reina osaría desafiar el libre albedrío.

Los dos callaron, creo que ninguno encontró réplica. La pareja de esposos desapareció por el camino mientras discutían entre susurros rabiosos y contenidos. Aelith y yo nos pusimos los guantes de cetrería y comenzamos a dar a mis aves los pedazos de carne que tanto ansiaban.

—Te llevo observando desde que te traje de Poitiers —le

dije por fin—. Ni se te ocurra desear lo que estás deseando, hermana.

—¿Cómo sabes lo que deseo? —respondió tras darme la espalda. Lo hacía siempre que no quería que le leyera las mentiras en el rostro.

—¿Un padre, de vuelta? —le tanteé.

—Solo ves la superficie. La experiencia, la cuenca vacía, la insolencia del que siempre regresa de la batalla, aunque magullado, y sabe que sanará...

—¿Y tú qué ves, debajo de la piel del senescal de Francia?

—Otra alma como la mía. No resignada pese a que os seguimos la corriente a vosotros, los que nacisteis en el orden adecuado para pastorear todos los destinos a vuestro derredor.

—Está casado... —le recordé.

—No seré su barragana, si eso te preocupa. No regalo mi piel a nadie, lo sabes bien. Pero me conozco, no sé frenarme cuando encuentro lo que...

—Bien lo sé —la interrumpí—. Esa arisca mujer es la hermana del conde de Champaña y del rey Esteban de Inglaterra. No es una jugada menor. Te vas a colocar en la gran partida. El papa Inocencio no consentirá. No podrá aunque quisiera, ha aceptado ya demasiados favores de Inglaterra.

—Y yo no voy a pedirte que te expongas por mi causa.

Pero ella sí se había expuesto por la mía. Miré su frente, todavía amoratada por una pedrada de nuestros vasallos poitevinos. Había recibido alguna más cuando se adentró intramuros para proteger a Suger y fue rodeada por la turba.

«Tengo que empezar a hacer donaciones a la Santa Madre Iglesia. Abadías, conventos, molinos y bosques —me recordé—. Que olviden con oro los agravios de padre y del abuelo. Que a partir de ahora cuenten con el dinero de los duques de Aquitania, que dependan de mí. Será labor de años, cuanto antes comience, antes tendré el cetro de Roma bajo mis sandalias.»

—Así que un hombre es ahora tu causa.

—Un hombre, un alma, un compañero de vida que entiende mi modo de ser y yo puedo comprender su proceder hasta llegar a ser quien ha llegado a ser. Por esa causa, sí. Pero me salvaste de Roberto de Dreux, y te estaré agradecida de por vida por los daños evitados; no puedo pedirte más, de nuevo y tan pronto, aunque estoy inquieta y preocupada, para qué negártelo. Me has traído de regreso a palacio. ¿Cuánto tardará Adelaida de Saboya en castigar nuestra jugada y prometerme con otro diablo francés? Le dijiste que quedé estéril por las llagas poitevinas, no me entregará a un aliado, sino a algún enemigo para castigarlo. Será peor que Roberto.

«Y tú vas a elegir, Aelith. ¿Qué sentido tendría todo lo que hago aquí si no puedo evitar que a ti te vendan manos ajenas a nosotras?»

—Te dije que me dejaras a Adelaida a mí, y me he ocupado. Ahora es ella mi títere y yo he decidido con quién se casará, además de buen grado. La pobre ni sospecha que, tras los bellos ojos de Mathieu de Montmorency, hay un domador que va a hacer y deshacer su destino el resto de su vida.

—Y tú dirigirás al domador.

—Y yo dirigiré al domador, ese es el trato, a cambio de castillos y tierras. Nos entendemos bien, es fácilmente impresionable con los beneficios terrenales. Y eso está a mi alcance. Pero volvamos a ti, Aelith. Dices que o casada o nada.

Me observó de reojo con su ojo magullado. Dejó que su gerifalte nos sobrevolara en círculo cerrado, después silbó y el animal volvió a su mano, obediente y ansioso.

—Estás empezando a contemplar que es posible... ¿Vas a compartir tus planes conmigo? —dijo.

Me miró, sonrió. Me conocía.

—No, no los vas a compartir conmigo... Los planes de una aquitana se quedan en la cabeza de una aquitana —apuntó con orgullo.

—Será difícil —cedí—. Nunca se ha hecho, al menos en esta corte de temerosos de Dios.

—¿Y Luy? —quiso saber.

—¿Qué pasa con Luy?

—No quisiera perjudicar a tu marido. Le he tomado aprecio; lo creía débil, pero lo vi firme en Poitiers. Una nueva fuerza, sospecho que ni él creyó que la tenía.

—Por eso lo envié, las pruebas curten. Y nosotras vamos a enfrentar también nuestras propias pruebas. Ya no estamos jugando a nuestros juegos infantiles, como en Aquitania. Estamos librando una guerra contra los francos que no va a terminar nunca, y todos aquí en la corte son peligrosos. Vamos a tener que ser fuertes, adultas y peligrosas, ¿estamos? Dime, ¿cuántos aliados ves aquí, a nuestro alrededor?

Aelith asintió, sin encontrar las palabras adecuadas.

—Pues eso, hermana. Tú y yo. No hay más. Y respecto a Vermandois... No me parece un mal compañero de vida. Aprenderás mucho de él, como Mentor enseñó a Telémaco en la *Odisea* de Homero. Pero deja algo para ti: tu ciudadela interior. Los helenos también hablaban de ella, ¿recuerdas esas lecciones de padre?

Asintió, digiriendo la lección.

—¿Y qué guardo allí? —pidió más.

—Tus debilidades, Aelith. Nunca las expongas. Tus enemigos del mañana se contarán entre tus aliados de hoy. No los avitualles con tus secretos, tus confesiones y tus debilidades. Son las armas que usarán contra ti. Que crean que te atacan con su peor ofensiva, pero tú estarás intacta tras los muros de tu alcázar interior. Nunca lo olvides. En toda guerra, en última instancia, siempre estamos solos. Y eso es bueno para quien tenga la fortaleza de resistir esa verdad. Es una gran ventaja porque es la única manera de aguantar. A veces la guerra no es ganar, la guerra es resistir.

—¿Qué quieres que haga?

—¿Ya has tenido *esa* charla con Vermandois?

—¿Qué charla?

—Esa que lo cambia todo, esa en la que los amantes se reconocen desvelados y desesperados por verse.

Bajó los ojos, sonrió recordando.

—Sí, la ha habido.

Qué bien me supo esa sonrisa. Lo valía todo.

—¿Ha habido ayuntamiento?

—¿Crees que no he aprendido nada de ti? No regalo mi patrimonio a cambio de nada y no tengo mucho más patrimonio que mi virginidad.

—Que no te cieguen las palabras de un casado infeliz. Es la historia y la mentira más vieja del mundo. Y su matrimonio es ardiente después de tantos años, lo has podido ver.

—Ella quiere otro hijo, pese a que la edad lo desaconseja, pero anda en conversaciones con el conde de Champaña y su hermano le ha aconsejado que le aporte más descendientes. Ralf se escabulle como puede, mas ella es insistente e implacable cuando quiere algo, después se vuelve a su castillo y lo ignora durante meses enteros. Tampoco ha permitido nunca que él se acerque a sus hijos; los ha criado como huérfanos de padre en el castillo de Teobaldo, de ahí el poco aprecio que se tienen mutuamente entre vástagos y padre. Los Vermandois y los de Champaña son enemigos desde antes de que el abuelo naciera, él ha sido un rehén del matrimonio desde que el Rey Gordo lo obligó a desposar a la hermana de Teobaldo para imponer una paz artificiosa entre sus vasallos. El Rey Gordo solo quería tener esa zona pacificada. Ralf era su consejero, lo usó como los reyes usan a sus cortesanos.

—Entonces ¿hay voluntad por parte de Vermandois de no soportar más a su esposa?

—Toda y muchos planes locos. Huidas y otras ensoñaciones. Ninguno factible, si me quieres a tu lado.

—Se hará a mi manera, entonces —decidí—. Solo te diré que cargues tu yegua con un par de alforjas. Partes a Fontevrault hoy mismo. La corte está deslumbrada con el rey, Adelaida y Suger no notarán tu ausencia durante estos días de júbilo y yo debo ocuparme de ambos. Además, quiero saber si ella tiene nuevas de nuestro tío en Tierra Santa. Nada sé de sus pesquisas buscando a padre desde que partió.

—Porque está muerto, solo él dio pábulo a esos rumores locos —murmuró, mirando al frente. A ella también le escocía su ausencia.

—Yo también lo creo, pero no me he atrevido a indagar más en París desde que perdimos a Adamar.

—Aunque presentarme en la abadía de Fontevrault... ¿Vamos a acudir a la abuela Felipa, es necesario?

—Lo que deseas es casi inalcanzable, precisaremos ayuda. De arriba, de muy arriba.

—Has dicho que no podemos contar con el papa Inocencio.

—Y no contaremos con él. No, esta vez puentearemos al santo padre. ¿Sabes?, los quinientos caballeros franceses que vinieron a mi boda a Burdeos se extrañaron al ver que nuestros ríos apenas tenían puentes. Solo barcos y barqueros.

—Lía, ¿no hay otro camino que ir a la abuela? Crecí escuchándote decir: «La abuela siempre da, pero la abuela siempre muerde».

—Los puentes son inmóviles. Las barcas y los barqueros aquitanos son más flexibles, impredecibles, efectivos...

Aelith suspiró, no muy convencida.

—No has nacido para ser escudera ni esposa sumisa —le dije—. Te estoy dando poder. Poder real. Serás la esposa del senescal del rey, un hombre que admira tu alma inhóspita. Te permitirá la libertad de movimientos que precisas. Es la bendición de las personas seguras de sí mismas, no necesitan atar a nadie. Pero habrá un peaje a pagar, Aelith, y no estoy hablando de monedas. La abuela Felipa no necesita más donaciones, cuenta con las mías desde que quedé huérfana. Ve a Fontevrault y que la abuela Felipa nos señale dónde quiere mordernos.

35

—

URDIMBRE

ELEANOR

París, 1138

Pobre Suger, ahora no soy capaz de escribir estas líneas sin sentir la culpabilidad en las tripas. Pobre Suger.

Para que se entiendan los pormenores, empezaré por los pespuntes del plan que tramé y de la urdimbre que tejí. El resultado de mi obra no fue el esperado. No tenía todavía, por lo visto, la pericia de las tres parcas del destino y lo aprendí como aprenden los malos alumnos: demasiado tarde y con resultados demasiado nefastos.

Pero comencemos:

La segunda vez que me reclamaron en el Consejo real fue muy diferente a la primera. Todo eran sonrisas y miradas complacientes. Ninguna villa aquitana por asediar, deduje aliviada.

—Mi estimada reina de los francos, el rey y yo tenemos un regalo en honor a vuestra contribución a la pacificación del reino —me informó Suger con voz dulce.

—Vos diréis, buen abad —respondí mientras miraba de reojo a Luy, quien aún veía por una rendija entre los párpados heridos. Poco a poco estaba recuperando la visión pese a que todavía alzaba demasiado la barbilla, aunque ese gesto le favorecía como rey.

—Un asiento, un lugar en el Consejo —anunció solemne, y me mostró un pequeño taburete de madera, más bajo que la silla donde se sentaba la reina viuda—. Jamás pensé que una aquitana pudiera ocupar tal rango junto a nos, pero os vemos competente y quisiéramos educaros en la política del reino. Vuestra función, obviamente, sigue siendo ser el vientre de Francia y dar brillo a las ceremonias con esos... esas joyas y esos pendientes y esas pinturas que os ponéis en el rostro.

A la siniestra de la siniestra del rey. Con su madre de por medio. Suger se sentaba a la diestra, en el estrado.

Las mujeres, madre y esposa, un escalón por debajo. Lo miré agradecida, también a la reina viuda.

—Aún no sois madre ni habéis dado un heredero al trono de Francia, no lo merecéis, pero habéis demostrado ser útil a nuestros intereses —intervino Adelaida—. Sabed, querida hija, que incluso a mí me ha parecido bien, siempre que os apresuréis por hacerme abuela de una santa vez. Es un voto de confianza que yo no tuve, parí a cinco varones antes de ganarme este sillón junto a mi añorado rey Luy VI.

—Madre sabia —respondí—, siempre estoy de acuerdo con vos. No merezco tal honor, pero haré lo posible por ver, oír, callar y aprender de los padres y madres del reino.

Suger, Adelaida y Luy asintieron complacidos. Me senté en el taburete, estaba cojo y yo quedaba a la altura de las rodillas de Luy, desde allí abajo incluso Suger parecía que flotaba en las alturas.

—Comencemos, pues —dijo mi esposo—, nada me place más que ver a mis tres personas más amadas en completa armonía, el Altísimo no está sordo y ha escuchado mis plegarias. Suger, ¿a quién recibiremos en primer lugar?

El abad arrugó el ceño.

—A Mathieu de Montmorency: familia arruinada pese al título, siempre en litigios con San Denís desde que su bisabuelo se apropió de las barcas que...

—Conozco la historia, Suger, gracias —lo interrumpió—. ¿Os habéis enterado de por qué viene?

—Lo colocasteis de jefe de escolta de las mujeres de la corte durante el asedio de Poitiers. Como buen arribista, imagino que desea algún puesto militar.

—De acuerdo, que pase. No me importaría favorecerlo. Me cuentan que ha organizado con inteligencia a mis hombres en mi ausencia, y, si bien no puedo hacer nada por medrar su fortuna, al menos puedo tenerlo cerca para cuando Vermandois se nos haga demasiado viejo o no se libre de la soga. Escuchemos sus demandas.

Montmorency apareció sonriente frente a nosotros con su nuevo atuendo. Los colores de su linaje, el verde y el amarillo, ribeteaban la cuidada capa. Estaba magnífico. Y tal y como yo le había aconsejado, se había dejado barba franca, y las canas aportaban madurez a su bellísimo rostro. Antes de comenzar nos miró a Adelaida y a mí con sus espléndidos ojos verdes y nos hizo una breve reverencia.

—¿Qué queréis de vuestro rey, Montmorency? —preguntó Luy.

—Que seáis mi hijo —respondió resuelto.

Hubo un silencio atónito que duró demasiado.

—Ya tuve un padre —contestó Luy en cuanto se repuso de la sorpresa—. A él le debo esta corona.

—Me refería a un padre fiel, leal, agradecido, cercano, incluso afectuoso al modo en que necesitáis.

Suger iba a contestar algo, pero Luy lo detuvo con un gesto.

—Sigo sin entender vuestra propuesta. ¿Cómo pretendéis convertiros en mi padre, si no es en sentido figurado? ¿Queréis ser el padre de mis ejércitos, comandarlos, es eso?

—No hablo de armas, sino de hogar, mi señor. Os estoy pidiendo permiso para consagrar mis días a que vuestra madre vuelva a sonreír. Y lo he notado, la amáis como el buen hijo que sois. Si la sabéis feliz, vos también seréis feliz, y ese ceño fruncido que os suma gravedad al rostro perderá fuerza. Una carga menos para vuestros hombros, un pesar menos del que preocuparse. ¿Deseáis que continúe?

Miré de soslayo a mi esposo. Se tuvo que recolocar la corona en un gesto que disimuló con toda la dignidad que pudo.

—No he escuchado nada después de que hayáis nombrado a mi madre, algo de ceños y cargas, creo. ¿Mi madre, casada de nuevo, decís? ¿Con vos? —repitió perplejo.

—Creo humildemente que yo podría hacerla feliz. —Y no había soberbia en sus palabras afables, Mathieu sonreía con tanta calidez que ninguno fuimos capaces de dudarlo.

—No, no pongo en tela de juicio vuestras capacidades ni vuestro empeño. Pero... ¿mi madre, habéis dicho?

Mathieu rio, despreocupado y ajeno a la perplejidad de mi esposo.

—La veis con los ojos amorosos de un hijo. Lo comprendo, lejana e intacta como la Virgen María, ¿es eso?

Luy asintió.

—Podría decirse que el símil es razonable, sí.

—Dejad entonces que hable ella.

Todos nos giramos hacia Adelaida, expectantes ante su respuesta.

36

LAS NUBES DEL DESTINO

ELEANOR

París, 1138

—¿Cómo comienzo entonces, mi reina? No será fácil —me había dicho Mathieu tiempo atrás, mientras veíamos marchar a Luy por la puerta sur rumbo a Poitiers para asediar a mis vasallos.

—Era pariente del papa Calixto II —le había instruido yo—. Comenzad con los rezos, ella tiene costumbre de orar en la capilla a la hora tercia, antes de empezar con sus labores de costura. Sus damas no molestarán, yo me ocupo. Fingid ser un hombre devoto y apelad a su experiencia en la corte. Escuchadla, su difunto marido jamás la tomó en cuenta. Miradla con esos ojos que os regaló el demonio, no finjáis frente a mí que no sabéis sacarles provecho. Y... el tacto. Comenzad con un roce en el dorso de la mano, cada día, todos los días. Con cualquier excusa, un tropiezo, una vela que amenaza caer... Ha de añorar la hora tercia en la capilla con vos y vuestro roce diario. Nunca tuvo nada parecido, he visto cómo os mira desde el día que os presentasteis en mis esponsales con aquel presente y vuestro aplomo. Vos y yo supimos que la atención que despertasteis en ella era un regalo. Vos y yo supimos que no había que desperdiciar ese poder que regalaba el anhelo de la mirada de la reina madre. Conseguidlo y tendréis la llave de esta corte.

—No será suficiente. Todos en la Isla de la Cité saben que malvivo en una fortaleza en ruinas. No es lugar para la reina viuda de Francia —dijo mientras sus ojos se perdían por la polvareda que levantaba la infantería en el camino.

—Dejadme el resto a mí —respondí sin perder de vista el diminuto punto en el que se había convertido Luy.

—Confío en que lograréis lo que os proponéis, y yo cumpliré mi parte, con agrado, además. ¿Y después de eso? ¿Dónde os seré útil?

Sonreí, Mathieu de Montmorency tenía treinta y ocho años, la misma edad que padre cuando le arrebataron la vida. Su vigor me recordaba mucho a él. Su instinto para ver después del día de mañana, también.

—En Champaña —respondí, ya lo había pensado.

—¿Por qué Champaña y no Aquitania?

—Porque os necesitaré en Champaña y no en Aquitania. —Por allí vendrían las nubes oscuras del destino.

Él sonrió.

—Sí que sois una reina —comentó para sí.

—¿Por qué lo decís? —quise saber.

—Porque los reyes son lacónicos y nunca comparten sus pensamientos.

37

AZUFRE

ELEANOR

París, 1138

Pero volví al presente, Adelaida era ahora el centro de todas las miradas. Eso la incomodó sobremanera.

—Mi señor rey... —contestó con un susurro contenido y la cabeza baja.

—Madre, levantaos. ¿Es cierto lo que mi vasallo afirma?

Adelaida se levantó a su pesar.

—Ha afirmado muchas cosas, mi señor. ¿A cuál de ellas os referís?

—A que os podría hacer feliz.

Guardó silencio, se frotó las manos como si tuviera frío. Eché de menos su proverbial contención. Me gustaba cuando era dueña de sí misma. En aquellos momentos no lo era.

—Acataré vuestra voluntad, al igual que acaté la del anterior rey de Francia. Mentiría si no reconociera que me ha hecho feliz durante estos días de incertidumbre y de malas nuevas que nos traían de Poitiers. Pero dice el refrán que vieja que baila mucho polvo levanta. Y no quiero ser esa vieja. No sé si tengo fuerzas para soportar los rumores de la corte, la reina viuda desposada con un hombre apuesto y más joven. Y pobre, mi señor rey. Dicen que ni hidalga con villano, ni villana con hidalgo, por algo será.

—Madre, él no es pobre —intervine antes de que acabase con todo el refranero.

—No lo adornéis —respondió ella, resignada.

—Ahora posee tres fortalezas en Champaña —le informé—, dos florestas, una herrería, dos puentes y un molino. Fue mi manera de agradecer la seguridad con la que vivimos durante aquellos días de incertidumbre. ¿Será suficiente, mi rey?

—Casi es más rico que padre cuando accedió al trono, desde luego. Pero este se ha tornado un asunto familiar. Suger, Montmorency, abandonad la estancia; he de hablar a solas con la reina viuda. Mi esposa, su hija, también se queda.

Ambos hombres, tan distintos como un sapo y un guepardo, abandonaron la sala en silencio.

—Madre, no habéis peleado mucho por él, ¿acaso no os complace la oferta? —tanteó Luy en cuanto nos quedamos los tres solos.

—No quiero humillaros, mi rey.

—Dejad de repetir eso y pensad un poco en vos, que no os queda mucha vida y solo habéis tenido una y muy malgastada. Os he visto padecer y callar desde niño con un hombre que no os prestó la mínima atención.

—Eso no es cierto —se defendió—. Me hizo siete vástagos, a veces incluso me pegaba tanto como a sus concubinas.

—Eso no es atención. Y Mathieu no es de esos. Hoy he visto a un hombre seguro con las rodillas de manteca al miraros. Eso quise de mi padre hacia vos, y nunca me dio el gusto.

—¡Basta! —lo interrumpió su madre—. No me lo traigáis de nuevo al recuerdo, está bien enterrado en San Denís. Acataré vuestras órdenes, mi rey.

—No logro que habléis claro. ¿Qué os costará pedir las cosas de frente? —suspiró, hablando casi para sí—. Eleanor, ayudadme a bajar del estrado. Así no hay manera de hablar con una madre.

Abandoné el minúsculo taburete cojo y lo ayudé. Los tres

quedamos de pie delante de la chimenea, con la mirada perdida en las llamas.

—Así mejor, al calor del hogar. Madre, siempre lleváis alguna piedra escondida en el pliegue de vuestro vestido. ¿Cuál portáis estos últimos tiempos?

Adelaida se revolvió, nerviosa.

—Cualquiera que me mejore los achaques.

—¿Cuál en concreto?

—Un jaspe transparente, para el dolor de la media cabeza.

—Mostrádmelo.

—¿Para qué, si no podéis verlo, hijo?

—Mostrádmelo.

Adelaida buscó a regañadientes en la faltriquera de su vestido azul.

Hubo un gesto de extrañeza porque ciertamente no encontró nada.

—¿Buscabais esto?

Luy le enseñó una pequeña piedra amarilla.

—No todo han sido perjuicios con la ceguera. El olfato se me aguzó. Cada vez que veníais a velar por mí durante los primeros días de mi retorno me asustaba. Olíais a azufre, y yo no veía vuestro aspecto, creía que era Lucifer impostando vuestra voz. Pero erais vos, ¿verdad?

—Sí, era yo —reconoció Adelaida.

—Entonces esta piedra de azufre es vuestra.

Ella se ruborizó, y no era debido al amor de la lumbre.

—Pensabais quitaros la vida si no os daba permiso con Montmorency. Cometer suicidio. Vos, madre, una ofensa así al Altísimo... ¿Tan infeliz sois?

Adelaida se apoyó contra el travesaño de la chimenea. Cerró los ojos y negó con la cabeza, como renunciando a algo. A la dignidad, al escudo, a algo erigido durante años, en todo caso.

—Este ya no es mi sitio, hijo.

—¿Cómo que no?

—No soporto la corte ahora que los niños habéis crecido y que soy una reina viuda, inservible como un mueble en quien nadie repara. He dedicado mi vida a este húmedo palacio gris y hasta hace unas semanas suspiraba por volver al castillo de Champaña donde me crie, con mis damas de confianza, y morir en paz rodeada de huertos y golondrinas. Pero he conocido las atenciones de Mathieu, la belleza que no me saco de la cabeza.

—En verdad es bello, hasta un varón se percata de esa obviedad —reconoció Luy.

—A mí me lo vais a decir, al principio creí que incluso demasiado. Pero es su trato el que me ha arrebatado la paz y la esperanza de un plácido retiro. Ahora sé que será un destierro de suspiros y noches en vela; ¿para qué ir, pues?

—¿Y preferís limar una piedra de azufre y beberla en el vino?

—No, mi rey. No iba a hacerlo. No quiero ser enterrada sin cabeza en la zanja de un camino.

—¡Dejad de mentirme de una vez!, ¡qué cansado es esto, madre! —gritó Luy, ya perdida la paciencia y las formas—. No puedo complaceros si no sois sincera. ¿Os haría feliz desposaros con Mathieu, entonces?

Adelaida apretó los puños de nuevo, le arrebató la piedra de azufre a su hijo y la lanzó a la hoguera, donde provocó una pequeña explosión que nos obligó a apartarnos para evitar que las chispas prendieran en nuestros ropajes.

—Sea, pues —dijo mi suegra—, que hablen de la vieja y del polvo que levanta cuando baila.

Y la vi sonreír por primera vez desde que la conocí.

Parecía más joven, parecía más hermosa. Parecía más la que tuvo que haber sido y que el Rey Gordo no le permitió ser.

Tomada la decisión, una brisa recorrió la estancia. Era el alivio de los tres presentes.

«Tú con un joven apuesto y Aelith con un anciano. Con lo

fácil que hubiera sido que Vermandois fuera para ti y Mathieu para mi hermana», pensé.

Recordé las lecciones de geometría que aprendí en mi infancia y pensé en los extremos de los poliedros del corazón. Aelith, Ralf, Adelaida, Mathieu... Los poliedros cerrados son perfectos, obra de Dios, pero aquel no era un cuadrado ni estaba cerrado.

Un quinto ángulo sangraba y dolía, y caminaba renqueante delante de mí. Después de ser requerido de nuevo, un Suger devastado había abandonado el Consejo tras murmurar una excusa trivial.

Todos nos dispersamos, en cualquier caso. Luy quedó con la nueva pareja real para pergeñar los detalles del desigual enlace, y yo me escabullí aprovechando que la atención estaba puesta en el nuevo miembro de los Capetos.

Salí al patio y monté a mi caballo rumbo a San Denís.

Dejé mi montura en la entrada del templo y con tiento me adentré en la abadía, desierta a aquella hora. En el patio de obras descubrí una pequeña figura que trasteaba con algunos aperos.

Y sucedió lo peor. La más funesta de las consecuencias de las tramas que enredé.

Una soga.

Tal vez Suger escuchó nuestra conversación privada en el Consejo, tal vez se inspiró con la idea de Adelaida.

Tal vez comprendió que ella se habría quitado la vida por un hombre que no era él y que él no bastaba, no había sido suficiente, después de tantos años de paciente y sigilosa compañía. Que unos buenos modales tras unos ojos luminosos habían bastado para que ella misma se desterrase de manera voluntaria.

Quise frenarlo, pero iba muy adelantado, con vigoroso paso, como si su nueva misión le hubiera infundido fuerzas. Arrastró por pasillos y claustros la enredada maroma. Yo lo seguí a cierta distancia, sin ideas, desolada, sin planes que improvisar.

Entró con la soga a rastras en su celda y decidí acercarme, aunque con miedo a no saber qué iba a encontrarme.

Suger olvidó cerrar la puerta del todo. Una estrecha franja me permitió asomarme y ver lo que allí dentro se desarrollaba.

El pequeño monje se había encaramado a su camastro y saltaba, desesperado, con la soga en la mano, intentando hacerla pasar por la viga del techo.

La mano derecha de mi enemigo, el difunto Rey Gordo, había decidido ahorcarse.

Valiosa y dura lección la de aquel día.

Así es como aprendí que no todo valía en la guerra y en el amor. Así es como decidí, doblada de dolor y espanto tras la puerta de la celda de Suger, que no iba a ser igual o peor que mis adversarios y que no me iba a dejar el alma negra por el camino.

38

DESTIERRO

ELEANOR

San Denís, 1138

Golpeé la puerta con el puño y al no oír respuesta alguna me tomé la libertad de entrar.

Lo sorprendí peleándose con el nudo de la soga, que ya rodeaba la viga del techo.

—Creo que os he pillado como a un mozuelo. Me dijo un novicio que sospechaba que erais vos el del olor a embutido. Confesadme, querido abad, ponéis a orear chorizos de la matanza en esta celda helada y apartada, es eso, ¿verdad?

Suger se sentó sobre el jergón raído y suspiró, vencido. Después apretó los labios, como decidiendo si seguir sobre el escenario. Por suerte no dejó caer la máscara.

—Mi joven reina, qué bochornoso secreto compartimos ahora —contestó cabizbajo.

—Nadie sabrá de vuestros chorizos, en Cuaresma siempre he de confesarme dos veces al día porque mi voluntad no alcanza para renunciar a las frutas escarchadas. Qué le hubiese costado a Dios ser epicúreo.

Al menos lo hice sonreír.

—Vengo a agradeceros la entrada en el Consejo real, sé que vos convencisteis al rey y a la reina viuda. Y como muestra de la gratitud de mi pueblo, quiero hacer una donación a San Denís.

—Se agradece, hija. Será bienvenida. Antes de las lluvias otoñales habrá que tapar techos para evitar goteras...

—No me habéis entendido. Hablo de acometer toda la obra, la remodelación completa con la que lleváis décadas soñando.

—Eso nunca llegó con el rey Luy VI, por más impuestos que reclamamos a nuestros vasallos. Me temo que la cantidad que se precisa es ingente.

Sonreí.

—¿Me veis pestañear?

Creo que empezó a tomarme en serio, porque tiró de la cuerda, que cayó a un lado de la cama, pero ni la miró. Me di cuenta de que se había olvidado de ella.

—¿Y a cambio? —preguntó, prudente.

—Os conmino a un plazo: verano del año del Señor de 1144.

—¿Seis años?

—¿Es posible? Os quiero vivo, quiero que seáis vos, y vuestro empeño, quien lo termine. Es la obra de vuestra vida, no quiero arriesgar las ganancias de mis vasallos a un incierto sustituto que no ame San Denís como vos.

—¿Seis años? —repitió, casi oí el crujido de los engranajes de su cabeza. Se movían rápido, haciendo cálculos que solo él podía concebir.

—Este nuevo propósito me obligaría a apartarme del Consejo y a dedicarme solo a la obra. No creo que pueda de otro modo.

—Por eso la fecha es importante. Dios tiene en alto valor los plazos. Él mismo se marcó una semana para crear el mundo y lo hizo de lunes a sábado para descansar el domingo. Si os quiero donar tal cantidad, es por lo que hicisteis por mis vasallos y sus hijos en Poitiers. Estoy en deuda con vuestra hábil retórica y vuestra inteligencia política. Y sé que sois feliz aquí, en San Denís, rodeado de luz y color. Haced la obra de vuestra vida, Suger.

—Es tanta la tentación... —Suspiró mientras miraba al techo. Y creo que yo había obrado un milagro, porque en sus ojos ya no había sogas ni cuellos, puede que solo vidrieras y coros.

—No es tentación, acaso es deber usar nuestros dones. Dios deposita dentro de todos nosotros varios talentos ocultos; es la labor de nuestra vida descubrirlos y es nuestro deber en la vida ejercitarlos con la práctica paciente, pues el genio que no practica se queda en promesa precoz y en adulto frustrado. Y yo leo la frustración en vuestros ojos cada vez que os veo entrar en la abadía y en el gris palacio de la Cité.

—Es tan sucio y tan feo... Le falta la calidez de un hogar, la magnificencia de otras cortes.

Por una vez estábamos íntimamente de acuerdo.

—Dejadlo de mi cuenta, es tarea de reina llevar el arte y la belleza al reino. Vos en la casa de Dios, yo en el palacio, el rey en el Consejo y en el campo de batalla. —Qué aburrida la retórica de los hombres, qué cansancio seguirles el juego en cada conversación solo para apartarlos de mis metas—. ¿Os parece, mi querido abad, que a partir de ahora seáis también mi sabio consejero? Soy lega en política y no conozco los hilos que mueven a los barones de Francia como vos; ¿puedo acudir a vuestra celda para aconsejar bien al rey y a Francia?

—Sois sensata y escucháis. No se me ocurren mejores cualidades —accedió.

—Había olvidado los detalles del estipendio. Quería hacer la primera donación a San Denís de muchas que vendrán si os comprometéis de firme con la obra de restauración. Serían dos mil sueldos.

Tragó saliva.

—Serán doscientos —balbuceó.

—Dos mil he dicho.

—¿Para mi San Denís? Quiero decir, ¿para esta abadía?

—Eso he dicho. Usad las monedas para convertirlas en esplendor, que la cristiandad entera venga y se maraville, que queden atrás los tiempos oscuros de templos lúgubres. Dios brilla y sus sedes en la Tierra han de brillar también. El ojo humano está creado para admirar la belleza, se lo debemos al Creador.

—Se lo debemos, ciertamente.

Me saqué del bolsillo del vestido un saco de cuero con monedas. Siempre lo llevaba encima para ocasiones como aquella. Suficientes para comprar una vida, una voluntad o un futuro, según el caso.

—Esto es solo un adelanto. La mitad, para que extraigáis la piedra precisa de las canteras de Pontoise. Cancelad las deudas, me consta que son muchas. La otra mitad, para mi querido suegro, el rey Luy el Listo. Ornad su lápida, será el abuelo de mis hijos, merece una tumba de rey. Sé la premura con la que fue enterrado por las horrorosas circunstancias de su muerte, pero vienen peregrinos de todos los rincones a arrodillarse ante su memoria y soy consciente de que marchan desilusionados. Os enviaré artesanos de Burdeos.

—Son muy caros vuestros artesanos canteros —objetó.

—No para la nueva San Denís. Pedid, buen Suger, vuestros tiempos de renuncias han terminado.

Era mi manera de decir: «Tenedme a vuestro lado y os malcriaré como al niño rico que siempre quisisteis ser». Estaba convirtiendo a un enemigo en aliado y mentor, enterrándolo en oro y cruces de rubíes, ¿qué mejor victoria que ayudarme a subir gracias a lo que no puedes vencer de tus enemigos: la experiencia, la pericia, la astucia política? Integrar sus armas a tu panoplia.

Suger me miró, agradecido y conmovido. Se levantó de su camastro de paja. El colchón era fino, imaginé los maderos contra la espalda cada noche. Al comenzar a caminar por su celda se topó de nuevo con la soga. La había olvidado. Se agachó y tomó un extremo, pensativo. Supe que estaba pensando en Adelaida, en una reina que se le escapaba con alguien contra el que no podía competir, al igual que no había podido competir contra un rey de Francia. Y lo admiré, porque supo soltar su deseo, tal vez su obsesión de años.

Yo todavía no tenía doblegada mi alma como para soportar tanta fortaleza. Los malos recuerdos de mis ultrajes duraban años, mis enemigos eran de largo recorrido y se quedaban mucho tiempo en mi cabeza: los dos Capetos, el asesino aún por descubrir de mi padre, el castrado que mató a Adamar y a mi hijo... Siempre fui de olvidos prolongados.

—¿Podéis llevaros esta soga? Voy a renunciar a orear los chorizos. Si esta abadía ha de ser un ejemplo para la cristiandad, se han terminado los pecados, incluido el de la gula. ¿Podéis dejarla de nuevo en el patio, donde están los aperos de los obreros?

—Este no es lugar para sogas, desde luego, amigo Suger.

Y me la tendió. Sus brazos cortos apenas podían con ella, y yo tampoco era una muchacha de destacable fuerza, pero la aparté de su vista rápidamente. Fuera tentaciones, un alfil colgado en una celda no podía aconsejar al rey ni a la reina.

Después de un año conviviendo con los francos, escuchando, aprendiendo, permitiendo que me juzgasen como una exótica meridional inofensiva, con mis enemigos desterrados y distraídos en su propia felicidad, podría traer Aquitania a París. La verdadera invasión comenzaba ahora.

TERCERA PARTE

39

—

LA REINA DE LAS AMAZONAS

ELEANOR

Vitry, condado de Champaña, 1143

Por fin una victoria factible. Nos habían llegado noticias de que el conde de Champaña había dejado la pequeña villa de Vitry desprotegida en su afán de no dejarse doblegar en sus bastiones del norte. Estaba a nuestro alcance, sin asedios largos, sin bajas, tan solo parlamento y rendición. Un alivio, un decirle a Teobaldo: «Dios no está de vuestra parte aunque mi hermana y Ralf de Vermandois estén excomulgados. Dios nos apoya aunque en Francia no se pueda escuchar por vuestra culpa el repique de una campana y las familias de los muertos tengan que sepultarlos sin poder ofrecer una misa por su alma». Estábamos cansados de perder ante la Santa Madre Iglesia de Roma.

Tras el viaje de Aelith a Fontevrault cinco años atrás, la abuela Felipa había comprado a tres prelados. Puso a sus monjas a rebuscar en los polvorientos archivos de la abadía y encontró la grieta legal que permitió saltar por encima del santo padre: según las leyes eclesiásticas, tres obispos equivalían a un papa. De hacerlos ricos me encargué yo.

Tres obispos de nuestro dominio: Noyon, Senlis y Laon. Los tres estuvieron de acuerdo en que Ralf de Vermandois y la hermana de Teobaldo de Champaña eran parientes en grado prohibido por la Iglesia y, por tanto, su matrimonio nulo. Pese a los cinco hijos en común y los cuatro nietos. Teobaldo, furioso por el agravio del repudio, que consideró una injuria al linaje de los de Champaña, acudió a su buen amigo Inocencio II.

El escándalo recorrió toda la cristiandad, y los cronistas afines al duque de Champaña, pagados de antemano, afilaron sus plumas. El infame Juan de Salisbury dejó escrito: «Ralf siempre estuvo dominado por la lujuria, cayó bajo el hechizo de la seductora moza y se divorció rápidamente de la de Champaña, su esposa desde hacía quince años».[1]

Nos desayunamos los primeros meses del 1142 con la indigesta noticia del concilio que se celebró en Lagny a nuestras espaldas, sin la presencia del rey de Francia. Yves de Saint-Laurent, el legado del papa, nos trajo la quíntuple noticia: Aelith, Vermandois y los tres obispos quedaban excomulgados. Y sobre el reino pesaba también la amenaza de anatema.

A Luy le dolía como al que más. El monje que llevaba dentro sufría con cada día que su reino continuaba en interdicto, pero el papa Inocencio II no cedía, inflexible y rencoroso hacia mi linaje y sus pasados agravios.

Champaña tampoco.

Nosotros tampoco.

De eso hacía ya un año, y ahora nos disponíamos a someterlos.

Pero no era el único motivo por el que me había decidido a acompañar a Luy a Vitry. Después de un tiempo en el que asumí con inmenso alivio que Galerán no volvería a la corte de la Isla de la Cité, mi prudencia dio paso de nuevo a mi antigua obsesión por seguir averiguando lo que le sucedió a padre en

1. Cita textual de Juan de Salisbury.

Compostela. No había olvidado —¿cómo hacerlo?— los consejos de Adamar, mas la ausencia de noticias del castrado me dio fuerzas para volver a bajar la escalera que llevaba a las cocinas de palacio.

—Me apetecen ancas de rana, ¿quién se encarga de acudir al mercado? —le había preguntado a la joven cocinera que horneaba unas tortas de queso.

—Aymeric.

—¿El niño pecoso? —recordé.

—Ya no es un niño, mi señora —contestó ella, sonrojándose.

En ese momento entró el muchacho, mucho más alto de lo que recordaba, cargado de pesadas leñas.

—Aymeric, la reina quiere que vayas al mercado a comprar ancas de rana —le dijo ella.

—Señora, me temo que no va a ser posible —contestó el chico—, el único puesto que vendía ancas de ranas cerró el pasado invierno.

Maldije en silencio. El miedo a Galerán me había mantenido atada y sin reanudar mis pesquisas en el mercado durante demasiado tiempo. Tal vez ya era tarde.

El chico se percató de mi decepción y tal vez por llenar el incómodo silencio continuó dándome explicaciones:

—Sí que es una pena, mi señora. Yo también lo sentí, no tanto por las ancas de rana, que jamás llegué a probar. Pero hicimos buenas migas porque ambos habíamos nacido en Vitry, en tierras del conde de Champaña. Me dijo que si alguna vez volvía a mi hogar y me faltaba faena, lo buscase en la esquina de la plaza, junto a la iglesia, que bajo el estandarte de una rana lo encontraría.

—Una pena, así es, mi capricho tendrá que ser otro. ¿Podéis comprar en su lugar frutas escarchadas? —había improvisado.

El joven Aymeric salió presto a cumplir con su cometido,

yo marché a mi cámara preguntándome qué excusa iba a encontrar la reina de Francia para presentarse en un lugar como Vitry a preguntar por unas diminutas ranas amarillas.

Amanecía cuando partimos hacia Vitry. Era mi primera incursión castrense, mi bautismo de batalla. Insistí en acompañar al rey con el argumento de que mi presencia arrastraría a cincuenta barones aquitanos venidos del Poitou, de Gascuña y del Languedoc con sus hombres. Suficientes para un empeño mediano como el que encarábamos.

Le oculté mis segundas intenciones. Tras una conquista que se adivinaba puro trámite, quería encontrar sin demora al comerciante que vendía ranas en París en los tiempos en que mi padre y el de Luy habían sido asesinados. Luy había terminado por descartar la idea y acabó contentándose con la explicación que todos le dieron: la disentería. No encontré en él un aliado cada vez que aludía al tema y asumí que debía continuar sola con mi empeño.

—Parecéis la reina de las amazonas, mi reina —comentó Luy cuando pudo cabalgar a mi lado—. Es tan magnífico veros aquí... Esta contienda será breve, volveremos a París en una o dos jornadas.

Me encantaba verlo tan optimista y amoroso.

—¿Sabéis lo que echo de menos del invierno parisino?

—Decidme.

—Las castañas asadas que compartimos. Y nuestras conversaciones en el confesionario.

Luy asintió con una sonrisa cómplice.

Vermandois se nos unió a la cabeza, después de terminar su reconocimiento.

—¿No os resulta molesta la armadura con este viento del sur, querida cuñada? —quiso saber nuestro senescal.

El acero pesaba más que la seda de Alejandría de mis vestidos, pero no me sentía enjaulada, al contrario, por una vez la protección era real y no imaginada.

—El viento de los locos, lo llamamos en Aquitania —contesté—. Siempre me resultó agradable, pese a la mala fama. Las ancianas aquitanas asustan a los niños cuando sopla el viento del sur. Los exhortan a que se escondan en los arcones y a que no salgan a la floresta. Hablan de ogros que comen infantes, carne tierna, a poder ser.

—Ogros aquitanos... — Luy sonrió, sin darle mucho pábulo a mi historia.

—No son leyendas negras, mi rey. Por desgracia no son leyendas —contestó Vermandois—. Siempre ha habido historias de hombres con hambre que comen niños. Los chiquillos son más fáciles de cazar que los esquivos y tímidos cervatos. Y mucho más lentos que las liebres. Cualquiera de estos soldados que nos acompañan ha visto más cuerpos despedazados de los que quisiera recordar. Y lo que nunca se cuenta al volver al hogar es que muchos de nosotros hemos comido alguna vez carne humana por necesidad. En un largo asedio, o escondidos en alguna gruta perdida esperando una ayuda que nunca llega. Y la suerte del soldado que regresa es incierta. A veces no hay villa a la que retornar ni señor a quien demandar la paga. Han sido masacrados por el barón enemigo o por el rey de turno. Muchos vagabundean por bosques y caminos, horrorizados por lo que han presenciado, nadie quiere a los que padecen la locura del soldado, y desde luego, las familias y las tabernas los prefieren mudos. Nadie desea escuchar sus historias de sangre y carne. Pero esas historias necesitan ver la luz, por eso las viejas las convierten en leyendas para niños: un ogro aquí, un dragón allá... Son más digeribles y cumplen su función de advertencia.

—Heródoto siempre afirmó que encontró antropófagos muy al norte, donde ya no sopla el Bóreas, y dicen los que sobreviven a Escocia que los antiguos escotos preferían los lomos y las piernas de sus enemigos caídos —agregué, pensativa.

—Doy fe de ello —respondió el senescal, aunque ya estaba a otra cosa, oteando el horizonte—. Nos estamos acercando al monte Fourche. Voy a dar órdenes de que monten el campamento y vuestras carpas reales. En lo alto de la loma construiremos un puesto de mira.

—Id, pues —aceptó Luy.

Y cabalgamos en silencio un buen trecho del camino, que ya se empinaba en cuanto apareció la colina.

—Tú y tus truculentas historias aquitanas —comentó al fin risueño, más cercano ahora que no había oídos atentos—. Ya me advirtió madre de la imaginación desbocada de las meridionales.

Pero aunque pretendía ser una chanza cariñosa, su ceño permanecía fruncido y no dejaba de controlar a toda la hueste que nos adelantaba para encargarse del acuartelamiento. Por suerte no había quedado rastro alguno de las lesiones que sufrió en Poitiers años atrás, salvo varias cicatrices en los párpados.

—¿Inquieto? —le tanteé.

—Con ganas de volver a París. Nunca seré un hombre de guerra, aunque comprendo que para gobernar mi reino he de ser un buen comandante de mis ejércitos.

—Te he traído un alivio —dije, tendiéndole una pequeña caja de madera que había hecho construir al maestro ebanista.

—¿Qué es? —La tomó sorprendido y complacido.

—Ábrela, los regalos no se explican.

Miró en el interior y sacó el libro de horas inacabado que me regaló en nuestro enlace. La caja contenía también varios cajones para la pluma, el raspador y los frascos de materiales.

—Ordené que fuera discreta para que los ojos codiciosos no reparen en el valor del contenido —dije. Y era cierto, un libro de horas terminado con la maestría de Luy tenía un valor incalculable. Podía cambiarse por bastantes carros y pertrechos, tal vez la posesión más valiosa del rey de Francia cuando estuviera finalizado—. Sé que cuando haces la guerra has de centrarte en dirigir, pero un poco de solaz antes de acostarte o al alba, antes de que todos despierten, te traerá calor al alma y serás más tú mismo.

Luy me contempló, agradecido. Sabía que nada podía hacerle más ilusión que eso. Nada salvo, quizá, la noticia de un hijo, que nos seguía evitando después de tantos años y por más que compartiésemos el lecho.

—Entonces es cierto, me aprecias de verdad —dijo.

Le mantuve la mirada, había hombres cerca y la magia se perdería en segundos.

—Entonces es cierto, te aprecio de verdad —confirmé.

Me quedé en la carpa anexa a la del rey; la suya era mayor y en su centro se dispuso la mesa sobre la que se desplegaron los planos de la villa.

—Vermandois, bajamos con cien de infantería y treinta caballeros. De momento, que no vean las piezas de asalto. Buscaremos parlamento, no hay soldadesca ni mesnada en Vitry, se rendirán antes del anochecer.

—Bajemos, pues —dijo, mirando al cielo. Las nubes se habían tornado naranjas por la luz del tórrido atardecer—, quiero emborracharme esta noche, este maldito viento me ha secado la garganta.

Luy asintió concentrado, y los vi galopar colina abajo para quedar frente al portón cerrado de la muralla de la villa.

Las horas pasaron lentas, como siempre pasan cuando se espera.

El sol ya se estaba ocultando cuando un emisario a caballo reclamó mi presencia fuera de la carpa.

—¿Se han rendido ya? —quise saber.

El muchacho, inquieto, miró al suelo.

—No, mi reina. No hay rendición ni quieren más parlamento. Vermandois me ha pedido que os tranquilice, que será rápido y fácil, pero el ejército va a entrar. Por ahora con escalas será suficiente.

—De acuerdo, dad las órdenes pertinentes. Yo espero aquí vuestras próximas nuevas.

40

VITRY-LE-BRÛLÉ

Eleanor

Vitry, 1143

No me moví del puesto de mira. El hambre no se presentó y desdeñé la comida que me ofreció el cocinero. La noche se tornó negra y desde lo alto del monte Fourche solo podía distinguir el resplandor de algún fuego que prendía los tejados de paja, poco más.

Por fin oí los cascos del joven heraldo. Venía ya algo cansado de combate, sin el vigor del principio.

—¿Buenas noticias, soldado? ¿Se han rendido ya?

—Sí, mi reina —dijo un poco jadeante—. Nuestro valiente rey Luy vuelve victorioso junto a su senescal. Nos han bastado pocos hombres para reducir a los labriegos, que se defendían con horquetas y mazas. A petición de la clemencia del rey, no hemos hecho más sangre de la necesaria.

—¿Y el resto de la villa?

—Los viejos, las mujeres y los niños se han refugiado desde el primer momento bajo el techo sagrado de la iglesia. No nos ha hecho falta entrar, en todo caso. Ahí han estado a salvo hasta que los hombres de Teobaldo se han rendido. Vitry ya es una gloriosa victoria para Francia.

—Marchad, pues, a cumplir órdenes. Yo espero al rey y al senescal.

Luy apareció el primero, la cota de malla algo mellada por un costado, la espada con el filo ensangrentado, el caballo blanco manchado de barro. Sudoroso pero satisfecho. Vermandois era puro jolgorio.

—¡Esa copa, hoy quiero vino sin rebajar! Es la noche adecuada para regarla hasta el alba. Ha habido pocos muertos y volvemos con las máquinas de asedio intactas. Hemos ahorrado muchos sueldos en esta contienda.

Pero un soldado veterano lo interrumpió.

—¡Senescal! La iglesia ha prendido y nadie sabe cómo ha podido ocurrir. El tejado está en llamas, ¡mirad!

Todos montamos y cabalgamos hasta lo más alto del monte. Desde allí todo era negro y rojo. El firmamento de una noche sin estrellas y una llamarada que envolvía la torre de la iglesia.

—¿Cuántos habrá dentro? —urgió Luy.

—Tres veces cien, tal vez cuatro veces cien —contestó el viejo de infantería—. ¡Escuchad!, ¿son gritos lo que se oye desde aquí?

Pero eran alaridos, yo también los oí. Pese a la distancia, el viento del sur soplaba hacia nosotros y nos traía el horror como si estuviéramos a pocos metros del infierno.

—¡No voy a dejar que mueran abrasados! —bramó Luy—. ¡Bajad con todos los hombres! ¡Que rescaten a los pobres infelices de la iglesia!

—Mi rey, no seáis ingenuo, siguen siendo nuestros enemigos y los hombres que se acaban de rendir se alzarán contra nosotros —objetó Vermandois.

—Pues que la mitad de la hueste rodee a los vencidos que han presentado batalla, y la otra mitad saque agua del pozo y extinga el incendio. ¡Haced lo que os ordeno, Vermandois! Sé que tenéis mucha inquina al conde de Champaña, pero bajo mi reinado no voy a permitir que se achicharren cuatrocientos inocentes.

Vermandois partió con toda la infantería y los caballeros que habían subido. Solo quedamos Luy, la escolta y yo.

Un olor a carne quemada nos llegó con el viento. Olía igual que los días de las alegres cortes de Navidad, cuando se asaban corderos y jabalíes. Ambos olores eran indistinguibles. Después el hedor empeoró, ya no era carne quemada: era madera chamuscada, cuero chamuscado, huesos chamuscados. Era una fetidez penetrante y mordiente.

—Tomad, mi rey. —Un escolta con los ojos irritados nos tendió un trozo de tela e imitamos a los presentes. No había manera de respirar aquel humo negro que subía colina arriba.

Tuvo que ceder una viga quemada para que todo lo construido durante años quedara en escombros.

Y escombros fuimos, Luy y yo.

Escombros fuimos.

41

ROJO Y NEGRO

ELEANOR

Vitry, 1143

El estruendo fue tal que las aves nocturnas salieron de entre la floresta y graznaron a una, asustadas. El techo sagrado de la iglesia no fue asilo, fue trampa mortal. Se derrumbó y los atrapó a todos. Los gritos cesaron de repente. Creo que fue lo peor: la ausencia de sonidos, por tanto, de vida.

Tendí la mano a Luy, pero estaba fría y no respondía a nada. Después, al cabo de un rato, la apartó.

Había un rosetón, una hermosa vidriera circular que habría satisfecho a Suger. Estalló con un ruido de cristales rotos que se agradeció, tal era el espantoso silencio.

Al ver que Luy no reaccionaba ni atendía a las miradas de nuestros soldados, tomé el mando de la situación.

—Bajad y comprobad el alcance de la tragedia —me limité a ordenar.

Y se produjo lo opuesto a un milagro. Sé que no hay palabra para ello. Cuando un prodigio viene directamente del averno, no de una orden divina, ¿qué nombre le adjudicamos?

Era verano, lo sé. El cielo ardía, lo sé. Mas cayó sobre nosotros una ligera nieve negra.

Espantosa, silenciosa, eran las cenizas de los muertos.

El viento del sur nos las traía. Y quemaban, la ropa de Luy

quedó cubierta de pequeñas quemaduras. Mi reluciente coraza era ahora una embarrada mancha negra. Las manos, los cuellos de los presentes fueron abrasados por los diminutos copos de nieve férvida.

«Las pecas de Vitry» las llamaron, no se nos quitaron durante meses esas manchas. Los soldados sabían si sus compañeros de armas habían estado en la infame noche de Vitry la Quemada por aquellas delatoras manchas. Vitry-le-Brûlé se llamó desde entonces. Así quedó hasta el fin de los días, por obra y gracia de Luy VII de Francia y Eleanor de Aquitania.

Para mi sorpresa, Luy comenzó a quitarse los ropajes. La casaca, las calzas, la corona. Toda su panoplia cayó al suelo, abandonada con descuido sobre la hierba caliente.

No se inmutó mi marido ante los ojos aturdidos de nuestros guardias. Su monumental cuerpo desnudo quedó al descubierto, pero él, que siempre fue vergonzoso, actuaba como si fuera el último habitante de la Tierra.

Se tiró al suelo, con los brazos en cruz, acaso como su padre al morir. Y fue el difunto rey quien acudió a su boca:

«Padre rey, llevadme».

Las crónicas mentirían durante siglos acerca de aquella noche. Dijeron que Luy VII el Joven no habló de puro horror, que los dientes le castañeteaban.

Mentira, todo mentira.

Sí que es cierto que, tras desprenderse de sus ropas, nunca más volvió a vestir como un rey. Se arrancó su disfraz de monarca como una serpiente deja abandonada en su nido la camisa que la oprime y muda a unas escamas más cómodas.

Pero él no era una serpiente, sino un hombre destrozado que nunca quiso su corona. Y la corona de la que perjuraba le había negado lo único que ansiaba: su paso al cielo cuando muriera.

«Ahora ya es seguro que iré al infierno», se repetía desde entonces, era su particular invocación.

Luy podía soportar la penitencia de su paso por la Tierra, el sacrificio temporal de ser rey y no monje, pero a instancias y con la esperanza de una vida celeste después de la muerte.

Vitry y los cuatrocientos carbonizados jalonaron desde ese día su camino de descenso a los infiernos. Incluso yo, que tenía el alma pagana de los antiguos aquitanos, era consciente de que desde aquella noche, con nuestro horrible pecado, estaba condenada al fuego eterno, que no vería a padre y que me encontraría con el abuelo Guilhem sentado a la derecha de Lucifer.

Hubo un último gesto, antes de que yo tuviera que ordenar a los guardias que lo levantaran y lo arrastrasen al lecho de su tienda. Luy le rascó al suelo un poco de tierra y no quiso soltarla. Durmió con el puño apretado, lo vistieron al día siguiente con el puño apretado. Y con la tierra atrapada en su mano volvimos a París y cabalgó con aquel puño cerrado como si fuera un lisiado.

Hasta varios años después no supe lo que quería hacer con la tierra de Vitry. Lo contaré más adelante, cuando venga a cuento. Ahora estábamos en el horrible holocausto de una noche roja y negra que nos rasgó en dos nuestras biografías.

No hubo retorno para lo que habíamos sido juntos Luy y yo después de aquella noche.

El día siguiente amaneció espléndido, incongruente con la tragedia. Un cielo luminoso, azul celeste rodeó toda la villa. Ya no quedaba humo, pero la pestilencia persistía. Las casas que circundaban la iglesia también habían caído.

«Vitry la Quemada», murmuraban los soldados, y escupían con los rostros aún tiznados y los ojos enrojecidos por el humo de la noche anterior.

Entré en la tienda del rey, no había dejado que lo vistieran, seguía tumbado sobre su colchón con el puño cerrado, sin pestañear y los ojos fijos en la tela del techo de la carpa.

Ido, totalmente ido.

Le hablé y no me escuchó. Tomé una jofaina y le lavé el cuerpo entero a conciencia con el paño más delicado que encontré en el arcón, al menos que no oliese su propio olor a quemado. Sabía lo que le afectaban los sentidos, ¿para qué mantener aquel recordatorio en su propia piel?

Debería contar que lloré toda la noche por el alma de los cuatrocientos inocentes, pero lo cierto es que era incapaz, como cuando hice matar a los Capetos. Era de nuevo la responsable, no había salvación o consuelo para mí, tan solo llevar más carga aún sobre mi conciencia. Y cuánto pesaba, por Dios.

Me había convertido en una asesina de masas, mis errores tácticos destrozaban vidas. ¿En eso consistía reinar y tener poder? ¿Todos los reyes éramos unos asesinos? Me reconocía cabal: sí, así era. Así lo relataban Heródoto y Marco Aurelio. De reyes asesinos y de hijos de dioses asesinados trataba la sagrada Biblia, ¿de qué si no?

Maldita carga.

Busqué a Vermandois entre el laberinto de las tiendas.

—Quiero bajar —me limité a decirle.

—No es seguro.

—Lo sé.

Para mi sorpresa, no se resistió demasiado y arreó con el caballo monte abajo, confiando en que mi escolta y yo lo siguiéramos.

—Sois aquitana y tozuda como vuestra hermana. No esperaba menos de vos —murmuró durante la bajada.

No había rastro de sonrisa irónica aquel día. Aquella matanza había sido perpetrada porque me empeñé en defender su matrimonio con Aelith. Qué caro había resultado el amor libremente elegido.

El portón de la muralla permanecía abierto, cabalgué por las callejuelas estrechas y empinadas que la noche anterior habían facilitado mil emboscadas. Habían retirado los cadáveres, pero la sangre de las paredes hablaba alto y claro.

Me dirigí a la plaza, el corazón quemado de Vitry, siempre escoltada por Vermandois. Las casas aledañas a la iglesia también habían sucumbido al fuego. Tuvimos que desmontar del caballo, tal acumulación de piedras desplomadas impedía que los animales avanzasen.

Me vi obligada a colocarme de nuevo un paño para tapar boca y nariz, me lo até fuerte a la nuca. Los ojos escocían por el humo de un fuego extinto que mantenía el suelo y los cascotes calientes.

Quedé frente a lo que había sido la entrada del templo.

La puerta estaba carbonizada, pero había aguantado la embestida de las llamas. Y esa precisamente fue la trampa mortal, pues impidió salir a los inocentes.

Aquí y allá nuestros soldados paseaban como perdidos, sin saber muy bien qué hacer. Algunos vomitaban bilis negra, ocultos tras las columnas destrozadas.

—Me han contado que hubo quien logró subir al campanario, y que desde allí arrojaron a algunos niños, con la esperanza de que alguien los recogiera y se salvasen del fuego.

—¿Y...?

—He ordenado buscar a niños entre los supervivientes. Ni uno, mi reina. Ni uno.

Estábamos frente a la puerta.

—Voy a entrar —le informé.

—Entremos, puede que haya vigas que todavía supongan un peligro. Tres ojos ven más que dos.

Acepté, sabía que él también se estaba imponiendo la misma penitencia que yo.

Vimos todo lo que había que ver.

Los cuerpos, todos, tiesos como maderos, con los brazos abrazados al vacío. Cuerpos de todos los tamaños, no se distinguía hombre o mujer. Allí no quedaban vestidos ni melenas.

Todos habían quedado calvos. Todas las piernas y los brazos, achicharrados, lucían al aire sin tela.

—Así que esto es la guerra. Esto no se ve en el Consejo real —comenté.

—¿Y qué pensabais que era, cuñada?

Otra lección de vida, la más dura hasta el momento: «Oblígate a ser testigo de las consecuencias de tus decisiones». Prometí apuntarla en el *Manual de vida de los duques de Aquitania*, por si servía de algo a mis descendientes, si es que algún día lograba parir alguno.

—Dejadme sola, en un rato os busco —le indiqué a Vermandois.

Salí del recinto y deambulé entre las ruinas de la plaza, buscando algo muy concreto: el rastro del comerciante de ranas.

Y lo encontré, o al menos lo que quedaba de su puesto. En una de las esquinas un trozo de tela verde abrasada todavía mostraba la silueta de una rana. Pero pocas piedras en pie quedaban en aquel rincón. Me adentré en el edificio derruido, todo polvo y humo. En el suelo hallé un cadáver abrasado.

Podría haber sido cualquier habitante de Vitry, mas no era uno más.

Solo tenía una pierna, y una muleta chamuscada había soportado mejor el fuego que la carne de su propio dueño.

Salí desolada. El fuego acababa de arrebatarme también la última esperanza de averiguar qué le había sucedido a padre en Compostela.

Pasamos varios días en el campamento del monte Fourche. Luy continuaba en su catatonia. Rígido en el lecho, mudo y sin comer. Le tuve que obligar a ingerir vino aguado para que no muriera de sed.

Vermandois se encargó de los aspectos prácticos de la vida

castrense: desmontar las tiendas, emborrachar a los soldados por la noche, virar la narrativa de la batalla hacia un relato más heroico...

—Aquí ya está todo listo para el retorno, mi reina. Avisad al rey de que las huestes aguardan su orden para volver a París. Bastante nos hemos demorado ya en esta villa maldita.

—El rey no va a tomar ninguna decisión —contesté.

—Ni hoy ni los días venideros puedo anticipar —respondió circunspecto el senescal.

¿Se arrepentía ya de haberse casado con mi hermana? ¿De haber puesto en jaque a un papa de Roma? Difícil saberlo en un hombre de guerra tan curtido como él.

—Enviad a un heraldo para que se adelante —ordené—. Que reclamen al hermano de nuestro rey, Roberto de Dreux. Que él ocupe las plazas que teníamos previstas: Reims y Châlons. Nosotros regresamos a París. Ahora.

42

HERODES

ELEANOR

París, 1143

Vi al monje en que se había convertido mi marido escurrirse entre las sombras de los pasillos del palacio de la Cité. Llevaba varias semanas intentando coincidir con él, pero me esquivaba con serena astucia. Se había cortado la melena rubia de los Capetos, que trataban así de emular a los Carolingios, los reyes melenudos. Creo que hubo una renuncia a procurar seguir siendo fuerte. Cambió la seda y los bordados reales por un hábito gris que dejaba entrever los estragos de los cilicios que se colocaba en muslos y brazos.

Voto de castidad, voto de silencio, voto de pobreza; lo que equivalía a no depender en lo posible de las riquezas de Aquitania.

Lo dejé marchar. Ya coincidiría con él durante la cena.

—Trucha. Otra vez —comentó con resignación una de mis damas.

Varios de los presentes en la mesa dirigieron la misma mirada hostil a las bandejas.

Desde la primera noche que volvimos de Vitry la Quemada, nadie en la corte había vuelto a probar la carne. Habíamos conseguido sentar a Luy a la mesa, y los cocineros prepararon las viandas habituales, mas según llegaron los cerdos asados y

Luy probó su parte, se levantó y salió corriendo entre grandes arcadas que espantaron a todos.

Solo pescado desde entonces. Todos en la corte lo maldecían por ello.

Sin embargo, yo prefería que comiera, aunque fueran truchas y barbos, porque la mitad de los días ayunaba y su cuerpo se quedaba mermado de carnes. Un rey delgado y fino como el tronco de un árbol demasiado joven.

No solo renunció a aquella carne, no. También renunció a la mía. ¿Cuánto iba a durar el luto por cuatrocientas almas?

No volvió a mi cámara ni permitió que yo entrase en la suya. Todos lo sabían, no había mozo de cuadra ni hilandera que no lo murmurase; entre el morbo y la preocupación. Mi presencia en la corte como vientre de Francia no tenía sentido. Como nunca antes, mi estatus en aquel palacio hostil se volvió más precario que cuando llegué.

Me consta que sus físicos le ofrecieron más mujeres para curar sus humores; él declinó siempre. Era un rey célibe, casado pero célibe. Tenía alma de asceta y la impuso, harto ya de prestar sus días a los intereses del reino.

El frío llegó a la corte: durante aquel año del Señor de 1143 no salió el sol ni un solo día, ni tampoco una sola sonrisa en su rostro. Olvidé el color de sus iris. La oriflama dorada me era ajena, me la negaba a mi paso, cuando nos cruzábamos en el Consejo real.

No me hizo, en todo caso, la vida imposible como lo hubiera hecho un enemigo vengativo. No me difamó, no usó su influencia para que otros me odiasen o me apartasen. Simplemente no soportaba mi presencia, le recordaba que era —éramos— unos asesinos de inocentes.

—¡Soy Herodes Antipas! —gritaba en sueños—. ¡Soy el culpable de la matanza de los inocentes!

El silencioso hielo me hizo mucho más daño que una ruptura acalorada, al modo aquitano. Hubiese preferido gritos y desmanes, tal y como el abuelo Guilhem y la abuela Felipa nos habían acostumbrado. Portazos, salidas de tono, huidas a caballo, mesas volcadas. Pero era pedir demasiado en aquella corte gélida de cortesanos gélidos, patios gélidos y maneras gélidas.

Francia me mostraba su invierno y mi alma de sureña se dejaba vencer. Estaba aterida y paralizada, como una osa que hiberna.

Una buena mañana, harta ya de todo, reclamé a Mathieu de Montmorency, mi suegrastro. Acudió presto desde uno de sus castillos en Champaña.

—Os necesito de nuevo en el palacio. A vos y a vuestra esposa. Quedaos aquí, cerca del rey mudo, que Adelaida de Saboya le dé algo de cariño. A mí me rechaza y sé que él necesita calor de hogar.

—¿Estáis segura? Mi esposa es dominante y controladora, volveréis a rabiar entre vosotras —objetó, no muy convencido.

—No lo habéis entendido todavía. Ya no estoy compitiendo por su amor. Mi buen Luy se nos está yendo de este mundo, vive en el suyo, un mundo espiritual en el que los mundanos le hemos defraudado tanto que nos ve lejanos. Nos evita, nos teme, se protege de nosotros. Pero sucede que es el rey de Francia y miles de súbditos dependen de su presencia, no de su ausencia. Este es un reino a la deriva. Tengo que hacer que vuelva, por no hablar de que ni se me acerca, y no soy la Virgen María ni espero que el soplo divino de una paloma me deje encinta. Tengo ya diecinueve años y estoy apenas inmaculada, ¿cómo voy a cumplir con mi función de traer el heredero de Francia?

«Y un pequeño aquitano, de paso», habría pensado la antigua Lía. ¿Cuánto hacía que mi plan primigenio de vengar la muerte de padre, de Adamar y de mi hijo no velaba mis noches?

—Traeré a la reina viuda —accedió Montmorency—. Sabéis que os debo mi fortuna y que me tendréis como leal aliado, de vos y solo de vos, hasta el resto de mis días. Nadie ha hecho tanto por mí como la reina Eleanor. Pero no os puedo ayudar, a mi pesar, en asunto tan delicado como vuestra maternidad.

Y yo bien que lo sabía, pero un nuevo plan comenzaba ya a perfilarse en mi cabeza, sin asedios, ni incendios ni muertos. Que por una vez tuviera el beneplácito del Altísimo, del que mi familia y yo tanto renegábamos a escondidas.

... Y no encontré mejor modo que pedirle ayuda al más astuto de los diablos.

43

EL DRUIDA

Luy

Abadía de San Denís, 1144

«¿Será suficiente?», pensé.

—¿Suficiente para qué, mi rey? —respondió Suger.

Lo miré sorprendido; debí de decir en voz alta lo que creí que guardaba en mis pensamientos. No respondí.

—¿Suficiente para expiar vuestros pecados? —insistió él.

Me negué a hablar, escocía demasiado.

—Mi buen rey, ya comprendo por qué os pesa tanto este relicario. No son los huesos de san Denís lo que carga vuestra alma. Es toda una ciudad, ¿verdad? Un año después todavía lleváis la carga de Vitry la Quemada sobre vuestros hombros y no halláis consuelo ni en la oración ni en los ayunos. Os estáis matando y matáis la esperanza de Francia, que está siendo gobernada por un espectro.

—¿Y vos, mi padre espiritual, me vais a dar el consejo que alivie esta carga? —repliqué escéptico.

—No habrá alivio, este trozo negro de alma seguirá mordiéndoos por dentro durante toda la vida. Solo puedo aconsejaros que aprendáis a vivir con la culpa. No se irá. Fueron cuatrocientas alm...

—¡Ya basta! Palabras vacuas pronunciadas para hurgar dentro de la herida. Si no vais a ayudarme, mejor id a recibir obispos y a mostrarles lo que habéis hecho con el oro de Aquitania.

Suger torció el gesto, sorprendido por mi exabrupto. De niño jamás le repliqué. Por entonces él era Dios, yo solo un serafín.

—No os reconozco, hijo.

«Porque no soy el mismo, fraile», callé mientras recolocaba la pesada caja de plata sobre mis hombros.

«Y no tiene razón, no puede tenerla. Esta culpa no puede durar toda una vida, no podré con ella mucho más tiempo.»

Yo también veía lo que me advertían mis consejeros: que mi reino era un reino sin rumbo, que la matanza de Vitry había sido, en realidad, una victoria para Champaña: había matado al prometedor rey Luy el Joven.

Ya no estaba, rebuscaba dentro de mí y ni yo mismo era capaz de encontrar a aquel ingenuo que se permitió creer que podría llegar a ser un rey digno y un marido a la altura de la formidable duquesa de Aquitania.

Avancé entre la multitud con el relicario a cuestas hasta el imponente altar mayor. Qué excesiva —incluso para Suger, que avanzaba a mi lado— esa cruz de seis metros con topacios y perlas. Dos años pagando a los reputados orfebres de Lorena. Qué inútil dispendio para mi reino.

Muchos de mis vasallos no me habían reconocido. Con mi sayal desgastado de penitente era uno más de los miles que habían acudido a la inauguración de los veinte altares de San Denís.

Suger se colocó entre el arzobispo de Canterbury y el de Burdeos, Godofredo de Loroux, el mismo que nos casó. Junto a ellos resplandecía. Estrenaba una florida mitra, oro y grana.

Hablaban de ojivas y vidrieras entre grandes aspavientos. Aquella bóveda desproporcionada los había dejado embobados a todos. Deduje planes gloriosos para ampliar sus propias diócesis. La luz y la ambición entraban a raudales aquel día de verano.

Qué buen criterio el de Suger, haciendo venir a toda la cristiandad el día de San Bernabé. Se decía que el milagro de aquel santo consistía en que siempre lucía un sol espléndido el 11 de junio. Y así era, un año más. El sol se derramaba a través de las vidrieras verdes, rojas y amarillas, y formaba mosaicos en las columnas y sobre nuestras cabezas.

Era hermoso, místico, incluso acogedor, pese a que había agrandado hasta el absurdo las dimensiones del templo «para parecerse un poco más al tamaño de Dios», explicaba ufano a todo el que quisiera escucharlo, que eran muchos aquel día.

Pero me estoy alejando de mi intención de contar lo que sucedió.

El ayuno de las jornadas anteriores me traía el efecto deseado: mi cabeza se aturdía y yo vivía durante la mayor parte de mi existencia en un limbo indoloro. Nada de humo negro, nada de derrumbes.

«Si en lugar de la mitad de los hombres hubiera enviado a todos al pozo, tal vez el fuego se habría logrado extinguir antes de que...»

No, otra vez. Allí estaban. Las rumiaciones. Los pensamientos repetitivos sin principio ni fin. Miles de ellos, cientos de días.

Siempre los mismos.

Otra vez.

«Esta noche tampoco cenaré», decidí. Pero aquella noche la cena era pública, habían acudido de todos los rincones de Francia, Aquitania, Inglaterra, Flandes. Incluso el nuevo papa habría venido de no estar enfermo, aunque envió un vicario.

Después de la muerte de Inocencio II, presté sumisión a Celestino y después a Lucio II. Hubo buena voluntad y el santo padre revocó el interdicto contra Francia a cambio de que yo aceptara a su hombre de confianza en el ansiado cargo de

Bourges. Cedí y lo permití. Me alivió que las iglesias del reino se abrieran de nuevo, y cada tañido del ángelus suponía un poco de agua fría sobre mi alma quemada.

Pero el alivio no fue suficiente.

Suger maniobró de nuevo, al igual que en tiempos de padre, para que el conde de Champaña y el rey de la Isla de Francia volviésemos a ser aliados. Le devolví a Teobaldo las tierras usurpadas. Qué menos.

Pero el alivio, una vez más, no fue suficiente.

«Veamos si esto sirve», pensé.

Dejé la pesada caja de plata frente al altar y con un suspiro me saqué del bolsillo del hábito el jarrón que mi esposa me había regalado el día de nuestro enlace. La famosa pieza con que el emir de Zaragoza obsequió a su abuelo durante su periplo en la cruzada. Ese diablo sí que albergaba pecados. Fue comprensible que buscara redención en Jerusalén. Yo también hubiese ido, de haber vivido en su época. Pero ya no había expediciones, los cinco Santos Lugares estaban seguros en manos cristianas.

No quería nada de Eleanor ni de su familia. La miraba a ella y veía a Aelith. Miraba a Aelith y veía a Vermandois. Miraba a Vermandois y veía Vitry la Quemada. Y mis pensamientos se ennegrecían y el humo negro poblaba de nuevo mi cabeza hasta aturdirla. Y vuelta a empezar.

Mi esposa también formaba parte del cortejo. Acompañaba a Suger y a los prelados. Mejor acostumbrada que yo a la diplomacia, ejercía su representación con eficacia. Cuando reconoció el jarrón de su abuelo, me lanzó una mirada decepcionada. La ignoré, como todo en ella últimamente. Era la única manera de seguir adelante.

—Sois un rey generoso, mi señor Luy —intervino un monje de hábito blanco inmaculado al que no conocía. Pero esa voz... esa voz hizo que olvidara el humo y me centrase en ese sonido, tan dulce era—. Si bien la Iglesia no precisa de riquezas, el gesto es noble y os define. Soy el padre Bernardo de Claraval, el buen Suger me ha pedido que honre hoy a Dios y a su santo Dionisio con una homilía.

Por fin lo conocía. Pese a su humilde presentación, era uno de los hombres más célebres de la cristiandad. Era más alto que yo mismo, y eso que frente a pocos hombres me veía obligado a alzar la cabeza. Había cumplido mis primeros veinticuatro años y no dejaba de crecer. A Eleanor le sucedía igual: cuando llegó a la Isla de Francia, con trece años, era una joven de estatura regular, pero se fue alargando y había llegado a ser escandalosamente alta entre las féminas. No se cortaba jamás las trenzas negras, que le caían ya por los tobillos. Lo que al principio fue criticado entre las esposas de mis barones terminó siendo imitado y ahora a las francesas se las conocía por las larguísimas trenzas al estilo de la reina Eleanor.

Volviendo a Bernardo, las sienes canas sustituían un pelo que había sido rojizo. Demacrado por los ayunos, al igual que yo, la piel dejaba ver venas azules en la mandíbula, de tan fina que era. Pero esa sonrisa... Estaba en paz consigo mismo, y cómo ansié esa paz y ese aplomo que emanaban de su presencia.

Nunca olvidaré aquel sermón, el primero que escuché de él. Buscando evitar la incómoda presencia de mi esposa, me situé junto a algunas abadesas y prioras, aunque para entonces nadie reparaba ya en la presencia del rey de Francia.

Bernardo de Claraval había tomado su viejo báculo y el mando de San Denís. Lo llamaban «Doctor Mellifluus», se contaba por el reino que su voz era pura miel y que convencía incluso antes de abrir la boca.

Era cierto. Aquella voz...

Quise cerrar los ojos para retenerla dentro. Cristo debió de tener esa voz para catequizar a tantos. Miré a mi alrededor y todos los presentes, todos, parecían haberse deslizado también hacia un dulce estado de fervor, una alegría, una paz..., y muchos apretaban los párpados como para alargar el trance. Advertí una extraña ligereza en el recinto, como si todos nos elevásemos. Bernardo empleaba las pausas con teatralidad. Estaba seguro de sí, de sus gestos grandilocuentes, de ese rostro que contaba con la ventaja de la belleza no efímera, pues las arrugas lo embellecían, lo prestigiaban.

—Dios es así de guapo —susurró una monja a otra a mi espalda—. Así lo imagino por las noches cuando viene a visitarme a mi celda.

También los hombres lo miraban con deseo, no con lascivia pero casi. Todos querían ser él, estar cerca, aunque Bernardo usaba con maestría el cayado para trazar un círculo imaginario, su propio servicio de seguridad. Deduje que aquel efecto que provocaba en las multitudes no era nuevo. Parecía acostumbrado al hecho de que los presentes quisieran aproximarse a él, como atraídos por el canto de las sirenas de Odiseo en la epopeya del viejo Homero.

Y tenía gestos levemente sensuales, como tocarse el cuello con la yema del dedo y desabrochar un botón del hábito para dejar parte de su carne libre al escrutinio mientras mantenía a todos pendientes de su controlada exhibición.

Llegado el clímax de la homilía, Bernardo lanzó al aire un pañuelo con el que se había secado el sudor de la frente y se formó en una esquina de la iglesia un tumulto entre los que se arrojaron sobre aquel trozo de tela. Los afortunados que lo atraparon lo besaron con la devoción de una reliquia.

Suger fue el único que no se inmutó por la algarada, como si fuera lo acostumbrado. Asumí que lo que allí presenciamos formaba parte de un espectáculo de décadas. Él también parecía estar en trance, pero tuve la impresión de que en parte lo fingía. ¿Era Bernardo de Claraval un brujo o acaso un druida, de esos que poblaban las leyendas de los bretones?

Me daba igual la respuesta. Terminado el oficio, pero todavía bajo su influjo, decidí seguir aquella voz. Tal vez en su miel podría encontrar el alivio a mis heridas.

El padre Bernardo sabía bien cuándo permanecer entre una multitud exacerbada rayaba en lo peligroso y se escurrió sigilosamente mientras Suger comenzaba la sempiterna ceremonia de la consagración del altar mayor. Veinte veces tendría que repetir la fórmula. Bien sabía que el día iba a resultar largo y que el ayuno lo dilataría aún más.

Yo también me retiré con cautela, oculto bajo la capucha gris de mi hábito y encorvado para no llamar la atención.

Bernardo subió por la escalera que caracoleaba hasta uno de los coros laterales, aún en desuso. Sentí un leve mareo cuando lo seguí tras tanto escalón que giraba y giraba y hacía que todo diese vueltas. Soñé con una buena hogaza recién horneada. Eso me calentaría el alma.

«No lo mereces, abstente», me ordené.

Obedecí y redoblé mis esfuerzos por no ser detectado. Ignoraba qué hacía Bernardo en un coro en obras. Tal vez, al igual que yo, las multitudes lo agotaban y precisaba después de silencio para volver en sí.

—Gracias por acudir a mi llamada, padre. —Me sorprendió una voz conocida.

—Cualquiera se niega a desobedecer a vuestra abuela Felipa de Tolosa —le respondió Bernardo.

44

LEYENDAS NEGRAS

Niño

Meses antes del asesinato del duque de Aquitania

El duque apareció a la hora convenida. El invierno castigaba la tierra con un manto de nieve que todo lo volvía estéril, pero Guilhem no faltó a su cita pese a que tuvo que sortear ventiscas por el camino. Agradeció el fuego de la chimenea de la abadía, aunque el lugar era austero hasta doler.

—¡Rio, mi querido Rio! Miraos, habéis prosperado. Lejos de Aquitania, pero lo habéis conseguido todo en vida. Qué buen uso le habéis dado al favor que os hice —le dijo mientras se abrazaban con auténtica emoción.

—Mi querido Guilhem, os lo debo todo, lo sabéis. —Hacía mucho tiempo que nadie lo llamaba Rio. Había cambiado de nombre en cuanto había ingresado en la orden.

Se habían mantenido en contacto durante todos aquellos años. Discretamente, protector y protegido, el duque presto a enviarle dinero siempre que él lo necesitó, él facilitándole consejo en los asuntos de Aquitania cuando el Trovador murió y heredó el ducado.

—Sentémonos, buen amigo —lo invitó Rio ofreciéndole un taburete de madera.

El duque sonrió y obedeció.

—Voy a hablaros sin rodeos. Espero que no os ofenda mi

falta de diplomacia, pero quisiera que fuésemos francos el uno con el otro. Sé que estos últimos tiempos nos hemos distanciado, querido Rio, y he venido en persona a veros. Quería saber la razón.

Rio se revolvió un poco nervioso, esperaba la pregunta. Guilhem X era admirado en sus tierras y fuera de ellas, por noble, por justo y por sensato. Pero también por no evitar las conversaciones incómodas, aunque no al modo de su fiero padre.

—No es de extrañar, querido Guilhem. Habéis sido excomulgado por apoyar al antipapa Anacleto. Yo soy servidor de la Iglesia de Roma y de su santo padre. Y hay tantas razones para darle la espalda a Anacleto que no puedo respaldaros en esto, de veras que no puedo —suspiró—. Si la mitad de lo que se dice que hace es cierto...

—Por eso vengo, por las leyendas. Siempre ha habido leyendas negras asociadas a los santos padres. Y no acabo de creerlo. Mis gatos aquitanos no me ofrecen informes concluyentes. Quiero una confirmación, quiero saber si he apoyado a un canalla.

Rio se miró las manos, estaban heladas. Se levantó y las extendió cerca de la pequeña fogata, buscando un poco de calor. Cuántos años evitando hablar en voz alta de aquello. Había llegado la hora.

—Anacleto mantiene una red de secuestro de monjas y peregrinas. Al menos esas leyendas son ciertas. Yo salvo a esas mujeres, llevo años haciéndolo. Lo hago con muchísima discreción, no hay otra manera.

Guilhem suspiró, derrotado.

—Entonces me he equivocado, de medio a medio. Quiero estar a bien con la Iglesia, quiero dejar de estar excomulgado.

—¿Y cómo pensáis lograrlo? —quiso saber Rio.

—Si lo que decís es cierto, buscaré el modo de demostrarlo, llevaré a Anacleto a juicio a Roma. ¿Podéis ayudarme en eso?

—Pedís demasiado a vuestro protegido. Pedís demasiado, de verdad —contestó, evasivo.

Guilhem lo miró con infinita ternura y después le sonrió.

—¿No me lo vais a reconocer nunca?

—¿Reconocer qué, mi buen Guilhem?

—Que sois más que un protegido, que sois mi hermano, que compartimos padre, aunque fue el peor padre del mundo.

Rio lo contempló, emocionado.

—¿Lo... lo sabíais?

—Desde que os vi en el taller de jabones. Desde aquella noche que me salvasteis la vida. Lo del prostíbulo de Niort siempre fue una leyenda negra que ha lastrado a la familia, y se decía que tuvo un bastardo de la novicia más joven, que este escapó y que se asalvajó en los bosques. Comprendí que erais vos. Y decidí cuidaros. Somos sangre, somos hijos del mismo padre, pero vuestra vida hasta entonces fue mísera pese a que nacisteis con talentos, como muchos en nuestra familia. Y a vos se os negó desde la cuna el derecho a desarrollarlos.

—Pero entonces, ¿no os avergüenzo? —se atrevió a preguntar Rio.

—Pensé que os avergonzaría yo, o lo que hacía nuestro padre, al menos. ¿Por qué deberíais vos avergonzarme?

—No soy fruto del amor, precisamente, sino de un acto deplorable.

—¿Y quién es fruto del amor? —preguntó, pensando en sus tres hijos—. ¿Quién lo es? He pasado media vida tratando de enmendar el caos que sembró nuestro padre. Ahora está muerto, pero muchos de sus actos tuvieron consecuencias que hoy perduran. Mas aquí está su heredero, cometiendo también imperdonables faltas. No sé bien cómo expiar mis pecados. No sé si marchar, como hizo él, a Tierra Santa, peregrinar y obtener en Jerusalén el perdón...

—Eso aliviaría vuestra conciencia, hermano —dijo y sonrió, emocionado—. Disculpad, me cuesta creer que pueda llamaros «hermano» en voz alta.

Guilhem lo miró, cómplice.

—Demasiado hemos tardado, se nos está yendo la vida. No es que seamos viejos, pero ya iba siendo hora de dejar atrás los secretos, ¿no creéis?

Rio sonrió; sin el peso de esa losa a su espalda se sentía mucho más liviano.

—Os decía que una peregrinación apaciguará vuestra conciencia, pero Anacleto y los que lo respaldan continuarán tomando a su antojo novicias, y vos sí que podéis hacer algo por frenarlo. Tenéis poder, aun excomulgado. Sois el duque de Aquitania y la Santa Iglesia no quiere sino teneros de aliado. Escucharán, desde luego que lo harán. Si lo denunciáis ante Roma, todos esos desmanes cesarán.

Guilhem lo pensó por un momento, era un asunto complicado y desagradable.

—No puedo ir con leyendas a Roma —pensó en voz alta.

Rio apretó los puños, había llegado la hora de hacer algo más. Por ella, por sus cinco madres, por todas las que había salvado, por las chiquillas y chiquillos que crecieron en las mismas misérrimas condiciones que él.

—Esto que os cuento es secreto: mi madre huyó, y varias de las monjas también. Algunas han muerto ya. Pero ella, de avanzada edad, sigue viva. Con ella he enviado a las que he podido rescatar.

Había cumplido la promesa de enviarle a Maud todo lo que pudo: al principio pequeñas cantidades de dinero, después, con mucha cautela, novicias rescatadas que habían pasado por lo mismo que ella.

—¿Y creéis que si hay causa contra Anacleto testificarían? —preguntó el duque, no muy convencido.

—Con las debidas garantías, sí. Si les lleváis una misiva escrita por mí, lo harán. Me están agradecidas. Las habrá cautelosas, pero las habrá valientes y con ganas de resarcirse ante Roma, la Iglesia y el santo padre.

—¿Yo? ¿Preferís que sea yo en persona quien lleve esa carta?

Rio se encogió de hombros.

—Decíais que buscabais redención en el peregrinaje a Tierra Santa. Id a Compostela, allí también podéis expiar vuestros pecados.

—¿Por qué a Compostela?

—Porque en un convento de clausura cercano viven, aisladas del mundo y de los hombres, tanto mi anciana madre como todas las desdichadas de las que os hablo.

—La ruta del apóstol... No sería el primero de mi linaje que peregrina hasta esas tierras. No, no me disgusta la empresa. Podría reunir a varios hombres de confianza y dejar todo dispuesto para que Aquitania quede bien gobernada durante mi ausencia.

—Un último favor, hermano. Yo también he intentado, en la medida de mis posibilidades, favorecer a los más infortunados. Llevaos de escudero a uno de los jóvenes que están a mi cargo. Lo veo espabilado, pero no ha salido de aquí y le falta mucho mundo. Quiero hacer por él lo que vos hicisteis por mí.

El duque estaba acostumbrado al intercambio de favores, así se hacía la política allá donde pisara un hombre tan poderoso como él.

—Que se una hoy mismo a mis hombres, parto hacia Burdeos a preparar el viaje. Y volveremos a vernos, hermano. Cuando retorne de Compostela volveremos a abrazarnos y habremos dejado el mundo mejor de lo que lo dejó nuestro padre.

Y ambos, hermano mayor y hermano pequeño, se abrazaron junto al fuego con el corazón un poco más caliente.

Después se despidieron y Rio fue en busca de su apadrinado.

El mozalbete, despierto como pocos, pelo rubio y pecoso, podaba sin mucho éxito unos árboles frutales en el huerto. Rio se apresuró en contarle las nuevas. Cuando lo recogió en un burdel rodeado de bosques, no tenía nombre. Decidió llamarlo Walden, «hijo del valle de madera».

—Acompañarás al duque en su peregrinaje a Compostela, allí lo guiarás hasta el convento donde se esconde tu madre —terminó.

El chico dejó caer las pesadas tijeras de podar.

—Pero entonces ¿puedo visitarla?

Rio le atusó el pelo, como su madre hacía con él. «No tuve un buen padre, pero al menos, yo seré un buen padre», se repitió por enésima vez. Era su credo cada vez que rescataba a un bastardo de un prostíbulo y se ocupaba de él.

—Sí, y de paso verás a la mía y después me contarás lo que allí observes. Si les falta algo, si están protegidas de verdad...

Prometió a su madre que nunca la visitaría, por su propia seguridad, pero aquello no rompía su promesa, y darle a su protegido el regalo de su propio reencuentro que siempre esperó al menos le aliviaba ese dolor tan lacerante que nunca se le iba.

—Pero de momento, no se lo digas al duque. Él es aliado y es de fiar, por supuesto, pero debes aprender que ser el bastardo de una monja mancillada y prostituida no es el mejor reclamo para un buen trato. Y oculta a todos que sabes escribir, te tendrán por iletrado, y eso mismo te protegerá si debes enviarme un mensaje. Te daré dinero para que pagues a un jinete rápido si precisaras comunicarte conmigo, me importa mucho lo que encuentres al llegar al convento de Compostela. Habrás de disimular cuando la veas, pues ante todos los presentes no sois madre e hijo. ¿Te sientes preparado para tal empeño? Peregrinar no es tarea que deba tomarse a la ligera, muchos no retornan. Volverás cambiado, volverás siendo un hombre, volverás más sabio y más resistente a los caminos, a las tormentas y al sol inmisericorde.

Walden sonrió, dando gracias por aquel día que nunca olvidaría.

45

LA MÁS MISERABLE DE LAS PECADORAS

Luy

Abadía de San Denís, 1144

La hélice de la escalera continuaba coro arriba hasta el campanario, pero yo me detuve tras el remedo de puerta, un par de tablones de obra con espacio suficiente entre ellos para que aguzase el oído y escuchara algo de lo que allí se hablaba. A mi lado, en un ventanuco, una paloma zureó molesta porque había turbado su paz.

— ... la más miserable de las pecadoras —me pareció entender.

Por lo que pude oír, Eleanor se acusaba a sí misma con duras palabras.

—Creo que estoy maldita, padre Bernardo —continuó—. Quise dar un heredero a Francia, pero siete años después sigo sin lograrlo y creo que Dios se niega de plano a concedérnoslo. ¿Podéis mediar con el Altísimo?

Bernardo contestó en voz baja, apenas pude entender un «¿por qué os creéis maldita, hija?».

—Por algo que... algo innombrable que sucedió durante mis primeros años. Os ruego que no escarbéis en la herida.

¿Maldita, Eleanor se creía maldita? Me apoyé en la pared curva, un poco mareado. ¿Maldita...?

—¿Pensáis que esa es la causa de que no haya heredero? —creo que insistió Bernardo.

—Es lo que se está demostrando, que mi carne está maldita y no cuaja con la de mi rey. ¿Y si Dios supiera que la sangre aquitana y la capeta nunca deberán mezclarse y por eso está impidiendo la concepción?

—Pero ¿hay intentos, hija? Se dice que el rey más parece...

—Lo sé, lo sé. Que más parece un monje que un rey. Ese lamento salió de mi boca y la indiscreción de la corte lo convirtió en público. Y sé que es la habladuría favorita de las posadas. Pero guarda una gran verdad, el rey ni me mira ni se me acerca. Me encuentra culpable de Vitry la Quemada. Desde entonces no me ha tocado.

La paloma comenzó a revolotear a mi alrededor, supuse que vio en mí un invasor e intentaba echarlo. Hice un par de aspavientos para que se fuera, no oía nada con tanto aleteo.

—Sí que tiene voluntad firme el joven rey, con lo hermosa que sois —suspiró la voz dulce del padre Bernardo—. En cuanto a Vitry, Dios ya lo ha perdonado y así se lo hizo ver al sumo pontífice, que anuló el interdicto que pesaba sobre el reino, y sé que os aflige la excomunión de vuestra hermana y vuestro cuñado. Hablaré con el papa, creo que podrá arreglarse de manera conveniente.

—No me atrevía a pediros tanto.

—Y yo a cambio os pido que mantengáis al Rey Joven al margen de más iniciativas marciales. «Buscad la paz del reino, y Dios en su misericordia os concederá lo que pedís, yo os lo prometo.»[1]

—¿Qué pedís exactamente a cambio, padre?

—Un año de paz. Ni una acción armada. Nada de alentar la guerra contra Champaña o Tolosa.

Hubo un silencio, frases a media voz que no entendí.

1. Cita textual de Bernardo de Claraval.

Me apoyé, más ansioso de lo que un rey debería, contra la tabla que me separaba del pequeño coro en obras.

—El abad Suger, mi suegra Adelaida de Saboya, el senescal Vermandois y la reina que ahora os habla velaremos por ello en el Consejo real —pude escuchar—. Y mi rey no desea otra cosa que olvidar los actos de guerra que vivió. Pero no sé cómo vais a obrar el milagro de una concepción teniendo en cuenta el rechazo que me profesa mi esposo.

«Rechazo...», incluso a mí me dolió esa palabra.

—Yo hablaré con el joven rey. Francia ha de tener un heredero. Es Dios quien os lo ordena, no yo.

Se pronunciaron más murmullos que no logré dilucidar, tuve que pegar mi oreja a la madera para oír mejor.

—... y como hembra, ¿sabéis cuándo favorecer el feliz acontecimiento? —creo que preguntó él.

—Una hace lo que puede, padre, pero si el varón huye...

—No me refería a la seducción, cada dama tiene sus tácticas. Pregunto si sabéis de los días propicios.

Eleanor calló; no sé si estaba expectante por escuchar las explicaciones, yo sí que lo estaba.

—Habéis de rezar un Ave María Purísima el día de vuestra sangre de luna. Comenzad a contar desde ese evento y el día trece os ayuntáis, y el siguiente, y el siguiente. No desesperéis si la sangre de luna vuelve el siguiente mes e intentadlo de nuevo. Ya sabéis. Contad trece días, rezad a la Virgen María y os ayuntáis unos cuantos días. El Espíritu Santo insuflará vida en vuestro vientre para traer un nuevo Capeto a Francia.

Y entonces la paloma se me posó en el hombro.

Sin miedo, la aparté de mí, pero me di cuenta:

«Sigues siendo el rey ciego —me dije—, ¿no es esta una señal?»

Una reina casi virgen, un padre, un hijo y el Espíritu Santo en forma de paloma. Todos reunidos en el mismo momento y en el mismo lugar. Todos de acuerdo en que Francia necesitaba un nuevo rey. Un heredero fuerte educado por Eleanor que creciera pronto y se hiciera cargo del reino. Y yo podría por fin retirarme a esos mismos añorados muros para encontrar el sosiego y la penumbra que mis sentidos requerían.

—Decidle a Dios entonces que esto es un pacto en condiciones, que cielo y reino tienen una labor por delante y que yo he de cumplirla —dijo la voz firme de Eleanor, ajena a la revelación que se gestaba ya al otro lado de la puerta del coro.

—Otro detalle más, mi joven reina. —La voz de oro carraspeó.

—Hablad, padre.

—El milagro es también favor: tanto el rey de Francia como vos quedaréis en deuda con nos cuando cumpla. Si Dios a través de este servidor os reclamase...

—Lo que sea, lo sé. Lo que sea. —Eleanor había aprendido a que nadie le daba nada sin pedirle algo a cambio. Su vida era puro mercadeo desde que quedó huérfana—. Ese es el trato entonces, quedamos en deuda. Pero sigo sin ver claro que mi esposo se me acerque siquiera.

—Confiad en mí, los milagros complicados son mi signo.

Y unos pasos se acercaron desde el otro lado de la puerta en obras, subí unos cuantos peldaños hacia el campanario, la paloma —ya aliada— me indicó el camino y esperé a que Bernardo bajara por la escalera de hélice.

46

FELIPE

Luy

Abadía de San Denís, 1144

Tuve que apresurarme en interceptar a la reina cuando se disponía a salir del coro.

—Espera...

Eleanor abrió los ojos, casi asustada.

—No hace falta que venga Bernardo a convencerme —dije, nervioso, sin ton ni son y de corrido—. Estamos condenados, Vermandois, tú, Aelith y yo, por lo que hicimos en Vitry. Pero así es la naturaleza de la guerra y debo seguir en el trono o caerán más almas debido a la anarquía de una Francia sin rey, no quiero el nefasto ejemplo de Inglaterra. Y sí, debemos ser bendecidos con un heredero, o siglo y medio de empeño desde Hugo Capeto habrá sido en vano. Se lo debo a mi sangre. ¿Cuándo dice Bernardo que deberíamos ayuntarnos?

—Ochenta y nueve —se limitó a contestarme Eleanor con mirada incrédula.

—¿Disculpa?

—Ochenta y nueve palabras. Me has dirigido ochenta y nueve palabras seguidas. Desde Vitry, lo máximo había sido veinticuatro.

La sangre me quemó en las mejillas.

—Qué mal esposo, qué mal rey, qué mal hombre he sido

para ti —dije, y a la vez le pedí silencio poniéndole el dedo sobre los labios y me metí con ella en el coro, después de atrancar la portezuela con un reclinatorio todavía sin terminar.

Eleanor me miraba con cautela, como a un aparecido, sin creerse demasiado el improbable cenáculo.

—Supongo que has escuchado nuestro pequeño cónclave... —dijo.

—Supones bien.

—Contestando a tu íntima pregunta. Hoy, la verdad, echando cuentas con su extraño consejo, hace casi una quincena desde mi última sangre de luna.

—Ven conmigo —le pedí.

—¿Aquí, en el coro? —preguntó con ojos escépticos.

—Nuestro crimen sucedió bajo techo sagrado. Quiero traer nuevas almas a este mundo también bajo techo sagrado.

«Como si Dios llevara las cuentas de las almas que le enviamos y de las que nos envía», pensé en agregar.

—¿Y los feligreses que están rezando ahora mismo a nuestros pies?

—Nadie alcanza a vernos a esta altura.

—Basta de remilgos entonces —se dijo a sí misma. Y luego añadió, resuelta—: Siéntate al menos en el banco del organista. El suelo está lleno de serrín y clavos.

Obedecí con una sonrisa.

La primera en centurias.

—Llevas un vestido muy pesado con tanta gema y tanto brocado, no sé si seré capaz de quitártelo —le indiqué.

—No será necesario, pero yo sí que te voy a quitar los cilicios. No quiero que se abran tus heridas y no soporto verte sangrar.

Así pues, rey desnudo y reina vestida, no había ajedrez que representase nuestra jugada.

Me despojé del sayal, quedé por sabia precaución calzado únicamente con las sandalias de cuero.

Eleanor fue quitando con paciencia los cilicios de mis muslos y los que herían mis brazos.

Después, en el silencio que demandaba aquella empresa tan expuesta, se alzó la pesada falda y se sentó sobre mí, que ya estaba más que preparado tras tanto tiempo de renuncia.

Me cabalgó con cuidado, como si tuviera miedo de hacerme daño, como si me viera frágil, y tal vez lo estaba, pues los mareos volvían y tuve que disimularlos frente a ella.

Pero se sintió bien, por un momento, por un solo momento, los ojos fijos que me buscaban mientras me montaba y yo sujetaba sus muñecas para que no cayera a un suelo desastrado que no la merecía.

Llegaron los gemidos y le tapé la boca y ella tapó la mía, casi riéndonos y muy sudorosos.

Cómplices, como esos compañeros de armas que se reencuentran pasado mucho tiempo y reconocen sus manías y sus rutinas y zanjan diferencias con un cubilete de hipocrás.

Y entonces tuve una segunda iluminación: del mismo modo que había adquirido el toque de reyes y mis manos lo supieron y curaron, también reconocí en aquel instante que Eleanor acababa de quedar encinta, que el heredero de Francia acababa de ser gestado.

—Se llamará Felipe —dije, solemne—. Como el que estaba llamado a suceder a padre y quedó con el cuello roto por el camino. Como mi abuelo, Felipe I. El próximo rey de Francia se llamará Felipe.

47

MARÍA

Luy

París, 1145

Era morena, como Eleanor. Una pequeña réplica. Las damas de la reina contuvieron la respiración cuando la depositaron entre mis brazos, como si yo fuera a dejarla caer.

—Dejadnos solos —pedí a las sirvientas. ¿Habían notado el tembleque de mis rodillas?

Eleanor sonreía, exhausta, con el pelo mojado pegado a su frente.

—He cumplido, Luy. Aquí tienes a la que será reina de Francia —dijo satisfecha, y apoyó la cabeza sobre el mullido almohadón—. Ahora solo hay que buscarle el nombre adecuado, uno que denote grandeza.

—El padre Bernardo ha venido, también Suger —le informé.

El parto había sido escandalosamente largo y, después de los tres días desde que los dolores comenzaron, el palacio de la Cité se había llenado de huéspedes interesados en posicionarse ante la nueva situación. Barones y nobles esperaban con sus presentes en la sala de las audiencias.

—Bernardo sugiere que, dado que hemos rezado a la Virgen María todos los días para que se produjera el milagro, es de bien nacidos agradecérselo con un homenaje permanente a la madre de Cristo.

Eleanor lo valoró un momento. Tal vez ella había pensado otros nombres, pero yo jamás me planteé otro que Felipe, y sabía que el equivalente femenino, Felipa, como su abuela Felipa de Tolosa, traería malos presagios en la vida de nuestra hija.

—¿María, entonces? —accedió.

—María de Francia, pues —dije con una sonrisa, y besé la frente diminuta de mi hija, roja y arrugada.

Olía a lavanda y a grosellas. Era aquitana, desde luego. Bien sabía yo que iba a volverme loco de amor como su madre.

Suspiré y me senté en el lecho de la reina, ahora venía lo difícil.

—Eleanor, hemos de hablar.

—¿Ha de ser hoy?, me he pasado las dos últimas jornadas pariendo.

—Tres en realidad —la corregí.

—¿Tres han sido? Pues tres días pariendo. ¿Ha de tratarse ahora, Luy? Quisiera ser una parturienta más y que me dejen descansar. Dormir con mi hija a mi lado esta noche, quiero disfrutar de este milagro, nos lo hemos ganado.

—Ojalá fuésemos unos progenitores más, ojalá María no tuviera más expectativas hoy que ser amada y cuidada por sus padres primerizos. Pero no eres una parturienta más, y cuando salga de tus aposentos seguiré siendo el rey de Francia. Mi deber ahí fuera es acallar las inquietudes de los consejeros. El nacimiento de nuestros hijos no es un asunto doméstico, qué más habría yo deseado, la verdad. Pero es asunto de Estado.

En ese instante las campanas de París, todas, comenzaron a tocar los repiques de fiesta.

Sonaban alegres, una hermosa melodía que se iba uniendo a distintos tonos, más cerca, más lejos, campanas mayores y otras menores que tañían dando la bienvenida a nuestra hija. Ya era público.

—Lo dicho —le confirmé. Pero el ruido se tornó ensordecedor. La pequeña María pareció despertar de su letargo y comenzó a llorar, asustada por el ruido.

—¡Corre los cortinajes! —me rogó Eleanor, un poco superada.

Le entregué a la niña con cuidado y me apresuré a mitigar el ruido, que a mí también me molestaba.

Volví al lecho y ayudé a calmar a nuestra hija. Le coloqué mis manos, que por primera vez me parecieron enormes, sobre sus diminutas orejas. Estaban calientes y eran muy blandas. María se tranquilizó y dejó de llorar, aunque se mantuvo alerta. Como su madre.

—¿De qué hemos de hablar, Luy?

—Conoces la ley de los Capetos. En Francia no se permite que una mujer acceda al trono.

—Las leyes se cambian con los nuevos tiempos y con las nuevas circunstancias. Yo también estaba convencida de que María iba a ser Felipe, estoy tan sorprendida como tú. Pero eres el rey de Francia y tú promulgas las leyes. Anula esa ridícula ley. Nunca antes de mí hubo una duquesa en Aquitania, no la habría aún hoy si no hubiera muerto Aigret, y desde luego que los barones se quejaron a padre, pero él se mantuvo firme y defendió su postura.

—Ni los barones ni los prelados franceses transigirán. Y bastante me ha costado estar a bien con el santo padre.

—Entonces ¿quién gobierna Francia?, ¿nosotros desde París o la Santa Madre Iglesia desde Roma? —me preguntó mientras se incorporaba.

—No se trata solo de la Iglesia. Mira el penoso ejemplo de Inglaterra: Francia no puede permitirse una Anarquía como la que asola esa isla desde la muerte del rey Henri hace ya diez años. Y todo por el empeño de su hija Matilde de hacer valer sus derechos sucesorios ante su primo Esteban.

—No, Francia no puede permitirse lo que ha ocurrido a Inglaterra —convino ella—, y todo por la negativa de una parte de los barones ingleses a admitir que una mujer los gobierne.

—Exacto. ¿Crees que los barones de Francia van a estar más abiertos a la idea? Piénsalo, piénsalo bien y contéstame con sinceridad. Eres buena estadista.

No necesitó pensarlo mucho, agachó la cabeza, entre resignada y rabiosa.

—No, desde luego que los barones franceses no aceptarán de buen grado a una mujer con poder. Yo llevo siete años perdiendo esa lucha —admitió.

—Si impongo a María como mi heredera al trono, desgarraré Francia en una guerra civil como la que ha destrozado Inglaterra. No quiero más guerras, no quiero que ese sea mi legado.

—Entonces qué, ¿empezar de nuevo? ¿Más rezos a la Virgen, más estar pendiente de los días, de la sangre de luna, de buscar más embarazos hasta que nazca Felipe?

Tomé a nuestra hija. Ella también estaba cansada y emitió un pequeño bostezo. Era su primer día, se podía entender. La deposité con cuidado en la ostentosa cuna. No tardó en cerrar los ojos y quedarse dormida.

—Eleanor, he de decirte algo y va a doler.

—¿Más? ¿Más que el hecho de que me digas que no vas a luchar por los derechos sucesorios de nuestra primogénita?

—Sí. Mucho, mucho más, me temo.

—¿Debo prepararme para algo peor?

La miré con una pena infinita.

«Ha de hacerse», me repetí a mí mismo las palabras que tantas veces había escuchado de su boca.

—Eleanor, cuando le dijiste al padre Bernardo que creías que estabas maldita... No era cierto. Soy yo quien está maldito. Es a mí a quien maldijo Dios por lo que sucedió cuando eras una niña. Creo que soy yo quien no puede tener un hijo varón. Me temo que será inútil todo esfuerzo por engendrarlo. Has demostrado que al menos puedes dar vida y puedes parir un bebé sano. Pero no tendrás ningún niño si te ayuntas conmigo. Soy yo el castigado por mi pecado.

El color se le fue del rostro. Huyó de sus mejillas, se quedó pálida y me asustó.

—No comprendo.

—Tú tenías ocho años. Yo tenía doce. Ya había sido consagrado como heredero al trono de Francia después de la muerte de mi hermano Felipe.

—Continúa.

—Mi padre quería hacerse con Aquitania, siempre lo quiso. Envidiaba y odiaba a tu padre, su riqueza y la buena fama que siempre lo acompañó. Fama de buen gobernante, de su facilidad para hacer dinero, y de que Aquitania fuera tan próspera como pobre era Francia.

—Nada que no supiera. Avanza —me ordenó, con la mandíbula tensa.

—Cuando su heredero varón murió...

—Aigret. Mi hermano se llamaba Aigret.

—Cuando Aigret murió, tú quedaste a merced de todo el que consiguiera tomarte a la fuerza. Era la forma más directa de hacerse con Aquitania. Ante unos hechos consumados y públicos, tu padre tendría que consentir en entregar a su heredera sin necesidad de negociaciones y sin darle el poder de elegir a él tu marido.

Me miró como hielo. Ya no era mi esposa.

—Mi padre envió al funeral de tu madre y de Aigret a sus hermanos a tal fin, fingió estar enfermo para excusar su ausencia y no despertar los recelos de tu padre.

—De nuevo, no me estás contando nada que yo no supiera. ¿Qué es lo que me has ocultado durante siete años?

—Que yo también fui llamado para tal empresa. Vinieron a buscarme a San Denís, ocultaron a Suger sus intenciones verdaderas y me llevaron a Burdeos. Era yo el destinado a hacerme contigo y con Aquitania.

Hubo una mirada perpleja, después un silencio que duró demasiado.

—¿Y consentiste? —preguntó al fin.

—No, desde luego que no. Yo era un novicio de doce años, nada más ajeno al universo sin violencia en el que me había criado Suger. Uno de mis tíos me dio una buena tunda por el camino cuando me negué. Quedé malherido e inconsciente durante un par de jornadas. Aun así, cargaron conmigo y llegamos a Burdeos. Me dijo que me obligaría, que no pensaba volver sin la misión cumplida. De lo demás, ya sabes cómo sucedió. Te apartaron de tu séquito y te llevaron a un lugar retirado.

—Bajo un puente del Garona... —susurró, como ida, mirando fijamente al frente.

Miré por si había algo de interés. Solo una pared lisa de piedras. Pero la contemplaba como si viera algo en ella.

—Te tomaron entre ambos. Yo aguardaba, horrorizado, tras la arboleda.

—Unos chopos. Eran unos chopos amarillos. Solo allí podrías haber estado escondido observando sin ser visto.

—Sí, es cierto. Eran unos álamos de río. Lo había olvidado. Después llegó tu tío Raimond de Poitiers. Acabó con ambos. No sé cómo lo hizo tan rápido, no les dio tiempo a defenderse.

—Es aquitano y tus parientes solo eran unos franceses —dijo con desprecio. Con mucho desprecio, como si la explicación bastase.

—Me escondí en los bosques durante un día y una noche, lo suficiente para recobrar fuerzas y salir huyendo. Por suerte mi tío había ocultado mi presencia y no me habían anunciado a tu padre durante el entierro. Un heredero de Francia apaleado y maltrecho suponía dar muchas explicaciones. Me oculté durante el viaje en la carreta de los pertrechos. Volví a París y conté a mi padre una historia alternativa, una historia de fieros asaltantes aquitanos que nos habían desvalijado el mismo día del sepelio, que enterraron a sus hermanos mientras que a mí me dieron por muerto. Padre lo creyó, para mí era importante que ni él ni nadie supieran jamás lo que habían conseguido hacerte. Temía que te reclamase si sabía lo que pasó, temía que iniciara una guerra con Aquitania por lo que hizo tu tío Raimond. Temía que me obligara de nuevo a emboscarte y tomarte por la fuerza.

—¿Por qué no lo hizo?

—Suger lo impidió. Jamás aprobó los métodos que incluían ultrajar a las mujeres y yo le confesé todo cuando volví de Burdeos apaleado y con varios huesos rotos. Suger aprovechó la tristeza y el duelo que pesaron sobre el ánimo del rey por la muerte de sus hermanos para alejar ese sucio empeño de la cabeza. Después me confinó en San Denís y me apartó de su presencia. Yo me juré no salir nunca de allí. Me juré que no sería rey, si eso suponía hacer lo que había visto hacer. Me juré ser célibe y no hacer a ninguna mujer lo que te hicieron a ti. Pero Dios me maldijo ese día. Por el pecado de mi padre, por el de mis tíos, por mi complicidad, por mi silencio, por no intervenir y frenarlos. Habría muerto también en manos de tu tío..., y cómo he deseado tantas veces esa muerte rápida que les dio.

Callé.

«Ya está, ya está», pensé, esperando un alivio de siglos. Tomé aliento. La primera respiración completa después de tantos años.

Miré a Eleanor de reojo. Ella continuaba contemplando la pared.

—¿Me reconociste? —preguntó con esa nueva voz sin inflexión—. ¿Al salir del confesionario flotante, cuando nos conocimos? Quiero saberlo.

—Siempre llevaste las trenzas más largas de lo normal —admití—, y aunque de aquello habían pasado ya cinco años, ¿cómo olvidarlo? ¿Olvidaste tú sus rostros? ¿Fuiste capaz?

Se giró y me clavó los ojos. Habría preferido cualquier daga, habría dolido menos.

—¿Que si fui capaz, dices? —bramó—. ¿Que si fui capaz? ¿Lo viste todo, todo lo que me hicieron tus tíos?

Callé.

—¿Todo? —insistió.

Y por primera vez la vi llorar, de puro dolor, de pura vergüenza también, pues se cubría el rostro y lo ocultaba de mí, como si ya no tuviera derecho a ser testigo de nada.

Y no lo era.

Hubo un alivio egoísta, tras tantos años con la conciencia negra, un «que Dios me juzgue y que ella también lo haga. Que decidan, que me castiguen, pero basta ya, basta ya de llevar esta carga».

La pequeña María despertó sobresaltada ante tanto grito. Se contagió del llanto y sus sollozos se sumaron a los de su madre.

Por instinto me acerqué a la cuna para calmarla, pero se retorcía, como si ella también me rechazase.

Eleanor la tomó como pudo y se levantó a duras penas, con el camisón todavía empapado de sangre y fluidos, sujetando a nuestra hija con un brazo y con la otra mano sujetándose un vientre ahora más vacío, pero todavía hinchado. Caminó hacia mí con esfuerzo, doblada por el dolor del parto.

—Yo te maldigo, Luy Capeto. Yo te maldigo. No tendrás tu heredero varón, no engendrarás un maldito Capeto, ni de mí ni de ningún otro vientre. Dios vio lo que callaste y no te perdona. Ahora sé que te castiga a ti y a todos los Capetos por lo que me hicisteis, tomar a la fuerza Aquitania. ¡*Malhaya* Luy Capeto!

«*Malhaya*», la horrible maldición de los aquitanos. Nadie se atrevía a pronunciar esa palabra en voz alta: el día se transformaría en noche cerrada y los que mirasen a la luna se quedarían convertidos en roca. Aterrado, corrí con los ojos cerrados a trabar las contraventanas. Era lo que decía Suger que había que hacer en tal caso.

—¡No, no es cierto! No estoy maldito —grité fuera de mí—. ¡Dios me dio el toque de reyes, si estuviera maldito no habría permitido que yo sanase a tantos enfermos!

—Dios juega contigo como jugó conmigo cuando me embarazó. Nos da una pequeña esperanza para que continuemos, ilusionados, creyendo que nos concederá lo que le demandamos en las oraciones, pero nunca nos lo concede. ¿Ves un heredero entre mis brazos? No. Y eso que cumplimos con las demandas de su heraldo, Bernardo. ¿Qué dice ahora el hombre santo? ¿Cómo explica lo que ha sucedido?

Callé, pura impotencia. ¿Qué contestar?

—¡Nosotros sí que cumplimos con lo que nos pidió! —gritó con furia—. ¡Cumplimos!

—Dice..., dice que está decepcionado, que en algo hemos fallado a Nuestro Señor para que el milagro haya quedado a medias. Pero dice que al menos Francia sabe que la culpa es de Aquitania, y no del rey.

Nunca antes la vi tan fuera de sí, temblando de rabia.

—¡Fuera, maldito seas! ¡Fuera!

Eleanor volvió al lecho, dejó a María en la cuna, tomó un cuenco de castañas asadas que descansaba junto al madero de la chimenea y me lo lanzó.

Soltó un aullido de dolor al estirarse y se dobló, sujetándose las partes nobles, que habían comenzado a sangrar de nuevo.

—¡Fuera!

Abrí la puerta con intención de irme, allí ya no quedaba nada para mí, salvo una guerra encarnizada, y tocaba retirada.

Pero en el pasillo encontré a Suger y a uno de los barones que habían acudido a París aquellos días.

—¿Qué hacéis aquí, abad? —pregunté.

Suger intentó disimular que había sido cogido en una falta. La de siempre, la de escuchar tras puertas y cortinas.

—El duque de Normandía y conde de Anjou ha insistido en presentar sus respetos a la pareja real por el nacimiento de su primogénita. Trae un regalo que supera a todos los presentes, además de una sustanciosa donación a San Denís, y ha insistido en veros a ambos en privado antes de que habléis con el resto de los barones de Francia.

—Larga vida a la primogénita de Luy el Joven —pronunció solemne el duque.

Godofredo el Bello tenía poco más de cuarenta años, aún era joven. No muy alto, pero robusto, con el pelo rubio algo rojizo y el rostro cubierto de pecas. Las pestañas blancas, las cejas también. Pero las damas tenían razón, debió de ser un hermoso narciso en su juventud, y se desenvolvía con la seguridad de quien era más rico que yo. Además, estaba casado con Matilde de Inglaterra, una de las causantes de la Anarquía inglesa.

... Y pese a todo, pudo el hombre, no el rey, y no pensé como gobernante, sino como un marido que quería poner distancia tras una discusión conyugal.

—Larga vida, duque. Lo que estéis a punto de proponer puede esperar. Ahora no es el momento. La reina y yo estamos cansados tras el larguísimo parto y ambos hemos de tomarnos una pausa.

Godofredo se cuadró, no le hacía falta mi estatura para imponer su abrumadora seguridad.

—No dormiré esta noche en París, mis feudos reclaman mi presencia constante, seguro que lo sabéis ahora que sois duque consorte de Aquitania. En resumen, escuchad mi propuesta ahora. Nos será de provecho a todos.

—Insisto, duque, vuestro rey no va a atenderos ahora.

—¡Que pase! —se oyó entonces la voz de Eleanor a través de la puerta entreabierta.

—Mi reina, no creo conveniente que recibáis al duque de Normandía en vuestra cámara en el estado de debilitamiento en el que os encontráis... —intervino Suger, alarmado, cuando Eleanor se acercó al quicio de la puerta con María en sus brazos.

—¿Esta es la niña? —interrumpió el duque, como si Suger y yo fuéramos invisibles. La miró a los ojos, ella le sostuvo la mirada y por un instante advertí una complicidad entre ambos que me molestó—. ¡Oh, sois buena hembra y buena paridora! Será más que bella como vos, y habéis unido dos linajes antiguos y poderosos.

—Pasad entonces, si tenéis una propuesta que hacer. El rey y su consejero ya se iban. Yo os recibiré.

El duque no aguardó a mi beneplácito y entró en la cámara como si lo hubiera hecho antes cien veces cien.

Suger y yo nos miramos en silencio, preocupados, mientras la puerta de la reina se cerraba frente a nosotros.

48

SILENCIO Y ESTRUENDO

Eleanor

Vézelay, 1146

La devolución del favor llegó... y tanto nos costó. Dos años de nuestras vidas y una cabeza amada. Tal fue el precio que pagamos a Bernardo de Claraval.

Vézelay, a unas millas de París.

—¿Para qué son los nubladores que nos ha pedido Bernardo de Claraval? —preguntó Aelith mientras subíamos por la escalera de madera del estrado que se había construido a las afuera de la villa.

—Ahora lo veremos —respondí después de auscultar el cielo.

Un sol escueto —apenas jalonado aquí y allá por un par de nubes— llevaba semanas escatimando una lluvia benefactora que tanto demandaban los campesinos en sus plegarias.

—¿Y la presencia de todos los caballeros gascones y del Poitou? La mayoría están inquietos y molestos, Eleanor. Godofredo de Rancon, Mauleón, Lusignan... están aquí porque te respetan como duquesa, y no por el rey de Francia. Pero no abuses de tu poder, son altaneros y si están aquí, quieren saber por qué se les ha requerido. No les gusta sentir que son títeres sumisos que obedecen sin conocer el motivo.

—Bien lo sé. Silencio, el rey se acerca.

Luy, con sus zancadas, avanzaba junto al padre Bernardo más rápido que nosotras durante su ascensión al estrado principal.

Nos adelantaron mientras agachábamos la cabeza.

—Mi rey... —susurró Aelith a su cuñado.

Yo no dije nada. Seguía sin poder hablar con Luy. Me había quedado muda, de nuevo, después del día en que nació María. No había conseguido pronunciar una sola palabra frente a él desde entonces. Para mi inmenso alivio, mi mutismo se limitó a su presencia. Las palabras salían con naturalidad de mi boca frente a todos los demás. Solo con él, al verlo y recordar lo que..., lo del puente..., solo al verlo, digo, mi garganta se negaba a emitir sonido alguno. Al principio fue horror. Horror por mi parte, y horror por la suya.

Después nos evitamos. Aprendimos a hacerlo con discreción para no desestabilizar el trono.

Yo también había dejado de ser unas piernas que se abrían con cada luna, pues verlo me hacía revivir imágenes de telas azules de flores de lis sobre mí y volvía a vomitar por las mañanas y a necesitar beber infusiones de lavanda por las noches. El vello se me erizaba en la nuca si veía a varios Capetos varones juntos, daba un respingo si Roberto de Dreux y sus hermanos aparecían en el patio de armas.

Luego, con el paso de las semanas, el rencor hacia Luy y su cobarde silencio de años había dado paso a una cierta resignación. Lo peor que podía ocurrirme en vida ya me había sucedido. Decía el filósofo que nunca nos bañamos dos veces en el mismo río, pues sus aguas nunca son las mismas.

Con el tiempo acontecía lo mismo.

El pasado nunca volvía a acontecer, nunca de igual manera. Y si los hechos se repetían, nunca le ocurrían a la misma persona, sino a otra más vieja en otras circunstancias. Mas lo que acaeció bajo el puente, con Luy como testigo, no volvería a pasar salvo si yo lo representaba en mis pesadillas cada noche. Tomé la determinación de no dejarlo entrar nunca más en mi cabeza.

Damnatio memoriae.

Distraerme, diluir el veneno amargo con una cucharada dulce. Añoraba Aquitania, pero María y los cuidados que demandaba me mantenían ocupada en asuntos vacuos e inmediatos, nada de planes políticos. Y adoraba que mi hija fuera una diminuta morena aquitana de fieros ojos azules y rasgados. Mi sangre no se había mezclado con la sangre capeta, parí una pequeña réplica de mí, de Rai, de padre, y entendí el rechazo visceral de mi madre a todo contacto y caricia hacia mí cuando en su día tuvo que asumir que en su vientre había gestado a una poitevina que nada tenía de ella ni de su linaje. Comprendí, mas no la perdoné.

Descansé de acudir al Consejo, nunca tuve a Aquitania tan abandonada como entonces, pero las arcas reales no lo acusaron y nadie en la corte de Francia se alarmó lo más mínimo. Mi tío Hugo desde Burdeos asumió la regencia implícita; mis ducados y mis condados eran un inmenso mecanismo que funcionaba solo, como una eficaz clepsidra.

—Lía, tengo que hablarte del último sermón del obispo —dijo Aelith.

—¿De qué sermón? ¿De qué obispo?

—De Hugo de Loncon. Parece que muchos de los prelados franceses te han comenzado a odiar. El obispo habló durante su homilía de la reina infiel. De que el duque de Normandía te sedujo en tu propia cámara. Nadie te perdona que lo dejaras pasar a solas. ¿En qué estabas pensando, tú, que siempre has sido tan prudente? Te he visto espantar con astucia a cientos de pretendientes. Nunca has permitido que se acercasen para dar pábulo a habladurías. Estabas recién parida, pero ¿qué pasaba por tu cabeza cuando lo dejaste entrar?

«Qué pasaba por mi cabeza aquel día —me repetí en silencio, casi sonreí—. Pasaba un río, pasaba sangre, pasaban muñecas sujetas a la fuerza», pero callé.

—Luy está molesto. Muy molesto. Y diría que incluso celoso —continuó mi hermana.

—¿Celoso? —susurré con amargura.

Él ya me había visto con otros hombres. Con hombres de su sangre. ¿Celoso? Nada podría superar esa visión.

Luy no tendría nunca derecho a estar celoso después de lo que me hicieron los Capetos y de lo que permitió que me hicieran. ¿No era él el hijo del rey, al fin y al cabo? ¿No habría bastado su palabra, si se hubiera impuesto, para frenar mi ultraje? Pero no lo hizo. El rey indolente nunca hacía nada. Solo rezar. Nada más que rezar.

—¿Tendría motivos? —insistió Aelith—. El duque de Normandía es un bello pecado.

—No, desde luego que no.

No tenía razones por mi parte, aunque la cruda verdad era que el duque de Normandía, que en verdad era todo lo hermoso que pregonaba su sobrenombre, había ido mucho más lejos de la adulación durante nuestra entrevista a puerta cerrada, y mientras me ofrecía en compromiso a su hijo primogénito Henri, de doce años, como esposo de María, sus maneras de galán habían dado paso a una indisimulada seducción. ¿Cuál era su doble propósito, que fuéramos consuegros y amantes? ¿O algo más pensado y a largo plazo, como repudiar a su esposa, la emperatriz Matilde, después de décadas de pretensión al trono inglés para unir Anjou, Normandía, Aquitania y Poitou?

Pero eso quedó para mí. Lo despaché como buenamente pude, disimulando mi sorpresa, tras prometer que valoraría su ofrecimiento.

Luy montó en cólera cuando le hablé de su propuesta de compromiso. Bernardo se negó en redondo y presionó. Mucho más de lo esperado. Acudió a todos nuestros Consejos reales hasta que se aseguró de que el ofrecimiento de matrimonio era rechazado. Adujo consanguinidad entre nuestras familias. Y era cierto. Tercer grado, prohibido por las severas leyes canónicas.

¿Qué había detrás de tal oposición?

Bernardo era más francés que la mantequilla; el duque de Normandía estaba casado con la aspirante al trono inglés, aunque ya era poco probable que lo consiguiera: mas Bernardo, como buen francés, no quería saber nada de los ingleses.

—Pues no se habla de otra cosa en la corte, Lía. Has de saberlo. La reina infiel, como Ginebra con un caballero del rey Arturo.

—No soy Ginebra, y desde luego el duque no es sir Lancelot —repuse, algo cansada ya del tema—. Ni un Capeto es el rey Arturo, por muy cornudo que sea el rey.

—¿Te ofenden las habladurías?

—Pues claro que me ofenden. Había parido hacía apenas unas horas. ¿En qué alma retorcida cabe la posibilidad de que me ayuntara con un vasallo de mi esposo recién parida y con mi hija en la cuna? Jamás esperé que todo un reino fuera tan mezquino con su reina.

Llevaba tiempo soportando la educada frialdad de la corte, pero hacía mucho que me había convertido en un castillo resignado a un eterno asedio.

—Eres la reina sureña que no le da herederos varones al rey después de ocho años. Te odian. Y no irá a menos.

—¡Shhh...! Ya comienza el sermón del padre Bernardo. Averigüemos qué nos tiene preparado y para qué ha requerido tanta presencia de Aquitania.

Desde nuestra improvisada atalaya observamos la campiña a nuestros pies, donde se apretaba la muchedumbre.

Las laderas, convertidas en anfiteatros de hierba, estaban salpicadas de estandartes y pendones venidos de todos los límites del planisferio. A nuestra vera, el nuevo capellán de Luy, Odón de Debil, se apoyó en los travesaños de la tribuna de madera, tal vez mareado por la altura de varios metros que nos separaban del pópulo. Unos enigmáticos baúles cerrados habían sido transportados con secreto y sigilo.

Y tuve un momento de pánico cuando me pareció ver entre los prelados a Thierry de Galerán, un fantasma que creía del pasado. Alargué el cuello en varias ocasiones, pero fui incapaz de asegurar si realmente había visto al inmenso templario castrado.

Bernardo, siempre de blanco cegador, por una vez se había colocado un ligero sayal rojo que le llegaba a los pies y aguardaba sereno varios pasos detrás de la comitiva real, en un lugar en el que la muchedumbre no podía verlo desde abajo.

Algunas voces impacientes encendieron la flama:

—¡Que hable la boca de Dios! —gritó un anónimo.

—¡Eso, la boca de Dios! *Vox Dei!* —apoyaron varios.

—*Vox Dei! Vox Dei!* —repitieron todos.

El padre Bernardo los dejó reclamar su presencia durante un buen rato, advertí que hacía un gesto discreto a los nubladores que habían venido desde Limoges. Eran expertos en convocar nubes, a veces lluvias, y por eso eran solicitados en procesiones a santa Bárbara y siempre que se requerían milagros atmosféricos.

Bernardo por fin dio un paso al frente y se situó al borde del estrado, con los brazos abiertos, como para anticipar un gran abrazo.

—¡Os voy a contar una historia de infamia! Edesa, uno de nuestros enclaves latinos en Tierra Santa, ha caído.

49

EL ROJO MANÁ

Eleanor

Vézelay, 1146

Casi todos lo sabían ya, no se hablaba de otra cosa en puertos y lavanderías desde hacía meses.

—Y ha sido el infame Zenghi, el gobernador de Alepo y Mosul, el autor de tamaña masacre.

Acto seguido, con gesto enérgico, Bernardo de Claraval tiró de las telas blancas que cubrían un gran tablón a su espalda.

La multitud guardó silencio, espantada. Un inmenso y colorido dibujo representaba a un sarraceno de rostro monstruoso y pequeños colmillos montado sobre un caballo negro que pisaba el Santo Sepulcro. Y no solo lo pisoteaba con una pata alzada, el caballo también defecaba sobre la tumba de Cristo. Era la primera vez que todos los presentes veíamos representada tal ofensa.

—Os voy a contar una historia de infamia —repitió—. El miserable Zenghi, ese infiel que ahora amenaza a toda la cristiandad, es hijo de Ida de Austria.

La muchedumbre enmudeció, atenta a la historia que estaba por venir.

—¡Ida de Austria! Una mujer cristiana, devota, que tomó la cruz durante la cruzada y una vez allí fue secuestrada, hecha prisionera y obligada en un harén, ¡en un harén!, a dar a luz a un turco.

Las mujeres se persignaron, los hombres escupieron sobre la hierba.

—¡Y ese hijo del escarnio de una madre, de una María obligada, ese hijo es ahora el peor enemigo de Cristo y de los Santos Lugares! —exclamó Bernardo, por una vez rojo y fuera de sí. Cerró el puño alrededor de uno de los transversales del púlpito, con fuerza suficiente como para astillarlo.

Después, para sorpresa de todos, me tomó de la muñeca y me adelantó junto a él.

—He aquí a la nieta de uno de los más valientes cruzados, el noveno duque de Aquitania, Guilhem el Trovador. Ida de Austria tomó la cruz junto a él, ellos fueron los primeros *crucesignati*. Y estos héroes cristianos partieron juntos para recuperar los Santos Lugares. Una mujer indómita que no merecía los agravios y tormentos que soportó. Por eso pido a los barones aquitanos y del Poitou que reparen la ofensa de esta herejía y que su nieta Eleanor de Aquitania los comande, junto al rey de Francia, Luy VII el Joven, el nuevo Carlomagno que habrá de conducirnos a Jerusalén.

Y sin darnos tiempo a reaccionar, señaló al cielo con gesto solemne:

—Mirad, ¡una cruz! ¡Una cruz roja! La señal, la señal de Cristo.

Todos miramos hacia el cielo, los nubladores habían hecho ya su trabajo y ciertamente una nube se cruzaba con otra sobre nuestras cabezas formando algo parecido a la señal de Cristo.

Roja no era, la verdad. El débil sol de aquel día no llegaba a calentar, pero la dotaba de cierta pátina dorada que bastó a la multitud.

—¡Una cruz roja! ¡Maravilla! —apoyó Suger desde el estrado.

—¡Una cruz roja! —repitieron muchos mientras se arrodillaban.

—Estamos a una exclamación del *Deus vult* —me susurró Aelith.

«Dios lo quiere» era el grito de llamamiento de la cruzada. El abuelo lo repetía cuando se emborrachaba y creía que todos sus nobles invitados en el palacio de Poitiers eran sucios enemigos sarracenos, y se liaba a lanzar bandejas de plata como discos con la intención de segar cuellos.

Bernardo, de oído fino, aprovechó la coyuntura:

—*Deus vult!* —gritó triunfante.

Hasta los estandartes lo secundaron:

—*Deus vult! Deus vult!*

—¿Quién va a tomar la cruz hoy, entonces? ¡Habrá plena remisión de los pecados para los *crucesignati*!

Luy se envaró, la mirada preocupada con que había obsequiado a Bernardo durante toda su exhortación pasó a otra interrogante, como preñada de posibilidades.

—¿Plena remisión? —intervino mi esposo.

Como si esperase la pregunta, el padre Bernardo se giró hacia él con una amplia sonrisa.

—Así es, amado rey. Dios me ha hablado: es cierto que las almas de Vitry la Quemada aún lloran en el cielo y reclaman más reparación. Por eso envió un milagro a medias, para mostrar su poder, pero no para regalarlo. La ofensa fue grave, mi rey, y Dios pone a prueba a toda Francia y a Aquitania. Él me ha hablado y ha sido contundente: partid juntos a los Santos Lugares, barones francos y aquitanos. También marchará en peregrinación el emperador germano, Conrado III. Yo me encargo de ello, Dios ya lo da por hecho. Así, franceses, aquitanos y germanos serán el ejército de Dios.

—Pero... ¿un rey *crucesignatus*? Estaría ausente de la corte casi... dos años, acaso más. No reniego del tormento y los peligros que supone la peregrinación, es buena forma de expiar mis monstruosos pecados, pero... ¿desatender los asuntos de Francia?

—Suger llevará los asuntos de Francia —resolvió Bernardo.

—Y la reina madre —intervino Suger, solícito—. Adelaida de Saboya me asistirá con su experiencia.

—Sea. Ellos serán el padre y la madre de Francia en vuestra ausencia —zanjó el de Claraval.

Pero la multitud demandaba atención como un aguilucho hambriento de gusanos. El padre Bernardo, siempre alerta, en una sucesión escueta de gestos hizo que varios acólitos abriesen las misteriosas arcas y de ellas extrajesen varias docenas de cruces rojas de tela que fueron lanzadas al vacío.

Un rugido de masas se arrojó sobre ellas. Cientos de cabezas se agolparon sobre el maná rojo y en pocos minutos no quedó ni rastro de las cruces de tela.

—*Deus vult!* ¿No habrá opciones de redención para todos? —clamó la voz de un barón a caballo que se había quedado sin cruz.

Muchos lo secundaron.

—¡Muerte a Zenghi! —aullaban otros.

—¡Qué indolencia, qué falta de fe! —gritó Bernardo, pletórico—. Cristo multiplicó los panes y los peces durante su sermón en la montaña de Galilea. ¿No habría yo de multiplicar unas simples cruces de tela? ¡Una daga, mi rey!

Luy, si bien se sorprendió ante la orden, se sacó su puñal de Capeto y se lo tendió al padre Bernardo con cierto reparo.

Él se quitó el sayal rojo y su cuerpo de gimnasta heleno, torturado de ayunos pero alto y glorioso, se mostró sin pudores a la multitud salvo por unas calzas de blanco impoluto que tapaban sus vergüenzas.

Sus novicios se apresuraron a ayudarlo a hacer jirones el sayal y compusieron rápidamente unas rústicas cruces con unas madejas que sacaron del fondo de los baúles.

El griterío llegó al paroxismo cuando las nuevas cruces —esta vez con el morboso añadido de que habían estado en contacto con el cuerpo del padre Bernardo— fueron lanzadas sobre la multitud.

Y entonces ocurrió lo que ninguno esperábamos que sucediese.

El padre Bernardo tomó aire con la solemnidad de un resucitado, abrió los brazos en cruz como en su día habría hecho un Cristo martirizado, se dio la vuelta, nos miró al séquito real con una sonrisa llena de paz y se dejó caer desde el púlpito hacia los brazos de sus entregados fieles.

50

DON GAIFEROS

Eleanor

París, 1146

Irrumpí como un cortejo de furias en el *scriptorium* del rey.

—¡No voy a dejar a María sin madre! ¡No voy a seguir los pasos de la madre ausente que tuve!

Luy interrumpió el monótono batir de una varilla que mezclaba pigmentos azules y me miró con ojos desmesurados.

—Me has hablado... —fue capaz de decir.

Yo también me extrañé, y por un breve momento dudé de los motivos que me habían llevado hasta allí.

—Será que por fin tenemos algo vital de lo que hablar —repuse, cerrando la puerta a mi espalda—: nuestra hija. ¿De verdad me vas a obligar a acompañarte a Tierra Santa? ¿Es necesario?

—Lo son tus barones.

—Y el dinero de Aquitania —añadí.

—También, la empresa será cara. Francia te necesita, y toda la cristiandad te necesita. No puedes obviar la llamada.

—Es un precio muy alto. ¿No eres capaz de verlo?

Él me asaeteó con sus ojos dorados.

—Claro que lo veo, Eleanor. Claro que lo veo. Pero María pronto habrá de formarse en algún convento, y bien sé que Aelith y mi madre la llenarán de aprecio durante nuestra ausencia. En rara ocasión la prole de los reyes permanece en la corte con sus padres durante toda la infancia.

—Pero solo tiene un año, Luy...

—Francia necesita el apoyo de la Iglesia, no quiero más excomuniones ni interdictos, no somos tan anticlericales como los aquitanos.

—Bien lo sé, y no intento cambiar el reino. —«Ya no», pensé como si bebiera vinagre—. Pero sabes que la Iglesia da, mas siempre exige mucho a cambio.

—Eleanor... La decisión ya ha sido aprobada en el Consejo real, en tu ausencia, lo sé, pero en todo caso, todos los demás estaban de acuerdo. Espero que te presentes a los próximos, eres eficiente en los preparativos y conoces a muchas de las esposas de los barones que vendrán. Sibila de Anjou, Faydide de Tolosa, Florinda de Borgoña..., todas se han unido a la empresa, de ti se espera que te pongas al frente.

—Todavía no he dado mi palabra. No tienes aún el sí de la duquesa de Aquitania —dije antes de marcharme.

Regresé a mi cámara, furiosa. Me acerqué al brasero en busca de algo de calor. También buscando atemperar un poco mis nervios, y entonces lo vi.

Algo que llevaba esperando toda una década. Sobre la repisa de la ventana me aguardaba un pliego de vitela envuelto en un lazo con las letras del lema de mi linaje.

Por fin Rai, tras tantos años de silencio, contactaba conmigo:

Envía a un gato a Compostela,
haz que te traigan la leyenda de don Gaiferos,
habla de tu padre.

Murió el anciano Astrolabio,
lo llevé a espaldas de todos a Tierra Santa.
Te espero bajo un puente del Orontes.
SSS

51

LAS TERMAS

Eleanor

Abadía de Fontevrault, 1146

—¿Estás segura de que quieres quedarte sola con ella, Lía? —preguntó Aelith con cautela.

Vermandois nos acompañaba, su montura cabalgaba unos cuantos metros atrás por el camino hacia Fontevrault. La abadía estaba construida en un antiguo bosque de caza de los duques de Aquitania, el favorito de nuestro linaje. Décadas atrás el monje Robert de Arbrissel había fundado una congregación mixta de monjas y monjes gobernados siempre por una viuda. Una madre, una abuela, una reina absoluta sin más palacio que la impúdica magnitud de una abadía, unos huertos y unas cocinas cuyas nueve chimeneas cónicas habían maravillado a toda la cristiandad cuando fueron levantadas a imagen y semejanza de nuestra catedral en Poitiers.

La firme mano de la abuela Felipa lo permeaba todo ya a algunas millas de adentrarse.

—Esta mañana dan ganas de beberse el cielo —contesté. Fontevrault me traía siempre calma, o tal vez eran las golondrinas. Un reino enclaustrado dentro de sus muros de sillería claros y los tejados grises de pizarra.

—¿No tienes suficiente con los preparativos de la peregrinación? Yo podría haber venido a entregar la donación. De todos modos quería volver para agradecerle a la abuela el favor de los tres obispos. Aunque acabáramos todos excomulgados.

—Tengo que visitar a la abuela antes de partir, Aelith —respondí.

No había descansado mucho desde la misiva de Rai. Envié a un gato aquitano a Compostela para recopilar todo lo que pudiera traerme del romance de don Gaiferos, desde luego, pero fueron las otras palabras que escribió las que me habían sacudido por dentro.

Un cortejo de silenciosas monjas revoloteó a nuestra llegada.

—Os espera en las termas —dijo una joven novicia sin levantar la mirada del suelo.

—Yo me quedaré en el huerto —repuso Aelith, toda sensatez.

Me despedí de ella y seguí a la hermana a lo largo de pasillos de suelo de damero, blanco y negro. Las antorchas que flanqueaban los arcos otorgaban al recinto una luz demoníaca. Poco importaba.

«Las termas, pues.»

Al principio quedé ciega, el vapor de agua nos sitiaba a los presentes. La abuela estaba sumergida en una pequeña piscina natural que los romanos habían dejado intacta siglos atrás, cuando doblegaron a nuestro pueblo y nos regalaron ese nombre: «Aquitania». El país entre agua.

Sí, el agua hacía fértiles nuestros campos. El Loira y el Garona fecundaban nuestras cosechas como dioses promiscuos esparciendo su semen aquí y allá.

—¡Querida nieta!, deja que te vea —dijo la abuela Felipa a modo de saludo.

Me acerqué, aunque no demasiado. No recordaba ya su cabello tras tantos años oculto bajo el griñón. Tenía las trenzas blancas, largas como las mías. El agua le llegaba al pecho y descansaba con indolencia con los codos apoyados en el borde de mármol de la piscina de vapor. Un par de monjas volcaron un cubo de agua hirviendo y el vapor nos ocultó de nuevo a ambas.

—Desvístete y entra conmigo, ese vestido cuesta lo que un refectorio, la humedad puede dañarlo.

—Pedid a las hermanas que se vayan, por favor —ordené.

—Sea. Sospecho que no has venido solo a entregar una sustanciosa donación de quinientos sueldos a nuestra orden —aceptó. Y con el gesto leve de una mano, las silenciosas monjas se desvanecieron entre la niebla.

—Eran cuatrocientos —me quejé mientras me desnudaba.

—Escuché que quinientos.

—¿De quién escuchasteis quinientos?

—De quién, no importa, ¿o me lo dijeron los tres obispos a los que convencí con malas artes para apoyar cierto capricho?

—¿Cuánto tiempo más me vais a exprimir por aquel favor, abuela? —repliqué mientras me metía en la terma hirviendo y quedaba sentada frente a ella.

El calor destensó mi carne, los muslos cansados de la cabalgada, los hombros agarrotados de mantenerme erguida, siempre erguida. Postura de reina y condena permanente.

—Os dije que saldría caro, a mucha gente. Y me quedé corta. Pero insististeis y yo apoyé, Aelith es mi nieta. Me gusta que mis nietas se impongan. Somos pocas las que tenemos lo que hay que tener para salirnos con la nuestra en este mundo de reyes, maridos, abates y papas. Y hablando de lo que estás haciendo con tus armas..., ¿qué diantre se te ha perdido en Tierra Santa? Bastante tengo con un hijo al que no volveré a ver.

—Un hijo que es príncipe de Antioquía, ¿no buscáis también que toda vuestra estirpe se imponga, incluso los segundogénitos?

Me miró con orgullo.

—Digna nieta mía, veo que la corte francesa te ha espabilado. Bien por esos francos estreñidos.

Miré hacia otro lado, ignorando el cumplido. Ahora venía lo difícil.

—Abuela, soy curiosa por naturaleza. Pregunté en París cuando el Rey Gordo murió.

La abuela se santiguó.

—Dios lo tenga en su gloria.

—No os burléis.

—No lo hago, aunque no creo que lo tenga en su gloria, la verdad —dijo con un chasquido de fastidio.

—Había demasiados de vuestros gatos aquitanos en el palacio de la Cité. Y ninguno vio nada el día de su muerte.

—Si ninguno vio nada, es que la muerte fue natural. La disentería se ha llevado a grandes hombres. ¿Por qué ese empeño tuyo en buscar lo que no fue? Por supuesto que me llegaron informes de tus pesquisas. Y también de las de Adamar y su afán por buscar en los puestos del mercado. Y de su infortunado encuentro con el escolta real colérico y su ejecución. Y tanta muerte para nada. ¿Has encontrado algo, al fin?

Respiré hondo, cuántas cosas por callar.

—Solo silencio y vacío, abuela. Dejé las averiguaciones tras la muerte de Adamar, a ella no la llevaron a ningún lado, y por mi parte como reina estaba muy vigilada y tenía las manos atadas.

«Y nunca sabrás lo atada que estuve», callé de nuevo. Haberle hablado de Galerán y de lo que realmente nos hizo a Adamar y a mí habría tornado en guerra abierta el secular enfrentamiento entre los gatos aquitanos y los escoltas reales.

No, me retiré, y callé a sabiendas de que la abuela Felipa no lo habría entendido y habría acometido desde Fontevrault, por orgullo y por rabia. Pero yo estaba en París, vigilada por Galerán, y el orgullo y la rabia eran dos pecados que no me podía permitir si quería seguir viva.

—Entonces la del Gordo fue una muerte natural —concluyó.

—No —dije—, fue demasiado conveniente como para ser natural y demasiado similar a la que mató a padre. Me resisto a creer en casualidades.

—Piensas que el que mató a mi hijo en Compostela envenenó también al Gordo.

—Eso creí durante años. Y eso me cegó. La misma persona, los mismos motivos, la misma forma de matar. Eso me cegó y me confundió. ¿Para qué matar al duque de Aquitania? Para dejar al frente de Aquitania a una heredera soltera de trece años, eso está claro. ¿Para qué matar al rey de Francia justo después de que su hijo se casase? Para que un joven manipulable recién salido de un monasterio accediese al trono de Francia. Eso también parece evidente. ¿Quién puede desear las dos situaciones? ¿A quién le puede favorecer? Nadie encajaba con ambos objetivos. Eso me ha mantenido insomne durante tres mil noches, casi una década de conjeturas en la oscuridad de mi cámara. Hasta que lo vi, lo vi claro.

La abuela me miró, imperturbable.

—Ilumíname, Alienor —me dijo en la lengua de oc.

—El Rey Gordo murió envenenado de la misma manera que padre. Sus cuerpos quedaron devastados por el mismo tipo de tóxico. Pero no fue la misma mano. La muerte del Rey Gordo no fue la segunda parte de ningún plan. Fue una reacción a la primera muerte. Una venganza. Y que los gatos aquitanos no encontraran nada es la mayor prueba de que precisamente algunos de ellos estaban detrás. Me ha costado mucho tiempo entender que el silencio era la prueba en sí de su implicación. Incluso a vuestra propia medio hermana la dejasteis al margen y permitisteis que hiciera junto a mí sus averiguaciones, tan secreto era vuestro plan.

Ella sonrió.

—Amén, Alienor. Nuestro Señor te ha bendecido con una cabeza preclara. Qué orgullosa estoy de ti.

—Vengasteis la muerte de vuestro hijo matando al Rey Gordo con el mismo veneno, el extraído a unas poco comunes ranas amarillas. Astrolabio fue quien identificó la ponzoña, imagino.

Mi abuela asintió con una sonrisa de triunfo.

—Hasta ahora no he sabido que Astrolabio estaba en Tierra Santa. Acabo de recibir una carta de Raimond informándome de que ha muerto —proseguí—. Qué conveniente que partiera a Tierra Santa.

—Astrolabio me contó que pocos sabían crear el veneno, no pudo darme ningún nombre, y él no fue, amaba demasiado a tu padre. Así que él preparó el veneno, lo hizo llegar a un gato aquitano y partió en secreto a Tierra Santa, lejos de toda sospecha. Ojo por ojo, dice la sagrada Biblia, ¿quién soy yo para contradecir lo escrito? Creo que la ley del Talión es la única que respeto de las Sagradas Escrituras.

—¿Cómo fue? Perdí a Adamar por el camino, perdí a mi ama de cría y lo sentí mucho más que vos. Me he ganado el derecho a la verdad.

—Sea, pues. Era un glotón, fue tan sencillo envenenarlo que resultó casi aburrido. Un *torte des roys,* una torta de reyes. Carne de ciervo regada con vino tinto para disimular el oscuro veneno azul destilado de la piel de esas ranitas. Un hojaldre con una preciosa flor de lis para ocultar tan extraño color. El Rey Gordo también pecaba de soberbia, flores de lis por todos lados. Yo sabía que no iba a resistirse. Buscaba justicia poética, algo de belleza en la horrible fealdad del grotesco cuerpo que iba a quedar. En un mundo de hombres que no se preocupan por las formas ni las maneras, que solo ejecutan y aplastan todo lo que doblegan, busca siempre que la huella de tus actos sea bella, querida nieta.

Me incorporé desnuda frente a ella con los puños apretados.

—¡Debisteis decírmelo! —grité—. ¿No merecía acaso estar al corriente de un regicidio?

—¡Maldita seas, pequeña Aenor! —gritó ella de pie, desnuda su carne también. Y era imponente, no envejecía. Quise tener esa fortaleza y lozanía cuando cumpliera sus años—. Te vendiste a los francos, te entregaste al Gordo, a nuestro codicioso señor, sin consultárselo a la familia. Despreciaste a todos nuestros vasallos, a los linajes que durante siglos nos convirtieron en los duques de Aquitania, del Poitou, de Tolosa, de Maine, de la Gascuña y de Limoges.

—Se lo dije a Raimond y él me ayudó a falsificar el testamento.

—Raimond y tú, Raimond y tú... No quiero hablar de eso ahora. Tu padre os habría matado de no haber estado tan ciego.

Quedé callada, asimilando por fin lo que acababa de escuchar. Un poco avergonzada también de que mi abuela hubiera sabido siempre lo nuestro. Y mi cuerpo estaba tenso, siempre tenso cuando la tenía delante.

—¿Aliviada por saber que me encargué tan pronto del asesino de tu padre? —Se sumergió de nuevo en el agua.

—¿Cómo supisteis que el Gordo fue el asesino de padre? —dije, y también me senté de nuevo.

—Siempre deseó Aquitania.

—Os pregunto por certezas, abuela, no me deis motivaciones vagas, a esas ya llegamos Raimond y yo en cuanto los heraldos nos dieron las malas nuevas.

Miró, tal vez aburrida, al fondo de la piscina, jugueteó un poco con el agua, moviendo las piernas como un ánade.

—Era el más favorecido. Te protegí del codicioso suegro que ibas a tener. Recién casada con un heredero dominado por su padre, Luy el Gordo habría saqueado las riquezas de Aquitania en pocos meses. Eras demasiado joven y él era un rey experimentado desde hacía décadas. No podrías haberlo frenado. Protegí Aquitania y te protegí a ti de su rapiña. ¿No vas a darme las gracias?

«No lo sabe, no sabe lo que sucedió debajo del puente del Garona», pensé. De todos los motivos que me daba, no mencionó lo que me hicieron los Capetos. Rai había callado todos estos años y no se lo había contado a su madre.

—Alienor, ¿dónde exactamente divaga tu mente? —insistió la abuela al verme distraída.

Para qué ganar una enemiga, para qué perder la red de los gatos aquitanos. Tocaba doblegarse.

—Dadme tiempo, abuela. Dadme tiempo para tragar este indigesto pastel. Me habéis protegido de la codicia del Rey Gordo de la peor manera, pero entiendo que era necesario. Es solo que buscaba al mismo que asesinó a padre y ahora he de comenzar de nuevo con mi búsqueda. Astrolabio no pudo ser el único entonces que sabía extraer el veneno de las ranas amarillas; ¿él no sospechó de nadie? Busqué al comerciante que vendía las ranas en París, seguí su pista hasta Champaña, pero llegué tarde y no pude hablar con él.

—Fuera a quien fuese a quien vendiese las ranas, fue el Rey Gordo quien estaba detrás, no le des más vueltas, querida nieta. Y recibió la contundente respuesta de Aquitania. Eso es todo. Ven, eres una mujer ya madura, pero siempre te faltó un abrazo maternal y yo estaba demasiado enfrascada en la guerra contra tu abuelo como para hacerte el mínimo caso. Pero era labor de la agria de vuestra madre, y ella siempre te lo negó, *malhaya* la hija de la Maubergeona. *Malhaya.*

Nadé hasta la abuela, que me recibió amorosa. La abracé y apoyé la cabeza en su regazo protector. Ella me consoló con besos en la frente y caricias que hacía tiempo que no recibía de mi familia.

«¿Cómo deciros que, pese a todo lo vivido, me duele que mi sangre haya matado al padre que Luy tanto amó?», callé. Y más me dolía la nueva muralla de silencio que iba a tener que erigir entre ambos. Si él me había ocultado que fue testigo de la infamia de mi estupro, por mi parte tendría que ocultarle durante el resto de nuestras vidas que fue mi propia abuela quien mató a su padre.

Aquel amor improbable que un día tuvimos no iba a sobrevivir a otro secreto tan horrendo. Eran demasiados silencios como para disimularlos en una sola mirada.

CUARTA PARTE

52

BAJO EL PUENTE DEL ORONTES

Eleanor

Antioquía, 1148

Siempre fue así, con Rai bajo un puente y con Luy en suelo sagrado. Así transcurrían indefectiblemente nuestros encuentros.

Pero me estoy adelantando.

Estuve a punto de morir de la impresión cuando la eterna caravana de *crucesignati* arribamos a Antioquía. Tras casi diez meses de peregrinaje cruzando el continente, por fin me sentí en puerto seguro. Habíamos transitado por desiertos y por bosques helados, habíamos sufrido emboscadas y nuestro séquito más indisciplinado había cometido pillaje.

A diario surgían roces entre el ejército de los francos y los barones aquitanos que decidieron acompañarme. Suger, por su parte, se había quedado como regente del reino y nos informaba puntualmente de las novedades, también de los progresos de la pequeña María, que Aelith y Adelaida cuidaban como si la hubieran parido ellas.

En resumen: nos adaptamos, sobrevivíamos al viaje y a la nueva situación, siempre errantes de villa en villa y de puerto en puerto.

Descubrí que jamás me cansaba a lomos de un caballo, por muy larga que fuera la etapa, que ni las nieves me aterían como a Luy ni el calor sofocante me aturdía como a muchos.

El mayor peligro, en todo caso, provenía de nuestras propias filas: Galerán se había unido a la cruzada. Luy lo acogió con gusto, pues apreciaba la experiencia que aportaba. Yo lo evitaba como se evita a los escorpiones, pero su presencia bastaba para que me sintiera observada y amenazada.

Nos recibieron algunos miembros del Consejo del príncipe de Antioquía, Raimond de Poitiers. Eran barones aquitanos que habían marchado con Rai hacía tantos años. Excusaron su ausencia porque él combatía a menudo defendiendo la plaza de las constantes escaramuzas de los sarracenos. Después de una larguísima jornada, los cruzados nos retiramos a los aposentos que mi tío nos asignó en su palacio. En los míos me esperaba un simple mensaje con las tres eses, un «te espero» sin palabras.

Lo dispuse todo para quedar sin damas, me coloqué uno de los vestidos de las sirvientas y pregunté por el puente más discreto del río Orontes.

«El puente del águila», me dijeron en occitano. Sonreí pensando en el homenaje de Rai. Todo en Antioquía era una réplica a Aquitania. Se había construido su propio reino a la medida, había llevado a los mejores juglares, había impuesto nuestra lengua, las mujeres arrastraban mangas tan largas que se había propagado la moda de anudar la tela para no ensuciarla.

Y allí cobijada, mientras esperaba bajo un puente, presencié el milagro tan largamente anhelado.

La inmensa sombra se apareció tras de mí, sigilosa. Noté que me tapaba el tórrido sol y su oscuridad se proyectó sobre mi cabeza. Todo lo que vi fue una silueta de anchos hombros y me di la vuelta.

—¿Padre...? —fui capaz de pronunciar—. ¿De verdad sois vos? Dejad que os vea.

Acerqué mi mano a aquella mandíbula rotunda. Me encontré con unos ojos que conocí muy bien, hacía décadas, en otra vida, en mi primera vida aquitana.

—¿Rai...? ¿Eres tú?

—Sí, sobrina. Me confunden a menudo con mi hermano. Por lo visto he madurado como lo hizo él. Han sido muchos años, ambos hemos cambiado. Dejé a una muchacha que me llegaba por el pecho, ahora tu estatura es elevada. Escuché leyendas, los turcos te llamaban Crisópodo, pies de oro. ¿Y esa historia de las amazonas? ¿Es cierto que cabalgaste con otras nobles con el pecho descubierto?

—Son francesas, ¿crees que enseñarían su pecho? —Me reí solo de la ocurrencia—. Son devotas y grises, pero son sensatas y algunas de ellas fieles.

—Madura, sobrina. En la corte de Francia no hay aliados, por lo que me dicen mis gatos.

Cerré los ojos, demasiadas emociones. «Calma, Lía.»

—Por un momento, por un breve momento, pensé que eras él —pude decirle—. Así lo recuerdo, tal y como ahora eres tú.

—Siento la decepción —pronunció despacio, estudiando mi reacción.

—No es decepción por verte, Rai.

—Tío —me corrigió—. No olvides quién eres, quién soy y dónde estamos.

—Tío —rectifiqué—. No es decepción, sabes que te he añorado largamente y nunca me has escrito una sola carta hasta el mensaje que me ha traído aquí.

—Cumplí mi palabra de no escribirte. Al principio era como beber vinagre, con los años he podido vivir con ello. Hay mucho de lo que ponernos al día y poco tiempo antes de que comiencen las habladurías. ¿Enviaste un gato a Compostela, tal y como te indiqué?

Suspiré, temblando por dentro. Con Rai no había nunca

tiempo para deleitarse en el momento, todo se reducía a pasar a la acción. Después de más de una década sin verlo... no tenía ni idea de lo que sentía frente a él. No, me corrijo. No era el tiempo lo que había transcurrido entre nosotros. Era Luy, Luy había transcurrido entre nosotros.

Le hice un gesto para que nos sentáramos sobre la hierba. Rai actuó con un poco de recelo y se situó a cierta distancia. Temía que nos observasen, y si procedía con tanta cautela era porque se tenía que saber rodeado de espías y enemigos. No sabía mucho de sus circunstancias en Antioquía, más allá de lo que el padre Bernardo nos hacía llegar desde Roma. Información sesgada que no servía para nada.

—Sí —le dije—, envié un gato y recogió todas las versiones de don Gaiferos que cantan los ciegos.

Le tendí uno de los pergaminos enrollados con la traducción del poema que me pidió:

¿Adónde irá aquel romero,
mi romero adónde irá?
Camino de Compostela,
no sé si allí llegará.
Los pies lleva ensangrentados
y no puede andar ya más,
¡desdichado!, ¡pobre viejo!,
no sé si allí llegará.
Tiene luengas, blancas barbas,
ojos de dulce mirar,
ojos garzos, leonados,
azules como agua de mar.
«¿Adónde vais, mi romero,
adónde vais, pobre anciano?»
«Camino de Compostela,
¿adónde vais vos, mi soldado?»
«A Compostela, tierra mía,

siete años ha la dejé,
temí no verla ya más.»
«Decidme vuestro nombre pues.
Cogeos a mí, anciano mío,
pensad que estáis ya sin fuerzas
para seguir el camino.»
«Yo me llamo don Gaiferos,
Gaiferos de Mormaltán,
si ahora no tengo fuerzas,
mi alma me las dará.»
Llegaron a Compostela,
fueron a la catedral,
y de este modo habló allí
Gaiferos de Mormaltán:
«Gracias, mi señor Santiago,
a vuestros pies estoy ya,
si quieres llevar mi vida,
Señor, la puedes llevar,
que yo moriré contento
en tan santa catedral».
Y el viejo de luengas barbas
cayó tendido sin más
cerrando sus ojos azules,
azules como agua de mar.
El obispo que esto vio
mandolo allí sepultar.
Así expiró, mis señores,
Gaiferos de Mormaltán.
Uno de tantos milagros
que el señor Santiago hará.[1]

1. Traducción de la versión popular del romance de don Gaiferos de Mormaltán recogida por don Manuel Martínez Murguía, marido de Rosalía de Castro.

—¿Entiendes de qué trata el romance? —me preguntó Rai.

—Entiendo que un peregrino se encuentra por el camino con un joven soldado, que se acompañan hasta que llegan a la catedral de Compostela, donde el soldado es en realidad el propio apóstol Santiago, que se ha encarnado en su identidad de joven soldado y que acompaña a don Gaiferos hasta el altar donde cae fulminado, y el obispo lo entierra en la misma catedral. ¿Es así?

—Es la versión más extendida. Comenzó siendo don Gaufredo de Mont-de-Marsan; con los años ha devenido en esta variante, entiendo que es más acorde con la pronunciación de los hispanos. Gaufredo es Guilhem, he encontrado otras versiones que hablan de Gaufridus, Gaufreus, Wilielmus, Guillelmus..., y no hace falta que te diga que has heredado el señorío de Mont-de-Marsan por el que pasa el camino jacobeo al cruzar la Gascuña. He encontrado también alguna variación intermedia como Mont'Marsan, incluso otro poema similar al que titulaban *Gaiferus, rex Burdegalensis*, rey de Burdeos. Tanto da, sobrina. Todas aparecieron tras la muerte de mi hermano en Compostela. Y muchas hablan de un niño soldado, otras de un niño ciego. Lo que vengo a decirte es que lo que se cuenta que sucedió coincide con una de las versiones que nos dieron los heraldos. La más improbable y descabellada, la que no creímos. La del David que mató a Goliat. El niño soldado de manos azules, el que lloraba en la puerta del Paraíso después de que tu padre cayera fulminado frente al altar. La leyenda lo ha embellecido y ha dado al niño la identidad del apóstol para enardecer a peregrinos y potenciar la peregrinación a Compostela, pero la historia de fondo que cuenta...

—¿Y ya está, esto es todo lo que querías mostrarme? —respondí incrédula.

—¿No eres capaz de ver que describe el crimen de tu padre?

—Es muy poco, Rai. Es muy poco lo que me das tras diez

años. He recorrido medio mundo para venir hasta aquí tras la esperanza de tu mensaje. Casi un año hace que no veo a mi primogénita, y solo me traes conjeturas de que un niño lo envenenó; ¿eso es todo?

—¿Eso es todo? —repitió—. Yo también vine a Tierra Santa tras él, lo he buscado en los rostros de todos los peregrinos y me he perdido en mil cuevas donde se decía que vivía tal o cual ermitaño.

—¡Y no lo has encontrado porque está muerto! No tienes nada, maldita sea —le grité. Siempre acabábamos gritando en Aquitania, por lo visto en aquel remedo de hogar íbamos a comportarnos de igual modo.

Rai hizo un gesto de impotencia que me dolió hasta a mí.

—¿Y tú qué has averiguado en diez años? Tú has estado más cerca de Compostela, con todos los gatos aquitanos a tu disposición. Al menos yo visité su tumba, compré al obispo Diego Gelmírez para cometer el sacrilegio de abrirla y husmear bajo techo sagrado en un cadáver que nunca supe si se trataba de mi hermano. ¿Has ido tú a visitar la tumba de tu padre?

—¿Crees que he podido salir de la prisión de la Cité? ¿Crees que los francos me han dejado?

Cómo contarle lo de Galerán, cómo contarle que yo estaba en peligro si daba un solo paso más, cómo hablarle del horrible asesinato de nuestra amada Adamar, cómo revelarle mi aborto y que fue capaz de matar a mi hijo. ¿Y si estaba escuchando, él o cualquiera de los suyos? No, aprendí a las malas y hay lecciones definitivas. Al eunuco ni mentarlo. Solo traía muertes crueles a mi vida.

«Todavía te quiero demasiado como para ponerte en peligro, querido Rai», callé en cambio.

—Sé que temes que nos espíen, yo también, en realidad —le susurré—. Por eso solo vamos a hablar de esto aquí y ahora, en voz baja, tanto nos jugamos. Escúchame, Rai.

Él se acercó con cierto recelo, cualquiera que nos viese podía malinterpretar la escena.

—Mírame a los ojos y contéstame: ¿por qué vino Astrolabio a Tierra Santa contigo?

—Por lealtad, pensó que sería más útil a nuestro linaje aquí, ayudándome a establecer nuestra propia Aquitania. Y por pena también, le afectó mucho la desaparición de tu padre, estuvieron siempre muy unidos. Discutimos mucho durante estos años cada vez que yo marchaba tras un rumor de un eremita parecido a mi hermano, me decía que perdía el tiempo, que tenía que asumir su muerte. Nunca le di pábulo, tal vez eso nos alejó un poco, pero ahora que ha fallecido de viejo siento su ausencia más que la de mi propio padre.

—Necesito la verdad, Rai. ¿No sabes nada de ranas amarillas?

Y miré en sus iris azules y solo encontré desconcierto, casi burla.

—¿Qué broma es esta, sobrina? ¿Has cruzado medio mundo para burlarte de mí, o acaso el cansancio de la travesía te hace delirar?

—No son delirios —dije entre susurros—. Fue tu madre quien ordenó matar al Rey Gordo con el mismo veneno que mató a padre. Astrolabio lo identificó, él sabía extraerlo de la piel de unas ranas muy poco frecuentes. Solo ellos y un gato aquitano llevaron a cabo el asesinato para vengar el de padre, ni siquiera Adamar lo supo jamás. Pero ella y yo dimos con un comerciante en el mercado de París que vendía esas ranas, aunque murió en el incendio de Vitry antes de que yo pudiera preguntarle por sus clientes o sus proveedores. Por eso he venido en realidad hasta Tierra Santa, Rai. Astrolabio ha muerto, pero cuando era niña recuerdo que tomaba muchos apuntes y todo lo recogía por escrito. Quiero ver si encuentro algo en su cámara que me permita seguir buscando. Quiero también preguntar entre sus cercanos por si alguien más sabía algo de aquel veneno.

Rai calló durante un buen rato.

—Así que madre y Astrolabio... —murmuró pensativo—. Cuántos años de omisiones y mentiras. Cuánta vida hemos desperdiciado tú y yo desde aquel nefasto Viernes Santo.

—Tú tampoco eres inocente del todo, ¿para qué me has atraído con el pretexto de la leyenda de don Gaiferos? Sé ya reconocer cuándo quieren algo de mí.

—Seré franco, entonces: Aquitania puede ayudar a reconquistar Edesa.

—¿Aquitania?

—Despierta, Eleanor. Los Reinos Latinos son una entelequia muy difícil de mantener.

—¿De qué estás hablando? ¿Qué sucede, Rai?

—Nuredín, querida sobrina. El hijo de Zenghi es lo que sucede. Todo esto que ves caerá en breve. —Señaló el puente, las murallas rojas y blancas, las torres de los palacios que apuntaban a un cielo sin fisuras—. Nuredín es tan... poderoso. Os necesito, os necesito a todos: a los franceses, a los germanos, a los aquitanos. Necesito a todos los ejércitos. No hay tiempo para el pasado, para seguir rebuscando entre las ruinas al asesino de mi hermano o a su espectro. En breve seremos nosotros los asesinados.

Miré alrededor, aquella pequeña Aquitania que Rai había alzado en una década. No podía imaginarla en ruinas.

—Y yo te apoyaré, los barones aquitanos te apoyarán: me son fieles y los he traído —le dije.

—No serán suficientes.

—Mi marido quiere ir a Jerusalén a expiar su culpa por Vitry la Quemada, pero accederá a quedarse aquí y ayudarte. No temas, por muy distantes que estemos, ahora es un rey sensato y te apoyará.

—Me alivia escuchar eso —murmuró, todavía tenso.

—Pero a cambio voy a pedirte dos favores muy discretos. Actúa en consecuencia.

—De acuerdo —convino—. ¿De qué se trata?

—Quiero que preguntes por el pasado de Thierry de Galerán. Pero no a los gatos aquitanos, ellos estarán controlados aunque no lo creas.

—Eso que dices me inquieta.

—Simplemente hazlo. El otro favor que te voy a pedir a cambio es minúsculo, pero quiero que lo pongas ya en marcha.

—¿De qué se trata?

—¿Recuerdas el Estanque del Diablo?

—Lía... —comenzó—. No más recuerdos, por favor.

—No hablo de recuerdos. El favor es de tipo práctico. Necesito que envíes algo. Aelith lo recibirá en la Cité, que parta ya en un barco.

Y le susurré al oído mi demanda.

—Favor engorroso, pero favor menor —aceptó, encogiéndose de hombros—. ¿Eso es todo lo que le pides al príncipe de Antioquía?

Sonreí con calma, alcé la cabeza y cerré los ojos, dejando entibiar mi rostro bajo el sol.

—¿Sigues practicando las enseñanzas de los estoicos? —quise saber.

—No he encontrado todavía una filosofía de vida mejor —comentó.

—Yo tampoco. *Sustine et abstine*, decía Epicteto.

—«Soporta y renuncia» —tradujo Rai—, así es.

—He aprendido a renunciar a lo que no puedo conseguir —le dije—, y la renuncia, sorprendentemente, ha convertido mi vida en algo mucho más ligero. Ya no pido lo que sé que no se me puede dar, querido tío. Ya no lo pido.

53

ASAMBLEA

Eleanor

Antioquía, 1148

Luy me esperaba en una de las terrazas de nuestra espléndida cámara, bajo uno de los olivos. Las sobrecogedoras vistas a las murallas y sus torres no parecían impresionarlo.

—Debemos prepararnos para la asamblea —le dije al llegar.

—Sé de dónde vienes. De hecho, todos los barones de la cruzada saben de dónde vienes —respondió con gesto sombrío—. Tantos años y no has dejado atrás tu pasión por disfrazarte junto a un río.

Así que de nuevo espiada y controlada por Galerán o por sus hombres. Nada había cambiado desde su ausencia. Entraba y salía de mi vida, pero su amenazante presencia nunca se iba del todo.

—Para qué negarlo. Me he reunido con mi tío. Ha transcurrido mucho tiempo desde que dejó Aquitania, teníamos mil asuntos pendientes.

—Eso dicen las malas lenguas.

Lo contemplé, incrédula.

—¿Tú, celoso? Eres un rey, estás por encima de los chismorreos de tabernas.

—Es difícil mantener la dignidad real cuando todos los barones me lanzan sus miradas burlonas, para ellos soy un simple cornudo. Siempre he preferido desoír las historias que se contaban del amor entre tío y sobrina, pero ahora es Galerán quien habla de lo que ha visto. Galerán. Él, que jamás ha participado en ningún rumor.

—Estás cansado después de tanto viaje, y tu debilidad deja entrar los rumores, crees las habladurías y les estás dejando ganar. ¿Y lo que teníamos? ¿No queda nada de esa confianza? ¿Basta la palabra de otro hombre para que dudes?

Luy no cambió de gesto.

Me rendí, impotente. No podía luchar contra Galerán. Una vez, hacía mucho tiempo, había creído que sí, que yo era astuta y tenía poder. Ese espejismo se llevó dos vidas.

—Mi palabra de que no hay nada entre mi tío y yo debería bastar.

—Cuando nos conocimos, en el confesionario, me dijiste que tu corazón era de otro. En mi interior siempre pensé que tu tío era ese otro. Si tu palabra es palabra de reina, si es palabra de esposa, si alguna vez lo nuestro tuvo un solo instante de verdad..., dime, dímelo ahora de una santa vez: ¿tuvisteis algo, tío y sobrina?, ¿cometisteis incesto?

Callé. Si jamás pudimos admitirlo cuando aún éramos solo nosotros, mucho menos podía en aquellas circunstancias, en Tierra Santa, ambos desposados, y con el ejército de los francos y el de mis barones aquitanos desplegado.

Y Luy claudicó; sé que aguardó mi respuesta, sé que había una esperanza de sinceridad en sus ojos, pero no tenía ni idea de cuánto me estaba pidiendo.

Así que allí, bajo un olivo, Luy me negó la mirada por última vez.

—No soporto mirarte. Brillas siempre. Vestida, desnuda. Despierta, dormida. ¿Sabes cuánto cansa ser un planeta sin luz junto a un sol? Me agota tu luz. Me agota, estoy exhausto. Descansaremos unos pocos días aquí y después partiremos hacia Jerusalén.

«¿Unos pocos días?», pensé desolada.

—¿Por qué tanta prisa? Acabamos de llegar.

—¡Y la meta es Jerusalén, siempre lo ha sido! ¿Ves esta tierra negra? —gritó mientras me mostraba un pequeño saco de cuero—. Es de Vitry la Quemada. Mi alma necesita enterrar este puñado de tierra en Jerusalén. La carga no se ha hecho más liviana con los años. Al contrario, cada vez me pesa más.

Iba a responder, pero entonces una de las damas de Rai carraspeó a nuestra espalda, quién sabe cuánto tiempo llevaba allí.

—Nuestro príncipe os espera para la asamblea, mis señores —dijo en la lengua de oc.

—Decidle que vamos en un momento —respondí.

Sin mediar palabra, fui a ponerme un vestido adecuado.

Una vez en el pasillo la seguimos, guardando entre ambos un silencio tenso.

Incesto, ¿cómo se atrevía a hablar de incesto? Lo que Rai y yo habíamos compartido iba mucho más allá, no era un sucio acto de incesto.

Cuando entramos en el salón pude comprobar que Rai se había engalanado y lucía en todo su esplendor, tan parecido a como yo recordaba a padre. Detectó nuestro humor de un simple vistazo y pese a ello nos sonrió.

Sobre la mesa del centro había desplegado un gran mapa de la región. Nos indicó con un gesto que podíamos sentarnos alrededor, junto a los barones de su Consejo. Nuestros vasallos más destacados habían llegado ya y nos miraban expectantes. La reunión comenzó sin más demora.

—Me temo que la asamblea de hoy nos urge a todos —dijo Rai—. Nos han llegado emisarios alarmados con los últimos avances de Nuredín. Deberíamos tomar ya Alepo y Hama, de lo contrario la seguridad de Antioquía estará más que amenazada y no podré proteger la plaza.

Luy había tomado asiento y lo escuchaba con atención.

—¿«Deberíamos tomar»? —preguntó—. Estimado príncipe, nuestro destino es Jerusalén, y hacia allí nos dirigimos. Agradecemos vuestra hospitalidad y el amor con el que habéis recibido a mi esposa, vuestra sobrina, pero la reina viuda Melisenda me apremia en sus misivas para que me reúna a no más tardar en Acre con el emperador de Germania, Conrado.

—No lo habéis entendido, querido sobrino: si cae Antioquía, caerán todos los Santos Lugares que los cruzados reconquistaron. Estas décadas tan penosas no habrán servido para nada. Jerusalén ahora mismo no está amenazada, pero eso es precisamente lo que llegará si no somos capaces de frenar el avance de Nuredín.

—No voy a exponer a mis cruzados a una batalla que no está prevista, están exhaustos del viaje. La meta, como os he dicho, es llegar cuanto antes a Jerusalén —repitió Luy, tajante.

—Necesito vuestro ejército, el de los francos, el de los aquitanos y el de los germanos, y Nuredín lo sabe —insistió Rai.

—No contéis con los nuestros, tío. Descansaremos lo justo y retomaremos cuanto antes la peregrinación.

Pero yo intervine:

—Sí que podéis contar con los barones aquitanos. Como duquesa de Aquitania, nosotros nos quedamos.

Todos se giraron hacia mí. Algunos con estupor, los míos con alegría. Otros, como Galerán, con algo parecido al odio.

Luy se levantó, y Luy nunca se levantaba en las reuniones de su Consejo.

—Y yo, como rey de Francia y vuestro esposo, os ordeno que partáis conmigo, vos y vuestro ejército, ya que por voto matrimonial me debéis obediencia.

—Por voto matrimonial os entregué mi anillo y mi cuerpo, nada más. Sois el duque consorte de Aquitania, lo que significa que gobernaréis Aquitania en caso de no poder hacerlo yo, cosa que nunca ha sucedido. Y respecto al voto matrimonial, tal vez haya llegado el momento de decir que nuestro matrimonio es nulo en un grado que el derecho canónico prohíbe.

—Eleanor, tal vez esto haya que discutirlo en privad... —me frenó Rai.

Estaba harta, harta de ser la única víctima de las habladurías, harta de que las leyes me perjudicaran solo a mí, harta de una década entera sin tomar decisiones. Mi tiempo no acababa de llegar nunca, iba a tener que tomar yo sola cada porción de poder.

—No será privado. Nada de lo que le incumbe a la duquesa de Aquitania es privado, seamos claros —dije, mientras yo también me levantaba y miraba por primera vez a la cara a todos los barones, francos y aquitanos—. Mi bisabuela Audearda de Borgoña era nieta de Roberto el Piadoso, antepasado de mi esposo. Eso nos convierte en parientes en grado noveno según el derecho civil, pero en grado cuarto según el derecho canónico de la Iglesia de Roma.

Luy me contempló con infinita decepción. Yo también la sentí sobre mí, casi me catapultó, pero acababa de dar el paso y acababa de aceptarlo: nada de lo que sucedía en mi vida era privado. Siempre a la vista de todos, siempre en boca de todos. Cada palabra, cada acto tenía repercusiones.

—De acuerdo, doy por concluida la asamblea. Mañana proseguiremos en privado —intervino Rai en tono grave.

Y todos, uno a uno, incluido Luy, fueron abandonando, envueltos en un tenso silencio, el inmenso y lujoso salón.

Yo permanecí quieta, de pie, mirando hacia los ventanales y las terrazas con su vegetación colgante.

Fue el mismo Rai quien cerró la puerta a su espalda.

—¿Qué demonios ha sido eso? ¿Acusaciones de incesto, al rey de Francia, delante de mí?

Me limité a mirarlo de lejos, no me acerqué a él.

—Los rumores han vuelto —le informé—. Nos han visto y lo usarán en nuestra contra. Me he adelantado, he atacado yo primero. Podrían destrozarnos si quisieran.

—Los rumores siempre estuvieron ahí y los sobrevivimos, de hecho, nos reíamos de ellos.

—Yo tenía trece años y tú veintiuno. Ahora soy reina consorte de Francia y tú príncipe de Antioquía. Ahora todo tiene trascendencia.

—Piensa bien el paso que vas a dar. Ninguna reina ha buscado la nulidad de su matrimonio. Siempre han sido los esposos los que los deshacían apelando a la consanguinidad.

—Hasta ahora, lo sé. Yo sería la primera. Pero comprendo la gravedad de la situación aquí, en Tierra Santa. Y lo veo, has construido una Aquitania aquí, en este terrón alejado del mundo. Dime, como mandatario de tus fuerzas, ¿mis vasallos podrían suponer la diferencia entre perecer ante los turcos o mantener nuestros Santos Lugares?

—Lo que tengo claro es que con mi ejército es acción suicida ir a la batalla. Son aquitanos, claro que marcarían la diferencia. Pero el precio es la corona de Francia, ya lo ves. ¿Vas a pagarlo?

No necesitaba pensar la respuesta, hacía tiempo que la conocía.

—No puedo perder algo que nunca tuve.

Rai asintió.

—Sé lo que te pido, Eleanor.

—Sé lo que me pides, Rai.

Guardó silencio durante un momento.

—He hablado con uno de mis barones, Guido. Su padre combatió con el mío en la primera cruzada. Ha reconocido a Galerán. Me ha contado que Galerán era el fiel perro del Trovador durante el peregrinaje, pero por lo visto mi padre, fiel a su estilo, lo traicionó. Dice que nadie sabía qué había sido de él hasta que ha vuelto a Tierra Santa, se le perdió la pista. No ha sabido explicarme nada más, pero voy a investigarlo y te enviaré un informe a través de algún gato.

Me acerqué a él antes de que continuara hablando.

—Sé cauto, muy cauto. Algún día, si es que puedo, te contaré todo lo que no he podido contarte de Galerán.

—Tengo algo más para ti —dijo, y me tendió un pequeño

libro de cuero—. Astrolabio era muy reservado, pero yo lo conocía bien y en estas páginas apuntaba a diario sus anotaciones. Tal vez puedas averiguar algo.

Tomé el libro, era apenas del tamaño de mi mano. Al abrirlo no pude más que fruncir el ceño.

—Está encriptado.

—Así es, ahora no está Adamar para ayudarte, tal vez no puedas descifrarlo nunca, yo me veo incapaz. Pero tú encontrarás la manera. Siempre la encuentras. Suerte, mi querida, mi amada sobrina.

Lo oculté en uno de los bolsillos de mi vestido y nos despedimos. Después me dirigí a los aposentos, aunque me extrañó no encontrar a nadie por los pasillos del palacio.

Pensé en retroceder en cuanto vi algunos tapices rasgados y sillas volcadas.

No me dio tiempo y supe, demasiado tarde para mí, quién estaba a mi espalda, quién me ponía una daga en el cuello y quién me golpeaba en la cabeza.

54

DOBLAN LAS CAMPANAS

Eleanor

Sicilia, 1149

Fueron meses inestables, tanto como el barco en el que aquella mañana luminosa arribaba por fin a puerto. A la rabia y la impotencia de ser arrancada de Antioquía a la fuerza por Galerán enseguida le siguieron problemas mayores.

Desperté con las manos atadas a la espalda en una bodega maloliente. Algo de vino rancio debía de haberse derramado, en aquella penumbra no acerté a vislumbrar nada más. Hasta que oí, sobre el techo de tablas, el estrépito inconfundible de la lucha.

Conté cinco hombres que amagaron sus gritos, supuse que algunos de ellos perecieron. La escotilla se abrió y un par de soldados me descubrieron, jamás me había sentido tan vendida y vulnerable. Con la cuerda que me aprisionaba las muñecas y un pañuelo atado a modo de mordaza no pude sino patalear cuando cargaron entre los dos conmigo y me trasladaron a su barco. Eran bizantinos, y si sabían quién era yo, desde luego que se habían cobrado una buena pieza para negociar.

Los días y las noches se sucedieron en otra bodega igualmente húmeda y maloliente. Mi confinamiento me terminó aturdiendo los sentidos y hablaba conmigo misma para no olvidar las palabras y quién había sido alguna vez. Con todos mis planes de futuro interrumpidos, me limité a ver pasar los amaneceres y los crepúsculos a través de las rendijas de aquel navío enemigo.

Cada vez que uno de mis captores me bajaba pescado seco y un cubilete de agua yo repetía las mismas palabras en todas las lenguas que dominaba:

—Un espejo, por favor.

Debían de entenderme, porque se reían de mí, y pese a que me ignoraban, yo repetía cada día mi demanda:

—Un espejo, por favor.

Jamás me lo dieron, pero era en lo único en lo que podía pensar: el libro de anotaciones de Astrolabio que ocultaba en el bolsillo, entre los pliegues de mi pesado vestido. Esa obsesión pasó a ser mi ancla en aquel mar de incertidumbre. «Un espejo, por favor.»

Fueron los sicilianos quienes me rescataron, el rey normando Roger II de Sicilia dio la orden de buscarme, y cinco velas peinaron las olas hasta encontrarme. Me esperaba en Polenza.

Por primera vez en mi vida trastabillé al pisar tierra firme, tanto me había acostumbrado al perenne bamboleo del mar. Y noté débil mi cuerpo, yo que jamás enfermaba y que había soportado todas las inclemencias de la peregrinación sin importarme la dureza de las largas cabalgadas, tormentas de arena o ventiscas de nieve.

Un hombre de barba trenzada acudió solícito a sujetarme por el brazo; por la comitiva que lo acompañaba, deduje que era el mismo rey Roger II.

—Mi reina Eleanor, me temo que habéis soportado demasiados tormentos —me dijo con mirada preocupada.

—Y yo espero que hayan terminado por fin —pude decir con una leve sonrisa—. Os debo la vida, me salvasteis de los bizantinos.

—Fue vuestro marido, con quien pacté una alianza, quien movió mar y tierra hasta encontraros. Yo puse los barcos. A cambio tenemos un ejército, batallaremos en Damasco.

¿Damasco? Nada de Edesa, pues. Nada de la estrategia que Rai defendía desesperado.

—¿Está esperándome mi marido?

—Está en palacio, os aguarda allí con mucha ansiedad —dijo, cauteloso—. No he visto hombre más pendiente de su esposa, la verdad. Y eso es raro de ver en matrimonios reales.

No supe muy bien qué responder a eso, a la última vez que nos vimos en Antioquía. ¿Había ordenado él a Galerán que me secuestrase? Le había dado tantas vueltas a aquella duda que se había acabado desgastando en mi interior sin hallar respuesta clara.

El rey que había sido mi salvador me miraba como a un niño a quien se demoran en dar las malas noticias. Algo había que callaba, algo que todavía no era apropiado contarme. Lo leía en los rostros contenidos de su séquito, su manera de observarme como si fuera una magnífica pieza de caza con las horas contadas, mas nadie se atrevió a hablar de momento.

Luy me esperaba en un pequeño salón privado. Hizo un ademán de acercarse a mí en cuanto me vio, pero después lo pensó mejor y se mantuvo firme, junto a una de las columnas que daban al patio interior. Agradecimos con buenas palabras la hospitalidad al rey Roger y esperamos a que nos dejaran solos.

—No sé qué decirte, he imaginado cien veces este reencuentro y sigo sin dar con las palabras adecuadas —dijo al fin, el trato ya no era el mismo.

—Yo tampoco sabré cómo mirarte mientras no sepa lo que pasó en Antioquía; ¿diste tú la orden a Galerán de que me secuestrase?

—¡No, por Dios! Te hice llamar para buscar un poco de sensatez después de aquella nefasta asamblea y es cierto que di la orden de que el ejército franco partiera aquella misma noche, y así lo hicimos, pero te creí en otro barco, conforme con la decisión. No supe que Galerán empleó la fuerza contigo hasta que lo contaste al capitán del navío siciliano que te rescató.

—¿Conforme? ¿Me viste conforme? Quería que mis barones aquitanos combatiesen con sus hermanos de Antioquía contra Nuredín. Respaldaba la propuesta de mi tío y continúo haciéndolo. ¿Qué ha sido de él, estoy a tiempo de unirme a la batalla?

Luy me miró con una tristeza infinita.

—He insistido en ser yo quien te dé la noticia y, por lo que veo, el rey Roger ha cumplido su palabra.

—¿Qué noticia, qué palabra?

—Eleanor...

Entonces sí que se acercó a mí, con la misma mirada de pésame de todos con quienes me había cruzado aquella mañana que nunca olvidaré.

A lo lejos se oyó el tañido de unas campanas; no sé por qué, en un momento de lucidez, pensé que tocaban a muerto.

Entonces, horrorizada, comprendí.

—No..., dime que no es cierto —dije, y me alejé de él. No quería ya mirarlo, no quería volver a verlo. Todo sobraba desde hacía mucho tiempo.

—Eleanor..., tu tío Raimond de Antioquía murió batallando en Maarata contra Nuredín. No te voy a ahorrar detalles, sé que querrás saberlo todo. Se ensañaron con él, su cabeza fue enviada al califa de Bagdad y está exhibida en las murallas de la ciudad, a la vista de todos.

55

LA ESPESA NIEBLA

ELEANOR

Sicilia, 1149

De las jornadas o semanas que pasaron apenas guardo un recuerdo confuso. Me contaron que el viaje de vuelta tuvo que esperar porque la reina de Francia cayó enferma por primera vez en su vida. El rey Roger II nos acogió en su palacio, tampoco eso lo recuerdo, tal era mi estado de catatonia.

Postrada en el lecho, fui incapaz de salir de la difusa niebla que me cercaba, tanto me pesaba el cuerpo. Yo que jamás había comprendido el cansancio que mostraba Luy tras las cabalgadas, que no podía compartir lo que se sentía por un mal de muelas o una preñez molesta. Me dolían huesos y mandíbula, me dolía cada latido y cada respiración, y todo se tornó indiferente.

Solo una mano firme y muy cálida me impidió que me abandonase en aquel limbo que tanto me seducía. Dicen que fue mi esposo, Luy, quien ordenó que dispusieran un asiento junto a mi cama y no se movió de allí mientras duró mi duelo. Comía allí, dormía allí, siempre sujetándome la mano, a las nonas y a las primas, tanto daba. Y tanto me daba a mí.

—Nuestra hija te espera en París, vuelve por ella. Y también tu hermana, no puedes dejarlas solas —me repetía, pero para cuando su voz llegaba a mi ciudadela interior, ya no era inteligible. Eran sonidos que me dejaban impasible.

Soñaba a menudo con Adamar y con Rai. Estaban furiosos conmigo, solían gritarme que volviera, que les hiciera justicia, yo les daba la espalda y continuaba caminando sin rumbo entre la niebla.

—Eleanor, hemos de partir ya. Todo el ejército espera desde hace semanas retornar a Francia y no podemos demorarnos más. He ordenado que prosigan el camino de vuelta, pero tarde o temprano ambos tendremos que retornar también. La segunda cruzada ha sido un fracaso, solo queda volver a París y retomar su gobierno. Suger me apremia para que volvamos, está muy preocupado por ti. Pero no voy a llevarte a la fuerza como hizo Galerán, quiero que me des tu venia para que prosigamos el viaje de regreso. Apenas comes, estás demasiado débil, haremos pequeñas escalas si es preciso, pero hemos de volver ya. Eleanor, no sé si me escuchas, pero necesito un gesto de aprobación para ponernos en marcha —insistía.

A veces abría los ojos, mas no enfocaba nada. Otras veces los cerraba al mundo, carente ya de interés. Sin embargo, un día, no sé si crepúsculo o alba, algo me hizo regresar.

Y fueron los sonidos los que me trajeron de vuelta.

56

TUSCULUM

Eleanor

Sicilia, 1149

Luy atendía a un heraldo junto a la puerta de mis aposentos. Oí nítidamente el mensaje:

—Mi rey, los primeros cruzados ya están arribando a París y están retomando sus labores y quehaceres. Nos dijisteis que os avisara si sabíamos algo de Thierry de Galerán.

—¿Y...?

—Se ha instalado en sus antiguos aposentos en el palacio de la Cité. Se ha hecho cargo de nuevo de los escoltas reales, no lo hemos prendido a la espera de lo que mandéis. ¿Qué queréis que hagamos?

—Quiero que parta ahora mismo la orden de prenderlo por haber secuestrado a la reina de Francia.

—¡No! —los interrumpí.

Ambos se giraron, atónitos. Me había incorporado sobre los codos, ni yo misma recuerdo cómo había sucedido.

—No, no lo prendáis. Que continúe al frente de la escolta real —dije con una autoridad que ya no recordaba.

Galerán en el mismo palacio que mi hija María y que Aelith. Fue eso lo que me obligó a escapar de la niebla.

—Me siento débil, Luy, pero partimos ya de vuelta —le dije.

—¿Estás segura? Tu cuerpo ha quedado muy menguado de carnes y el viaje todavía es largo.

—Vamos a ponernos en camino ya, quiero volver cuanto antes.

Él asintió y comenzó a dar órdenes. La jornada siguiente partimos en barco hacia la Isla de Francia.

Pero llevaba razón: pese a mis prisas por llegar a París, tuvimos que hacer escalas porque el barco me enfermaba como nunca lo había hecho antes. Vómitos y mareos, cada día más consumida. Pocos daban un sueldo por verme llegar viva a Francia.

—Hasta el santo padre está preocupado por tu salud, Eleanor. Y también por tu amenaza de pedir la nulidad de nuestro matrimonio por consanguinidad, no voy a ocultarte ahora la situación. La Iglesia de Roma no quiere que los reyes de Francia se separen, dicen que serán tolerantes con esa cuestión. Nos ha invitado a que te recuperes unos días en su residencia en Tusculum. Deberíamos aceptar la invitación, por demasiados motivos.

Asentí, rendida. Hasta yo lo creía conveniente pese a mis prisas por llegar a París.

—Solo un pequeño favor, Luy.

—El que sea.

—Tráeme un espejo, pequeño, no lo necesito grande.

Aquella noche recuperé del arcón el vestido con el que fui secuestrada en Antioquía y entre sus pliegues encontré el libro de anotaciones de Astrolabio. Había tenido tiempo para pasearme por mi biblioteca interior, para recordar todos los tratados de criptografía con los que Adamar y el propio Astrolabio me instruyeron de niña. Y lo había encontrado. Había encontrado la manera. Astrolabio era zurdo, como todos los gatos aquitanos, y había desarrollado su propia escritura, de derecha a izquierda. Pese a lo anguloso de su grafía, un simple espejo me sirvió para poder leer en su imagen reflejada las palabras en la lengua de oc que Astrolabio había apuntado a lo largo de los últimos años.

Era un trabajo ingente, en todo caso. Su letra prieta y diminuta me cansaba la vista, y las fuerzas se me iban, día a día. El mar me debilitaba y los vómitos constantes traían falta de apetito, y la falta de apetito me había dejado demacrada.

Eugenio III tenía fama de severo, pero yo solo vi a un hombre amable y cariñoso cuando vino a recibirnos al puerto. Me atendió con la preocupación de un viejo conocido y sus sirvientes me cargaron en un carromato que nos llevó hasta Tusculum, pues Roma estaba sublevada por Arnaldo de Brescia y la sede del santo padre se había trasladado a un lugar más seguro.

Luy, por su parte, se empeñaba en no soltarme la mano salvo para despachar los asuntos de un gobierno que cada vez lo demandaba más.

Fue el tercer día en Tusculum, reposando de nuevo en lecho ajeno, cuando encontré por fin lo que esperaba entre las páginas del librito de Astrolabio:

«Solo compartí un secreto tan mortífero a mi novicio, de mi entera confianza».

Y cuando leí su nombre lo comprendí todo.

Todo.

57

CONFESIÓN

ELEANOR

Tusculum, 1149

—Mi reina —dijo una voz conocida—, pero ¿qué os ha sucedido?

Alcé la mirada y encontré el rostro de Suger. Llevaba tiempo sin verlo, y todo lo que pude apreciar fue la angustia con la que me observaba.

—No me ocultéis la verdad, vos no: ¿tan mal estoy?

Luy tragó saliva y apenas me sonrió. Yo le había ordenado que lo trajera desde París hasta Tusculum. Creo que mi cuerpo había encontrado fuerzas de donde no las había esperando su llegada.

—De acuerdo, no os voy a tratar como a la niña que ya no sois —reconoció—. Es cierto, se teme por vos, se teme por la vida de la reina de Francia. Nadie cree que vayáis a tener fuerzas para regresar a París.

Suspiré, y hasta eso me costaba.

—Querido Luy, quiero que me dejéis a solas con Suger. Sé que os pido demasiado, pero tengo una conversación pendiente con él, y será larga.

Luy me clavó sus ojos dorados como si se estuviera despidiendo.

—Está bien —accedió, y se dirigió a su consejero—, pero si

empeora o desfallece, avisadme sin demora. Quiero estar a su lado cuando ocurra.

Nos quedamos a solas y hablé por fin:

—Vos fuisteis el discípulo de Astrolabio en San Denís. Erais el novicio Sugerio.

Pude leer en su rostro la sorpresa y también algo parecido al alivio.

—Pero ¿cómo habéis llegado a... ?

—Y sois la única persona que sabe destilar el veneno que mató a mi padre. No hay tiempo para disimulos, Suger. No lo tengo.

—Tenéis razón —dijo por fin mientras se sentaba al lado de mi lecho—. Realmente estáis a un paso de la muerte, querida Eleanor. Pensaba contaros lo que ahora os voy a confesar en una carta póstuma. Creía que yo moriría antes que vos y mi plan era cargar con la culpa como he hecho todos estos años cada vez que os miraba. La he tomado por una justa penitencia. Me aliviaba, en todo caso, seguir protegiéndoos en las sombras, como he hecho también con Aelith y ahora con la pequeña María.

—¿De qué estáis hablando, querido Suger? Explicaos, me cuesta seguiros.

Suger me tomó la mano con infinita ternura.

—Abreviaré, no sé si estáis en condiciones de escuchar todo lo que viene a continuación, pero merecéis la verdad. Me consta que su búsqueda os ha salido demasiado cara.

Lo miré sin comprender.

—¿Qué sabéis de mis búsquedas?

—Sé que lleváis una década buscando al asesino de vuestro padre. Pero no podemos empezar por ahí, debemos comenzar por el principio. El principio de la vida, tal vez. O por los nombres que les adjudican a los recién nacidos. Mi padre decidió, creo que sin dedicarle demasiada atención a su elección, que me llamase Sugerio. Sé que no os dice nada, pero para mí fue un mundo descubrir que tenía progenitor y que tenía nombre... y también que tenía un hermano, vuestro padre. Él me conoció como Rio.

Guardó silencio, tal vez para asegurarse de que le había entendido.

—¿Cómo habéis dicho?

—Que sois mi sobrina, querida Eleanor. Soy el hijo bastardo del noveno duque de Aquitania, Guilhem el Trovador.

58

EL ÁGUILA DE SANGRE

Niño

Días antes del asesinato del duque de Aquitania

El niño se concentró en dibujar a punta de cuchillo una huella de su bota sobre la piedra de la ermita. Era la marca del peregrino, que competía en espacio con las marcas de los canteros que habían levantado el pequeño templo.

Quedaban pocas jornadas para arribar a Compostela. Miró preocupado al sol, que ya se despedía por el oeste. La comitiva del duque se había alejado en busca de caza, mas algunos de sus hombres ya estaban preparando la hoguera. La localizó en la lejanía, por el humo que se elevaba tras la arboleda.

Se alejó unos pasos para contemplar su obra, pero la oscuridad se había adueñado de cada perfil y apenas se distinguía la forma de la suela en la pared.

Insistió, tozudo, durante un buen rato. Quería contárselo a su madre, que lo viera hecho un hombre y que después de su reencuentro ella pudiera visitar aquella misma ermita y acordarse de él, de que su hijo estuvo allí.

Solo cuando se sintió satisfecho de su trabajo, regresó con el séquito del duque, al que había cogido gran estima, pues era paternal, comedido y justo con todos sus hombres.

Recorrió a tientas el sendero que le llevaba hasta la fogata, pero tras unos árboles oyó el vozarrón conocido, inconfundible, del mismo duque. Charlaba un poco alejado del resto de la comitiva con su mano derecha, Alejo, también buen conversador, pero algo más duro en cuanto a las formas. No era extraño despertarse cada mañana con el sonido de las patadas que atizaba en la barriga de los menos madrugadores, y tampoco trataba bien a los caballos, a los que a veces forzaba en demasía o los castigaba sin avena.

—¿Era fácil de ejecutar, señor? Siempre me lo he preguntado —decía Alejo con la voz de quien hurga un secreto.

—El experto era Godofredo el Bello, el método lo aprendió de compañeros de armas normandos. El primer duque de Normandía, Rollón el Caminante, era un auténtico hombre del norte, y sus descendientes, los normandos, continuaban practicando el tormento del águila de sangre. Después se cristianizaron y la Santa Madre Iglesia persiguió la tropelía por su crueldad.

El águila de sangre.

El niño frenó en seco. Curioso como era, se agazapó tras un arbolillo. En todo caso estaba tan oscuro y él era tan pequeño que nadie podría haber advertido su presencia.

Había escuchado leyendas acerca del «águila de sangre». Leyendas para asustar a los medrosos, pero esos dos hombres estaban hablando de aquella tortura como si fuese verdadera.

Oyó un carraspeo.

—No estoy orgulloso de aquello, la verdad, pero en nuestras últimas campañas, el conde de Anjou me llevó con él, y a veces, solo a veces, cuando se embrutecía después de horas de combate y tenía al enemigo doblegado, le daba una muy mala muerte al infeliz.

—No me seáis de circunloquios, mi buen duque. ¿En qué consistía, con exactitud?

—Era poco agradable de ver. Tomaba al prisionero boca abajo, y muy hábil y cruelmente le sacaba los pulmones por la espalda. El desgraciado moría durante el tormento, y parecía que le habían crecido unas alas sangrientas, de ahí el nombre. Había que partir costillas, desde luego: ese era el procedimiento de los normandos.

Su mano derecha guardó silencio, hasta él estaba impresionado. El niño era incapaz de moverse, no había creído posible que un hombre de la nobleza del duque hubiera participado en tamaña salvajada.

—Es uno de los motivos por los que busco el perdón del peregrinaje, ahora ya lo sabéis.

—Y quién no tiene pecados con los que flagelarse —dijo el otro hombre.

—Y más que vamos a tener, por eso os he llamado. Hay un convento de monjas de clausura a unas pocas leguas al norte. Quiero que lo queméis, pero antes aseguraos de pasar a cuchillo a todas las hermanas. Hacedlo el día que arribemos a Compostela, partid con seis de nuestros hombres, será suficiente. Después visitaremos el convento y lo descubriremos abrasado y a todas las monjas muertas. Yo me enervaré y clamaré justicia frente al obispo de Compostela, Diego Gelmírez. Es un simple, no se enterará de nada. Preciso de vos la máxima discreción una vez más, como con todos los asuntos que conciernen a Anacleto. El resto del séquito no debe enterarse de nada.

Su mano derecha mascó un hierbajo y lo escupió.

—Sea, pues —se limitó a decir. Por eso seguía con el duque, nunca cuestionaba órdenes. Hacía mucho que había llegado a la conclusión de que Guilhem X era mucho más peligroso que su padre, el Trovador.

El niño se escurrió entre robles y castaños, se apretó las monedas que le había dado su protector antes de partir. Corrió hasta la última posada que habían dejado atrás aquella misma tarde. Estaba repleta de viajeros, muchos de ellos peregrinos franceses, y algunos llevaban caballos. Por una pequeña fortuna encontraría al indicado para hacerle llegar el mensaje.

Pero no arribaría a tiempo, y el niño, ya no tan niño, había aprendido mucho durante los meses de peregrinaje. Había observado al duque, lo había visto tomar decisiones, era lo que lo diferenciaba de su séquito.

El muchacho comprendió que él no podría detener a siete hombres, había entrenado con los soldados por las tardes, cuando otros descansaban después de las agotadoras jornadas por los caminos. Sabía que no podría salvar a su madre ni al resto de las hermanas tomando las armas. Y en un gesto involuntario apretó el frasco que le había dado su mentor antes de partir.

«Solo en caso de amenaza extrema, mi niño. Solo en ese caso, pero el camino es peligroso. Aquí tenéis la peor ponzoña que conozco, me la ha procurado un viejo amigo del mercado. Manipuladla con guantes o moriréis.»

Le dio instrucciones precisas de sus posibles usos, allí comenzó a comprender el niño que el camino de Santiago iba a marcar su vida.

59

WALDEN

Eleanor

Tusculum, 1149

Escuché un relato de horas, Suger desgranaba detalles y me costaba asimilarlos todos.

—¿Decís que mi padre tenía la intención de matar a todas esas monjas rescatadas? ¿Por qué? Él quería volver al seno de la Iglesia, no buscaba seguir excomulgado por apoyar a Anacleto.

—Eso me hizo creer, y vuestro padre era muy persuasivo, desde luego. Era carismático, encantador. Una fachada sin fisuras. Con él perdí la ingenuidad, querida Eleanor. Le confié mi más preciado secreto: la existencia del convento donde se ocultaba mi madre. Me costó años asimilar que vino a San Denís a sonsacarme tal información, que jugó con nuestros lazos de sangre, pero así fue. He pasado décadas rescatando a monjas que fueron estupradas y arrancadas de sus conventos, como lo fue mi madre, para ser forzadas en burdeles clandestinos. Las suficientes como para comprender que el taller de jabones de Niort no era una excepción, que lo que hacía el Trovador era moneda bastante común entre prelados y barones, en Aquitania, Germania, Italia y Francia, que yo haya logrado averiguar. Y esas costumbres pasaban de condes y duques a herederos, y a veces, de santo padre a santo padre. No era el caso de Inocencio II, hombre más casto no puede haber nacido, pero desde luego el antipapa Anacleto se saltaba una y otra vez el sexto mandamiento de la peor manera, y vuestro padre le suministraba a veces monjas y peregrinas secuestradas. Eso es lo que mi pupilo Walden descubrió con horror mientras lo acompañaba durante su peregrinaje a Compostela.

—Pero vuestra madre... debía de ser apenas una niña cuando mi abuelo la tomó.

—Y preñadita se quedó, la pobre. Siempre fue menuda, como si su vida se hubiera detenido a los once años, cuando me trajo al mundo. Yo soy así de diminuto porque vine de un cuerpo diminuto, y mi tamaño me ha recordado, todos y cada uno de mis días, mi origen.

—Suger, Luy me contó que supisteis lo que me hicieron los Capetos tras el entierro de mi madre.

—Así es, y puse todas las artes de mi diplomacia para que Luy VI no lo intentara de nuevo, por suerte lo conseguí. Por eso apoyé con tanto empeño vuestro enlace con su hijo. Yo lo eduqué, sabía que jamás os haría daño.

Por eso su visita a Burdeos con Luy después de la muerte de padre, qué hábil tela de araña había tejido alrededor del Rey Gordo. Ni siquiera sospechó que su más fiel consejero era en realidad un aquitano. Qué habría pensado si hubiera sabido que a su lado se sentaba cada día el primogénito del Trovador.

Pero todavía quedaba mucho por contar y mucho por saber.

Y mis fuerzas me iban abandonando tan rápido que supe que tenía que urgirle a continuar con su confesión.

—¿Qué sucedió, Suger? Después de tanto que hemos recorrido, merezco saber qué pasó frente al altar de la catedral de Compostela. Merezco saber cómo murió mi padre.

60

VIERNES SANTO

NIÑO

Día del asesinato del duque de Aquitania

La misa había terminado hacía un buen rato. El duque había pedido que le dejasen orar a solas frente al altar de Santiago. El templo estaba engalanado de telares y tapices, y las velas pintaban de sombras temblorosas los rincones más alejados.

El niño comprendió que era el momento, mas titubeó, pero al levantar la mirada se encontró con una imagen de la Virgen María, y viendo a aquella madre vio a todas las madres y se obligó a dar un paso para salir de las tinieblas. Llevaba entre los brazos a una criatura de pocos días.

No le había costado encontrarla. Conocía la costumbre de los tornos para los expósitos y le bastó con preguntar por la ubicación de los conventos, en cuanto todo el séquito del duque entró en Compostela, para recorrerlos hasta que halló lo que buscaba: un bebé a punto de perecer de frío y de hambre, tan débil como irrecuperable.

Lo llevaba envuelto en su propia capa de peregrino. Se cuidó mucho de no tocarlo, pues había estado atento ante las explicaciones de su protector.

—Mi señor, he hallado a este moribundo. Dadle algo de amor.

El duque oraba de rodillas frente al altar, y pese a todo, las sombras del templo lo hacían parecer un terrible gigante.

Tomó un cirio cercano que le iluminó el rostro y miró al niño y después al bebé.

—Tenéis buen corazón, no lo dudo, pero no podemos hacer nada.

Walden se acercó un poco más, mostrándoselo.

—Podemos salvarlo, podemos darle comida. Sois rico y poderoso, podéis pagar a un buen físico y... y...

—Pequeño, no me insistáis, hay cientos como él y hoy esos cientos morirán. La triste verdad es que no todas las vidas valen igual, y esta ya no vale nada. Deshaceos del moribundo y, ya que salís del templo, hablad con Alejo y decidle que se ponga en camino.

El niño tragó saliva cuando escuchó aquel nombre. «Eso no va a ocurrir», fue capaz de pensar.

—Así haré, mi duque, mas dadle un beso en la frente al menos. Que se lleve al limbo una bendición de vos, tal vez ayude a su alma.

—Sea. —Y Guilhem besó al bebé.

No tardó mucho en ponérsele el cuello azul. El niño retrocedió, asustado. El cirio cayó rodando sobre las losas y el duque también cayó.

Walden dejó con cuidado al bebé en el suelo y tomó el cirio. El duque quedó quieto, fulminado, el color azul tomó las orejas y finalmente todo el rostro.

Azul mar, azul cielo, azul pecado.

Casi como un ángel de los libros que le enseñaba su mentor, ¿o era un demonio?

No, mejor un ángel.

Le faltaban las alas.

A cuántos infelices le habría dibujado en vida el águila de sangre. «Unas vidas valen más que otras», pensó el niño. Y solo podía pensar en la de su madre, en la madre de Suger y en que no acabasen quemadas aquella misma tarde. Así que tomó la daga del mismo duque y se apresuró con la desagradable tarea.

61

LA ÚLTIMA MISIVA

ELEANOR

Tusculum, 1149

Después de tantos años imaginando todos los posibles detalles, saber cómo había fallecido mi padre tuvo un efecto que no esperaba. Creo que en ese momento comenzó mi sanación. El cuerpo seguía en su propio limbo, pero empezaba de nuevo a ser yo, la Eleanor de cabeza rápida que siempre fui.

—Creo que ahora deberíais dejarme, Suger —fui capaz de pronunciar con voz audible—. Y decid a Luy que no entre en un rato. Estoy bien... o al menos lo estaré. Pero necesito quedarme a solas con todo mi pasado y el de mi familia y acostumbrarme a él. Y necesito hacerlo sin compañía.

—Sé que no me vais a perdonar por lo que hice, ni por lo que he callado durante una década. No lo espero, no podríais —me dijo.

—Suger..., necesito, ahora, que os vayáis. De verdad.

Suger comprendió y se levantó del asiento que había dejado Luy. Pero antes de abandonar la habitación sacó algo de uno de los bolsillos de su hábito.

—Os traigo esto de París. Me lo ha entregado Aelith. Lo envió Raimond de Poitiers desde Antioquía junto con más cargamento. Es una carta y también una pequeña cajita. Nadie ha osado abrirla, es para vos.

—Raimond..., vuestro hermano también.

—Apenas coincidí con él en varios actos ilustres y durante mi última visita a Burdeos, antes de que marchara para Tierra Santa. Sé que nunca supo de mi identidad, vuestro padre ocultó mi existencia siempre al resto de la familia. Tampoco lo sabía Astrolabio, fue la última vez que nos encontramos después de que abandonara San Denís, prefería curar a rezar. Tomad, en todo caso, imagino que agradeceréis recibir una última misiva de él.

Me la tendió, junto con la caja de madera, y desapareció tras la puerta. Cuando quedé sola abrí el presente póstumo de Rai... y me impresionó tanto ver de nuevo aquel objeto casi sacro... Mi sangre me enviaba desde la Otra Orilla la ayuda adecuada, la precisa, la exacta. Después, recobrado el aliento, me incorporé para poder leer mejor.

Querida Lía:

He hecho mis averiguaciones, pues la presencia de Thierry de Galerán no ha pasado desapercibida entre algunos de mis vasallos más veteranos. Indagando y preguntando he conseguido hilar la historia que ahora te presento y que, para mi sorpresa, también me incumbe por quien voy a enfrentarme mañana en batalla.

No ha sido fácil, pero qué lo es cuando hablamos de lo que sucedió hace tantas décadas.

Thierry de Galerán fue uno de los *crucesignati* más populares de la primera cruzada. Como ya te dije, era la mano derecha de mi padre, tu abuelo. Por aquellos años era un joven muy devoto de Dios, de ahí que tomara la cruz para expiar sus pecados.

No he logrado averiguar cuáles fueron antes de la peregrinación, pero sí que estoy en condición de hablar de lo que sucedió a la vuelta.

Recordarás que viajaron bravas mujeres, como tú también has hecho ahora. Entre ellas, la famosa Ida de Austria. Cuentan que el roce del camino los enamoró y ambos se correspondían, pero me cuentan también que mi padre se encaprichó de la dama, pese a sus obvios rechazos a favor del joven Thierry.

Tu abuelo no pudo soportar que un subalterno le impidiera tomar a la mujer que él pretendía. Sabes que él siempre disponía de las personas a su antojo. Me avergüenza contar que mi padre traicionó a la pareja del peor modo. Ordenó a varios gatos aquitanos que lo acompañaban en la peregrinación que hicieran desaparecer a ambos. Para la mayoría de los *crucesignati*, allí acabó la historia: dos enamorados que se fugan de la ira del Trovador.

Pero la realidad fue más dura. Padre entregó a Ida de Austria, cansado de verse rechazado, al gobernador de Alepo, Sunqur. Galerán también fue raptado y castrado. Ambos fueron confinados en el harén de Sunqur. Ida como concubina, Thierry de Galerán como eunuco custodio.

Pero Ida estaba embarazada cuando fue raptada, y parió un hijo que el gobernador separó de ella y crio como propio, pues Ida le resultaba exótica y hacía mucho uso de ella.

Poco después murió, mas Galerán quedó atrapado durante años en aquel harén, fuertemente custodiado hasta que un tal Gilbert y varios templarios que volvían de Tierra Santa lo rescataron. Desde entonces se unió a la orden y ha sido su más temible defensor.

Pero hay más: el niño nacido en tan horribles circunstancias fue Zenghi, el enemigo que nos ha amenazado durante tanto tiempo, y es a su hijo, Nuredín, a quien me dispongo a doblegar mañana.

Ignoro los motivos del terror que vi en tus ojos cuando me hablaste de Galerán, aunque puedo atisbar que, odiando a los gatos aquitanos como debe de odiarlos, tu vida en la corte no habrá sido fácil con él a tu vera. Protégete, te lo ruego. Y recuerda siempre el lema de nuestro linaje, las tres «eses». Tal vez tú y yo podamos hacerlo mejor que los que nos antecedieron y no nos limitemos a subir mientras destrozamos vidas. Tal vez convendría que adaptásemos el lema de la familia.

Te propongo uno nuevo: Solo Sé Seguir.

Rai, siempre

P. D. Espero que nunca tengas que hacer uso de este presente, pero si llega el momento, libera a la mantícora, resuélvelo y sigue adelante.

Entonces, con claridad meridiana, alcancé a comprenderlo todo: Galerán era el encargado del taller de jabones.

62

JUNTO AL FUEGO

ELEANOR

Tusculum, 1149

Hice pasar de nuevo a Suger, lo encontré aprensivo, pendiente de mi reacción.

—Ahora somos familia. Tenéis derecho a leer esta carta y conocer la historia de Thierry de Galerán.

Se la tendí, el que ahora era mi tío se sentó con cautela junto a mi lecho y leyó con atención.

Tras terminar se quedó pensativo durante un buen rato, se acercó a la chimenea y echó un leño más a un fuego que se adormecía.

—¿No me vais a decir que Galerán fue vuestro primer maestro, el joven que se encargaba del taller de las jaboneras de Niort?

Guardó silencio un buen rato antes de contestar.

—Habéis hilado fino, sobrina.

—¿Él sabe quién sois?

—Él nunca ha sospechado de mí. La última vez que me vio fue cuando me apresaron por la muerte de una de mis madres, y escapé, apenas tendría cinco o seis años. No sabría hacer bien las cuentas, pero es imposible que me haya reconocido tantas décadas después. Yo sí que lo hice, era espigado y tenía unos rasgos inconfundibles. De todos modos, he preferido siempre tratarlo poco en la corte.

—Durante mucho tiempo pensé que él estaba detrás de la muerte de padre.

—Él halló en los templarios el refugio que perdió con el Trovador, y sabía que vuestro padre andaba con Anacleto en la red de burdeles, por eso quería averiguar qué pasó en Compostela, y por eso su empeño en enviar a Gilbert tras Adamar. Porque si se sabe que Galerán regentó el burdel de Niort en su juventud, será excomulgado y expulsado de la orden.

—Y no se lo confiáis a Bernardo porque teméis sus consecuencias.

—No —dijo—, usé a Bernardo para alejarlo de la corte de París cuando vi que había llegado demasiado lejos con vos. Estabais paralizada, era insufrible para mí veros así y temía sinceramente por vuestra vida.

—Me protegisteis.

—Hablé con Bernardo, es fácil convencerlo si el asunto se le plantea en términos de su propio beneficio. Galerán es implacable en todo lo que se le ordena. Bernardo lo reclamó y así lo alejé de vos.

—Así que fuisteis vos quien me devolvió la paz —dije.

—Con tiento, con miedo, porque Bernardo es astuto y no puede enterarse de nada de lo sucedido. El convento de clausura con las hermanas que he ido rescatando continúa ahí. Sé de lo que es capaz Galerán. Si descubre quién soy en realidad, indagará y llegará hasta ellas.

—Así que seguís en peligro. Vos y ellas. Después de tantos años. ¿Por eso enviasteis los falsos heraldos a todos los lugares del reino?

—Hice circular varias versiones, tanto en la corte de la Isla de Francia como en Burdeos. Todo por confundir con las circunstancias de la muerte de vuestro padre y que nadie reparara en el verdadero autor y en el convento.

—¿Y el niño? —le pregunté.

—Walden ya no es un niño.

—¿Qué ha sido de él?

Suger guardó silencio.

—No voy a buscarlo para ajusticiarlo, no voy a traicionaros como hizo mi padre —manifesté—. Me habéis conocido durante diez años, si queremos ser familia hemos de aprender a confiar.

—Walden se quedó en un monasterio de Compostela, cerca de su madre, pero no pueden estar juntos. Ella solo se siente segura en un convento de clausura.

—Podría hacer algo por ellos, no tendríais más que pedírmelo.

—Yo estuve detrás de la muerte de vuestro padre, no puedo pediros nada.

—Yo sí puedo pediros algo.

—Decidme.

—Puedo pediros perdón. Por lo que sufrió vuestra madre, por vuestra paupérrima infancia, porque se os privó de la familia que yo tuve, de los recursos que a mí se me dieron. Y por la traición de vuestro hermano. Os pido perdón por todo lo que os hicieron mi abuelo y mi padre. ¿Podréis concedérmelo?

Mi tío me tomó las manos, como solía hacer Adamar, y sonrió tímido como un niño.

—Solo si salís de esta y vivís, mi querida sobrina.

63

EL DIABLO EN EL ESTANQUE

Eleanor

París, 1149

La confesión de Suger, al contrario de lo que él se había temido, no me debilitó más. En su lugar embarcamos prestos hacia Francia, ante la incredulidad de todos.

«La reina de Francia se ha recuperado —murmuraban a mi paso—. ¡Maravilla!»

Y hablaban de Suger como el hacedor de milagros.

La arribada a París fue multitudinaria. El pueblo esperaba a su rey pese a que la segunda cruzada había resultado un gran fiasco para los ejércitos cruzados.

—Necesito que hagas algo por mí, Luy. Convoca a Galerán en el jardín de la reina.

—¿Estás segura?

—Estoy segura.

Y a la hora señalada me senté en un banco junto a la alberca, esperando su aparición.

Llegó puntual, con su capa blanca de templario y su mirada líquida.

—No esperaba veros a vos, me había convocado mi rey.

—Lo sé, sé que no esperabais verme más.

—Escuché que el viaje de vuelta os sentó mal, mi pequeña reina —me dijo.

—¿Qué escuchasteis, querido Thierry?

—Que os secuestraron los bizantinos, que el duelo por vuestro tío Raimond de Poitiers por poco se os lleva por delante...

—Y así fue. Pero aquí estamos, en el jardín de la reina, con tantas lecciones aprendidas de la peregrinación. Es cierto que nunca se vuelve del viaje siendo la misma persona. Vos no lo hicisteis la primera vez que partisteis a Tierra Santa, volvisteis otro.

Calló y miró al frente, como si no estuviera dispuesto a ofrecerme ninguna confidencia.

—Sea lo que sea lo que hayáis escuchado en la cruzada, no debéis hacer caso de las leyendas negras.

—No, se dicen demasiadas cosas y solo algunas resultan ser ciertas. Pero el camino curte, y nos va dotando de nuevos recursos. Vos volvisteis conociendo el nudo de Bagdad, la muerte de sal... Os han sido útiles, lo reconozco. Habéis sido prácticamente invulnerable.

—O tal vez del todo invulnerable.

—Eso no existe, ya tenéis edad para saberlo —le señalé.

—Puede que os sintáis fuerte, de nuevo, en tierra conocida, pero ahora que he vuelto a la corte, al frente de los escoltas reales, la situación continúa siendo la que dejamos en el pasado. Os tendré vigilada, y también a vuestra hermana y a vuestra hija María.

—Lo sé, contaba con ello, mi querido Thierry —dije, mirándome las manos—. Ayudadme a levantar, todavía estoy muy débil del viaje.

Galerán se alzó como una mole, me tomó por los brazos con una de sus enormes manos, y en ese momento yo aproveché para clavarle en el dorso el legendario anillo de cinco puntas que Rai me había regalado junto con su última misiva, el que siempre emponzoñaba con el veneno más exclusivo de Venecia. Intuyó que lo iba a necesitar, y antes de morir en manos del nieto de Galerán, Nuredín, me envió la única arma que podría contra mi enemigo. Y yo era la encargada de cerrar de una vez por todas aquel ciclo de muertes.

El eunuco se miró la mano con un gesto de incredulidad.

—¿Ya estamos con venenos? ¿Creéis que mi cuerpo no lo va a soportar? No tenéis ni idea de todo lo que le han hecho a este cuerpo, y aquí sigo.

—El veneno no acabará con vos, es cierto. Apenas os va a paralizar en breves momentos. Solo eso.

Y mis palabras se anticiparon a los hechos, porque Galerán se quedó rígido y pareció perder el equilibrio.

—Pero ellos sí, los diablos de este estanque que he hecho traer desde Antioquía. —Le señalé la charca que Aelith había llenado de los peces carnívoros que hice enviar a Rai, el segundo favor que le pedí y que él cumplió a ciegas—. Están en el fondo, no los veis, pero en breve subirán. No os preocupéis. Son tres: uno se llama Adamar, el otro se llama Maud, el tercero no tiene nombre, de igual modo que el hijo que me matasteis aquí mismo no lo tuvo.

Y empujé a Thierry de Galerán al estanque sin que él pudiera hacer nada por impedirlo.

Los peces aparecieron al instante, atraídos por la carne. Las aguas del estanque eran oscuras, pero enseguida se tiñeron de un color mucho más vivo. Al poco lo arrastraron al fondo y todo rastro de él desapareció.

Yo me tuve que sentar, exhausta como estaba, pero me obligué a mirar la poza y a escuchar el silencio que siguió a la ausencia de Galerán.

Eso era la paz, la ausencia de conflicto.

Después, algo incrédula todavía por la nueva realidad, corrí escaleras arriba en busca de Luy y de mi hija.

64

EL PENÚLTIMO DÍA DE LA GUERRA

ELEANOR

París, 1149

Todavía no habíamos tenido la ocasión de quedarnos un tiempo a solas, el rey de Francia y la duquesa de Aquitania.

Envié una carta a mi abuela, contándole lo ocurrido. Ella, que se tornó enemiga de su marido el Trovador cuando este la sustituyó por mi otra abuela, aceptó encantada la presencia de las hermanas ocultas en el convento de Compostela. También a Walden, que podría ver a su madre a diario en la abadía mixta de Fontevrault, protegidos por los gatos aquitanos. Omití de momento la verdad acerca de la muerte de padre, eso iba a requerir mis dotes diplomáticas y mucho tiento.

Suger prefirió mantener oculta su verdadera procedencia frente a la Iglesia, pero me encargué de que fuera aceptado en la familia, y tanto Aelith como María se acostumbraron pronto a llamarlo «tío» y a tratarlo como al abuelo cariñoso que siempre quiso ser.

Por mi parte, dejé apartadas mis pretensiones de pedir a Roma la nulidad de nuestro matrimonio.

—No me engaño, Eleanor —me dijo Luy la primera noche que volvimos, sentados junto a la chimenea de mi cámara—. Sé que nunca me vas a perdonar por la muerte de Raimond, del mismo modo que he aceptado que nunca voy a olvidar Vitry cada vez que te mire. Y no sé si con tanta agua estancada conseguiremos seguir hacia delante. No podemos obviar tanto como ha pasado entre nosotros. Pero tengo esperanza. Ya no está la sombra del asesinato de tu padre, ya no está Galerán para amordazarte... Tal vez este sea el último día de la guerra.

—No lo es, Luy. No lo es. Somos quienes somos, reyes de Francia y duques de Aquitania, y siempre va a haber una batalla en perspectiva. Pero ahora pienso en que «Solo Sé Seguir». Que la vida no va a ponerse más fácil, solo podemos optar por ser más fuertes. Y prefiero pensar que siempre, todos los días, vamos a vivir el penúltimo día de la guerra.

BIBLIOGRAFÍA

La documentación de una vida tan excepcional como la de Eleanor de Aquitania supuso un apasionante peregrinaje, tanto emocional como físico, por las entrañas de la Aquitania medieval. De mi viaje de investigación a Poitiers, la abadía de Fontevrault, Burdeos y otros lugares que fueron cuna, testigo y epitafio de la protagonista de esta novela volví cargada de tesoros literarios. La mayoría de ellos fueron hallazgos en librerías de viejo en las que la presencia de su duquesa y reina todavía era omnipresente. Desbrozar lo superfluo de la verdadera esencia fue una labor que me llevó casi dos años.

Entre tantas biografías de Eleanor decidí apoyarme en las siguientes:

Régine Pernoud, *Leonor de Aquitania.* Acantilado, 2009.

Jean Markale, *La vida, la leyenda y la influencia de Leonor de Aquitania. Dama de los trovadores y de los bardos bretones.* José J. de Olañeta, 1979.

Alain-Gilles Minella, *Leonor de Aquitania. Una figura de leyenda en la época de las cruzadas y los trovadores.* La Esfera de los Libros, 2007.

«Aliénor d'Aquitanine». 303 Arts, recherches et créations, 2014.

Charles River Editors, *Eleanor of Aquitaine. The life and legacy of medi-*

eval Europe's most famous queen. Createspace Independent Publishing Platform, 2018.

Ann Kramer, *Il était une fois... Aliénor d'Aquitaine. La reine qui partit au combat.* Éditions Ouest-France, 2014.

Annie Fettu, *Eleanor of Aquitaine.* OREP Editions, 2018.

Ana Rodríguez, *La estirpe de Leonor de Aquitania.* Editorial Crítica, 2014.

Una parte importante de la documentación abarcaba todo el contexto histórico y social del período en el que vivió Eleanor:

David Ditchburn, Simon MacLean y Angus MacKay, *Atlas de Europa medieval.* Cátedra, 1999.

André Maurois, *Historia de Francia.* Editorial Surco, 1948.

Ernest Bendriss, *Breve historia de los Capetos. Esplendor y crepúsculo de los reyes de la Flor de Lis.* Editorial Dilema, 2013.

Margaret Wade Labarge, *La mujer en la Edad Media.* Editorial Nerea, 1988.

Georges Duby y Michelle Perrot, *Historia de las mujeres. La Edad Media.* Taurus, 2018.

Robert Fossier, *Gente de la Edad Media.* DeBolsillo, 2007.

Siempre he pensado que las palabras definen la época en la que se habita, por ello me sumergí en el léxico medieval gracias a los deliciosos:

Julio Cejador, *Vocabulario Medieval Castellano*. Visor Libros, 2005.

Martín Alonso, *Diccionario medieval español. Desde las Glosas Emilianenses y Silenses (s.* x*) hasta el siglo* xv. Tomo I, A-C. Tomo II, CH-Z. Universidad Pontificia de Salamanca, 1986.

Me interesaba en gran medida descender al detalle del día a día del gobierno de Aquitania. Gracias a los siguientes textos pude tener acceso a las actas y a las fuentes primarias. La fabulosa riqueza del linaje de Eleanor se debía a que eran magníficos gestores, auténticos empresarios que supieron administrar con inteligencia política los recursos naturales de una tierra excepcionalmente fértil:

Charles Bémont, *Recueil d'actes relatifs à l'administration des rois d'Angleterre en Guyenne au 13e siècle (Recogniciones feodorum in Aquitania)*. HardPress Publishing, 2013.

Giorgio Milanesi, *Bonifica delle immagini e propaganda in Aquitania durante lo scisma del 1130-1138*. Scripta edizioni, 2013.

Cuando más leía acerca de Luy, conocido como Loys VI o Louis el Joven, más convencida estaba de que su personalidad tenía rasgos de PAS, persona altamente sensible e hiperempática. Los cronistas de la época recogen su angustia y su cambio de carácter después de la masacre de Vitry, o su empeño en llegar a Tierra Santa para buscar un perdón que no encontraba.

Decidí mostrar en la novela las dificultades que podía encontrar en sus quehaceres cotidianos una PAS obligada a reinar.

A lo largo de los capítulos en los que di voz a Luy quise ilustrar su procesamiento profundo de la información sensorial, su capacidad para detectar sutilezas en el ambiente, su manera de conmoverse ante la belleza o las artes —por eso le adjudiqué su pasión por ser un iluminador—, el perenne agotamiento debido a la sobrestimulación de los sentidos en un mundo en el que la luz excesiva, los olores y los ruidos intensos los dejan exhaustos. La aversión a la violencia, las resacas sensoriales después de un conflicto, el contagio emocional debido a la alta empatía, la necesidad de silencio y de soledad para recuperarse de un sistema nervioso sobreactivado y con tendencia a saturarse.

Han sido de gran ayuda:

Elaine N. Aron, *El don de la sensibilidad. Las personas altamente sensibles (PAS)*. Ediciones Obelisco, 2006.

Judith Orloff, *Guía de supervivencia para personas altamente empáticas y sensibles*. Editorial Sirio, 2017.

Karina Zegers de Beijl, *Personas altamente sensibles*. La Esfera de los Libros, 2016.

Meritxell García Roig, *El arte de la empatía*. Amat Editorial, 2019.

Para aprender del oficio de iluminador de Luy me sumergí en preciosos libros y manuales que hoy ocupan un lugar muy querido en mi biblioteca. Se lo han ganado por su belleza y los colores que me alegran la jornada cada vez que acudo a ellos. En mi empeño por tener una experiencia de inmersión completa, realicé la formación de la mano de Curro Gutiérrez, que ostenta el título de *Enlumineur de France:*

Curso de elaboración de acuarelas artesanales de Scriptorium Yayyan, donde aprendí los secretos de los pigmentos usados en los códices medievales.

Margaret Morgan, *Lettres enluminées*. Éditions Ouest-France, 2016.

Emiliano Navas Sánchez, *Abecedario completo del Códice 46. Scriptorium del monasterio de Suso*. Ediciones Emilianenses, 2005.

Ingo F. Walther y Norbert Wolf, *Códices ilustres. Los manuscritos iluminados más bellos del mundo desde 400 hasta 1600*. Taschen, 2003.

Christopher de Hamel, *Grandes manuscritos medievales.* Ático de los Libros, 2019.

Para la fábrica de jabones me guie por una exhaustiva guía de principios del siglo pasado que encontré en una librería de Santiago de Compostela:

Luciano García del Real, *Artes y oficios. Visitas instructivas a talleres y fábricas.* Hijos de Paluzié, editores, 1908.

Para las propiedades atribuidas a las piedras:

Rafael M. Mérida Jiménez, *El gran libro de las brujas. Hechicerías y encantamientos de las mujeres más sabias.* RBA Libros, 2004.

Para los venenos que aparecen a lo largo de estas páginas me he basado en los efectos de ciertas ranas exóticas con algunas modificaciones que requería la trama:

Enric Balasch y Yolanda Ruiz, *Atlas ilustrado de alucinógenos, venenos y afrodisíacos.* Susaeta ediciones, 2018.

Encontré todo lo referente al beso de la adelfa en la completísima:

Rosa Iziz y Ana Isabel Iziz, *Historia de las mujeres en Euskal Herria.* Editorial Txalaparta, 2016.

Todo lo referente a las plantas y jardines parisinos y aquitanos está contenido en:

Atlas ilustrado de plantas medicinales y curativas. Susaeta ediciones, 2011.

Michèle Bilimoff, *Promenade dans des jardins disparus. Les plantes au moyen age d'après les Grandes Heures d'Anne de Bretagne.* Éditions Ouest-France, 2011.

He buscado reflejar con la máxima fidelidad posible las auténticas recetas que Eleanor y Luy pudieron degustar. Para ello me fue de gran ayuda recorrer las librerías de viejo en Poitiers, Chinon y todo el Valle del Loira en busca de antiguos libros de recetas, hasta que encontré estas reliquias del pasado:

Françoise de Montmollin, *L'authentique cuisine du Moyen Âge.* Éditions Ouest-France, 2015.

Eric Birlouez, *A la table des seigneurs, des moines et des paysans du moyen âge.* Éditions Ouest-France, 2015.

Néstor Luján, *Historia de la gastronomía.* Debate, 2019.

Encontré detalles que dibujaban la personalidad de san Bernardo de Claraval en el siguiente compendio:

Cristina Granda Gallego, Lorenzo de la Plaza Escudero, Antonio Olmedo Molino y José María Martínez Murillo, *Guía para identificar los santos de la iconografía cristiana.* Ediciones Cátedra, 2018.

Me interesó también el modo en que se llevaban a cabo los partos en el pasado:

Thomas Piferrer, *Compendio de el arte de partear compuesto para el uso de los reales colegios de cirugía.* 1765.

Pude transitar por el París medieval gracias al magnífico:

Philippe Lorentz y Dany Sandron, *Atlas de Paris au Moyen Âge. Espace urbain, hábitat, société, religión et lieux de pouvoir.* Editorial Parigramme, 2018.

Para los mensajes entre los gatos aquitanos:

Manuel J. Prieto, *Historia de la criptografía. Cifras, códigos y secretos desde la antigua Grecia a la guerra fría.* La Esfera de los Libros, 2020.

Pierre Berloquin, *Códigos ocultos. La encriptación de mensajes en la historia y sus diseños.* Librero editorial, 2020.

Dado que el linaje de los duques de Aquitania ha sido siempre descrito como una familia culta, amante y conocedora de los clásicos, hice que fueran seguidores de la filosofía estoica:

Epicteto, *Manual de vida. Pasajes escogidos.* Ariel Editorial, 2014.

Marco Aurelio, *Meditaciones.* Alianza Editorial, 2017.

Massimo Pigliucci y Gregory López, *Mi cuaderno estoico.* Ariel Editorial, 2019.

Todo lo relacionado con asedios, armas y batallas lo hallé en:

AA. VV., *Armas. Historia visual de armas y armaduras.* Akal, 2017.

Martin J. Dougherty, *Armas y técnicas bélicas de los caballeros medievales, 1000-1500.* Libsa, 2010.

Jaime de Montoto y de Simón, *Las guerras medievales y el renacimiento de los ejércitos.* Libsa, 2016.

Matthew Bennett, *La guerra en la Edad Media*. Akal, 2009.

Yuval Noah Harari, *Operaciones especiales en la Edad de la Caballería*. Edaf, 2018.

Eleanor de Aquitania tuvo una influencia decisiva en el modo de vestir de la corte francesa; los siguientes manuales me ilustraron acerca de su apariencia y la de sus coetáneos:

Melissa Leventon, *Vestidos del mundo. Desde la antigüedad hasta el siglo* XIX. *Tendencias y estilos para todas las clases sociales*. Blume, 2009.

James Laver, *Breve historia del traje y la moda*. Editorial Cátedra, 1988.

Todo lo referente al sermón de Vézelay y el modo en el que san Bernardo y los papas de la época reclutaban a los *crucesignati* está recogido en:

Christopher Tyerman, *Cómo organizar una cruzada. El trasfondo racional de las guerras de Dios*. Editorial Crítica, 2016.

La faceta de trovador de Guilhem IX queda bien reflejada en:

VV. AA., *Poesía de trovadores, trouvères y Minnesinger*. Alianza Editorial, 1981.

Para los capítulos referidos a las obras que tuvieron lugar en San Denís me fueron de gran ayuda:

Malcolm Hislop, *Cómo construir una catedral. Construyendo la historia de una obra maestra medieval*. Akal, 2013.

Miguel Sobrino, *Catedrales.* La Esfera de los Libros, 2009.

Perseguí por todo Santiago de Compostela un pequeño libro que se empeñaba en esquivarme hasta que lo encontré en una de las últimas librerías que me quedaban por visitar. Llegué a Galicia en busca de la leyenda de don Gaiferos. Apócrifa o no, me fascinó el hilo que unía a la catedral con el padre de Eleanor:

Isidoro Millán González-Pardo, *Don Gaiferos de Mormaltán X Duque de Aquitania.* Editorial Follas Novas, 2010.

De Santiago de Compostela volví con decenas de hallazgos del Camino Jacobeo que me ayudaron a ilustrar parte de la trama:

Códice calixtino. Libro V. Guía del peregrino medieval. Alvarellos Editora, 2016.

Jaime Nuño González y Chema Román, *Peregrinar a Compostela en la Edad Media.* Fundación Santa María la Real del Patrimonio Histórico, 2016.

Pablo Arribas Briones, *Pícaros y picaresca en el Camino de Santiago.* Librería Berceo, 1999.

Joaquín González Dorao, *Guía ilustrada del Camino de Santiago.* El Patito Editorial, 2018.

Joaquín Alegre, *Raíces y claves de la peregrinación jacobea. Caminar por estrellas.* Edilesa Esencias, 2004.

NOTA DE LA AUTORA

La vida de Eleanor de Aquitania daría para escribir no solo un libro, sino toda una enciclopedia. Fue inusualmente longeva, ya que falleció con ochenta y dos años en su amada abadía de Fontevrault, retirada ya de la vida pública.

Cuando comencé a estudiar su biografía me di cuenta de que con una novela iba a poder acompañarla tan solo a lo largo de unos años de su vida, tan intensa fue. Así que me decidí por sus primeros años, los que abarcaban desde la muerte de su padre hasta su retorno de Tierra Santa.

Después de eso, Eleanor tuvo tiempo de separarse del rey de Francia para casarse con el futuro rey de Inglaterra, engendrar otros ocho hijos, iniciar, con la ayuda de Luy y tres de sus vástagos, una rebelión contra su segundo marido, quien la encarceló durante quince años, y actuar como reina regente de Inglaterra cuando su hijo Ricardo Corazón de León marchó a las cruzadas.

De su extraordinaria fortaleza física y mental da fe una de sus últimas hazañas: con ochenta años marchó a caballo hasta el reino de Castilla para elegir entre sus nietas a la que habría de casarse con el nieto de Luy y convertirse en reina de Francia. Me fascinó que la historia entre Luy y Eleanor se mezclara una y otra vez, así como la sangre de sus respectivos descendientes.

Después de escribir varias novelas de corte histórico —*La*

saga de los longevos, Los hijos de Adán, Pasaje a Tahití y *Los señores del tiempo*—, la experiencia en este oficio me ha enseñado que al narrar novela histórica hay un momento en que la trama literaria siempre se separa, por necesidades narrativas, de los hechos y las fechas históricas. Todas las licencias creativas han sido tomadas de manera consciente al servicio siempre de la libertad que impone la ficción.

He cambiado las fechas de acontecimientos como las muertes de Felipa de Tolosa, Luy el Gordo, la madre de Eleanor o el nacimiento de Suger. Todos ellos eran personajes históricos tan interesantes que prioricé siempre el «¿qué pasaría si?» frente a una realidad menos sugerente.

Para la elección de los nombres de los personajes me he guiado siempre por mi propio criterio. He podido elegir entre sus variantes francesa, occitana, inglesa o española. De modo que Luy podía ser también Luis, Louis o Loys, así como tuve la posibilidad de optar entre Aelith, Alix o Aelis.

Del mismo modo, en mi empeño por construir un universo de ficción con todos los detalles que requería un mundo tan rico, creé el inexistente *Manual de vida de los duques de Aquitania,* aunque algunas máximas como «Ganar no es nada, disfrutar de la victoria y de sus beneficios lo es todo» están inspiradas en sentencias de personajes históricos como Napoleón o en manuales como *El arte de la prudencia,* de Baltasar Gracián.

Curiosamente nací el 20 de agosto, día de San Bernardo de Claraval, y esta novela quedó conclusa el día 1 de abril, día de la muerte de Eleanor en la abadía de Fontevrault. Cuentan que seguía siendo alta, bella y distinguida, que mantenía todos los dientes y tenía el pelo blanco y larguísimo.

El día que visité su sepulcro fue la última vez que experimenté el mal de Stendhal, cuando todavía podíamos viajar libremente por el continente. Frente a ella, que empuñaba en su tumba un libro de horas de color verde —quise pensar que fue el que Luy le regaló—, desgastado ya por el paso de ochocientos años, le susurré: «Prometo escribirte un libro, Eleanor. Un día volveré a dormir aquí, junto a tu sepultura, y te lo ofreceré».

Este es el libro, mi querida Lía. Estos dos años has sido madre, hermana, abuela y mentora.

Presenté la novela al Premio Planeta de este insólito 2020 con el título *El último día de la guerra.* Y hoy, el día que la termino en pleno confinamiento, es para mí el último día de la guerra.

1 de abril de 2020

AGRADECIMIENTOS

Esta séptima novela no habría sido escrita sin los lectores que me han apoyado en una treintena de países desde que publiqué *La saga de los longevos,* hace casi una década. Han sido ellos, con sus entusiastas opiniones, sus reseñas, sus miles de comentarios y sus recomendaciones, los que han posibilitado que me haya dedicado al oficio de la escritura.

Gracias a Antonia Kerrigan y toda su agencia, por cuidar de mí con esa sabiduría tan maternal.

Y, por último, a mis hijos y a mi marido, por comprender lo que supone ser escritora. Recuerdo que salí del despacho el día que terminé *Aquitania* agotada por el esfuerzo, y que los tres me esperaban fuera. Me rodearon con un abrazo de cuatro y allí me deshice, comencé a llorar y ellos se limitaron —como hacen los que nos aman— a permanecer a mi lado, en silencio, sin necesidad de añadir nada más. Y recordé e hice mío el lema de los aquitanos: «Solo Sé Seguir».

En esto consiste la literatura y en esto consiste la vida: en seguir. Siempre.

ÍNDICE

PRIMERA PARTE

SEGUNDA PARTE

TERCERA PARTE

CUARTA PARTE

La *Trilogía de la Ciudad Blanca* en Booket: